이런 줄도 모르고 엄마가 됐다

이런 줄도 모르고 엄마가 됐다

임아영 지음

생각의힘

프롤로그

　　출근하는 월요일 오전 8시. 26개월 된 둘째 이준이가 본격 떼쓰기의 진수를 보여준다. 식탁을 가리키며 "저거, 저거"라는데 뭘 말하는지 도통 모르겠다. 자아가 강해지는 만큼 고집이 세지지만 아직 의사 표현을 능숙하게 못하니까 남편도 나도 답답하다. 주말 내내 머리를 못 감았으니 오늘은 꼭 머리를 감고 출근해야 하는데, 떼를 쓰며 우는 아이 앞에서 그야말로 '멘붕'이다. "우리 아기, 뭐가 그렇게 속상했나~" 하며 달래다가 "그만 좀 울어!" 궁디팡팡. 아이에게 감정을 풀고 말았다는 자괴감이고 뭐고 시계를 보니 벌써 8시 15분. "엄마 회사 늦었다고오오오." 나도 같이 울고 싶은 심정이다.

　　알고 보니 이준이의 요구는 식탁에 있는 김자반을 자기 밥그릇에 담아달라는 것이었다. 밥그릇 가득 김자반을 부어주니 눈물을 그쳤다. '아, 이제 머리를 감아야지. 그래, 10분 만에 준비하면 돼.' 샴푸를 바르는 건지 머리를 감는 건지 대충 하고 나와서 말리지도 못한 채로 옷을 갈아입는다. '아, 지하철역까지는 뛰어야겠네.' 바쁘긴 해도 오늘 아침은 그쯤에서 끝난 줄 알고 방을 나서는데 2차 전쟁이 시작됐다. 안방에서 나오는 내 앞을 막아선 첫째 두진이의 말.

"엄마, 오늘 유치원 안 갈래."

아, 두진아, 왜 너까지….

"왜?" 하고 물었으나 입을 오물오물 무슨 말을 하는지 안 들린다. "뭐라고?!" 말이 곱게 안 나간다.

"가기 싫다고."

아이 눈에 눈물이 고이기 시작한다. 첫째는 순하다. 순한 아이를 다그치는 게 제일 싫지만 난 이미 지각이다.

"엄마 회사 가야 할 시간에 도대체 왜 그러냐고! 너희들 때문에 늦었잖아!"

화내지 않는 엄마가 되고 싶었다. 아이의 감정을 먼저 알아차리고 헤아려주는 자상하고 따뜻한 엄마가 되고 싶었다. 그러나 늘 실패한다. 난 성격이 급하다. 아이들의 호흡과 흐름에 맞춰야 하는 육아라는 일에 급한 성격은 '쥐약'이다. 그래서 아침마다 소리를 지른다. 엄마 회사 가야해, 엄마 늦었다고, 엄마한

테 도대체 왜이래…. 한번은 남편에게 화내는 나를 보며 두진이가 말했다

"엄마, 큰소리로 말하는 것도 폭력이랬어."

할 말을 잃었다. 7세가 되더니 유치원에서 많은 것을 배우는구나. '폭력'이라는 단어를 알다니. 역시 세상은 진보하고 있어. 나는 어릴 때 선생님이 화내도 참았는데.

겨우겨우 출근은 했다. 오전 업무를 처리하는데 갑자기 친정엄마에게 전화가 걸려왔다. '엄마는 일할 때 거의 전화 안 하시는데. 무슨 일이 생겼구나.' 아니나 다를까, 엄마의 목소리가 떨린다.

"이준이가 문틈에 손가락이 끼었는데…."

"아…."

두진이가 유치원을 안 갔으니 엄마가 둘을 다 데리고 정형외과에 간다고 하셨다. 마음이 무겁다. 언덕을 오르내려야 하는 길목에 위치한 병원에 엄마가 애 둘을 데리고 가야 하다니. 다친 아이만 걱정할 수 있으면 좋겠다. 떨리는 엄마 목소리에 마음이 복잡해진다. 전화 너머 엄마의 목소리는 자책하고 있었다.

"내가 더 잘 봤어야 하는데… 이준이가 얼마나 아팠을까…."

엑스레이를 찍고 아이 손톱에 고인 피를 빼냈다고 했다. 다행히 뼈에는 문제가 없단다. 24시간 '밀착 마크'해야 하는 아이를 맡기며 엄마의 노동력을 착취하는 나는 할 말이 없다.

"엄마가 얼마나 더 잘 봐요. 애가 순식간에 사고 치는 걸 어떡해요."

그냥 교과서에 나올 법한 소리를 한다. 일을 해야 하는데 그냥 화가 난다. '도대체 무엇을 위해 회사를 다니는 걸까. 내가 회사를 다니기 위해 이렇게 많은 것을 감수해야 한다면.' 그런 생각에까지 가닿으면 그냥 사직서를 내고 싶다.

원래부터 아이를 좋아해서 아이 낳는 삶을 의심해본 적이 없었다. 순진하게도 아이를 기르며 일을 하는 삶이 가능한 줄 알았다. 이 사회에서는 그걸 '욕심'이라고 하는 줄도 모르고서. 아이를 낳고 혼자서 가장 많이 되뇐 말은 두 가지다. "이럴 줄 알았으면 아이를 낳았을까"와 "이 생활은 지속 가능하지 않다, 않다, 않다…."

둘째를 낳고 회사로 돌아온 지 1년이 됐다. 둘째까지 육아휴직을 총 2년이나 쓸 수 있었던 고마운 회사. 이 회사를 다닌 지도 곧 만 10년이 된다. 그러나 일을 즐겁게, 잘하고 싶은 나와 아이를 뿌듯하게, 잘 기르고 싶은 나 사이의 갈등은 여전하다.

첫째 두진이를 기르면서, 이 사회가 아이 기르며 일하는 삶을 '욕심'이라고 말한다는 걸 알게 됐으면서도 둘째 이준이를 낳았다. 어떻게든 아이들과 시간을 보내고 싶었다. 둘째를 낳고 육아휴직을 하면 또 한 번 '전일 임금노동'을 쉴 수 있으니까. 그렇게 둘을 낳고 복직한 지금은 매일매일이 전쟁 같다고 느낀다. 전쟁 같은 일상에도 불구하고 내 아이는 나와 같은 고민을 하지 않았으면 하는 마음 하나로 글을 썼다.

퇴근 후 현관문을 열고 집으로 들어가면 '토끼 같은 아들들'이 달려 나온다. 옷을 갈아입고 샤워를 하고 나와 생각한다. '이제 2시간 정도 아이들하고 놀 수 있겠군.' 유치원에 가지 않겠다고 고집을 부렸던 두진이의 입술에 뽀뽀를 하자 아이가 말했다.

"엄마, 엄마한테 향기가 나."

아, 이런 '직진 멘트'에 녹지 않을 엄마가 어디 있나.

"두진이한테는 더 좋은 냄새 나. 아기 냄새! 고마워."

어느새 밤 10시. 자야 한다. 그래야 내일도 회사 가지.

"두진아, 이준아, 합체! 얼른 자자."

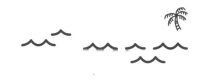

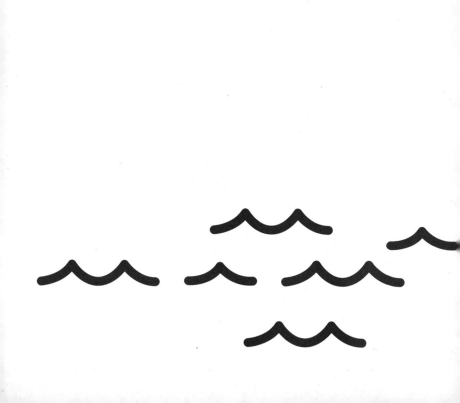

1부

이럴 줄 알았으면 아이를 낳았을까

아이를 낳고서야
내가
여자라는
사실을
인정했다

내 몸은 여자구나,
임신을 하고서야 제대로 알았다

　가끔 생각한다. 왜 아이를 낳았을까. 그것도 둘씩
이나. 우연히 대학 때 쓴 일기를 읽다가 한 문장이 눈에 들어왔
다. "연애보다 결혼, 결혼보다 육아." 아기랑 서너 시간 놀면 그
게 육아인 줄 알던 때였다.
　아이를 참 좋아했다. 길에서 4등신 아가들이 엄마 손을 잡고
걷는 모습만 봐도 가던 길을 멈춰 서서 시선을 떼지 못할 만큼.
남의 아이도 이렇게 좋은데 내 아이를 낳으면 얼마나 좋아하
게 될까, 줄곧 상상했다. 물론, 어디까지나 육아가 이런 일인지
몰랐을 때 얘기다. 알았다면 아마 "육아보다는 결혼, 결혼보다

는 연애"라고 쓰지 않았을까. 사람은 언제나 가지지 못한 것을 욕망하는 존재이겠지만.

아이를 너무 좋아했기 때문인지 아이를 낳지 않는 삶을 상상해보지 못했다. 아이를 낳기 위해 결혼해야 한다고 남자친구였던 남편을 닦달했을 정도로. 나는 내가 결혼 제도에 들어가지 않고 아이를 낳을 만한 배짱은 없다는 걸 일찌감치 알고 있었다. 그게 가부장제를 정면으로 배반할 용기가 없다는 뜻이라는 사실도 모른 채. 그렇게 서른 살에 임신하고 서른한 살에 아이를 낳았다.

임신하고 열 달, 출산, 그리고 육아. 가부장제를 온몸으로 깨달은 지난 몇 년 동안, 아이를 낳기 전까지의 나는 내가 생물학적으로 여성임을 잘 모르고 살아왔다는 사실을 깨달았다. 말하자면 나는 늘 남자처럼 잘할 수 있다는 말을 듣고 살았다. '여자도 남자처럼 잘할 수 있어.' 사법고시도, 행정고시도 여자 합격생이 늘었다며 여자가 시험은 더 잘 본다는 속설도 생겨났다. 하지만 아이를 낳고 깨달았다. 여자와 남자는 다르다. 그런데 이 사회는 그 다름을 차별로 치환해왔다는 걸.

임신 초기엔 자꾸만 잠이 쏟아졌다. 회사에서도 참기 힘들 정도였다. 아직 배도 안 나왔는데, 임신한 티 낸다는 말을 들을까 봐 괜스레 마음 졸이는 나날이었다. 어느 날은 졸음 때문에 도저히 몸을 주체할 수가 없어서 조퇴를 했다. 난 여자구나. 아니, 내 몸은 여자의 몸이구나, 실감했다. 배가 나오면서는 천천히 걸어야만 해서 횡단보도에 파란 신호등이 깜빡거려도 마음만 답답할 뿐 뛸 수 없었다. 만삭이 가까워오면서 잠도 제대로 이룰 수 없었다. 배가 너무 나오니 옆으로 누워서 새우 자세를 취해야 겨우 잠들 수 있었다. 그나마도 태아가 방광을 누르는 탓에 자주 깨어 오줌을 눠야 했다.

하지만 남편은 그대로였다. 배가 나오지도 않았고, 만삭의 배 때문에 잠을 못 이루지도 않았다.

"왜 내 몸만 변하는 거야. 왜 나만 힘든 거야?"

남편은 당연히 해줄 수 있는 말이 없었다. 여자의 몸을 가졌다는, 이 당연한 사실을 그동안 어떻게 모르고 살았을까.

"진정한 평등은 인공 자궁을 발명한 이후에 올 거야."

남편에게 우겼다. 그러나 그 말을 하면서도 '그게 진정한 평등일까?' 의문이 스쳤다.

내 생물학적 성별을 다시 일깨운
출산, 육아, 그리고 수유

첫째 두진이를 제왕절개 수술로 낳았다. 예정일이 얼마 남지 않았을 때, 병원에서는 아이가 크다며 운동을 많이 하라고 했다. 겨울이라 바깥을 걸어 다니기에는 너무 추워서 백화점 계단을 오르내렸다. 신촌 현대백화점, 명동 신세계백화점 등 발길이 닿는 대로 매일같이 백화점을 오르내렸다.

그게 무리가 됐는지 예정일을 일주일이나 남겨놓은 새벽에 태동이 격렬해지며 진통이 왔다. 느낌이 좋지 않았다. 진통 간격은 5분밖에 안 되는데 배가 별로 아프지 않았다. 5분 정도 간격이라면 견딜 수 없을 정도로 진통이 온다고 했는데, 뭔가 문제가 있다는 생각이 들었다. 급히 병원으로 달려갔다.

"아이 태동이 잡히지 않네요. 수술해야 합니다. 위험해요."

나는 얼떨떨한 채로 수술대에 누워야 했다. 병원에 도착한 때는 새벽 4시쯤. 검사를 하고 수술 결정을 하고 수술 준비를 하는 데 1시간이 걸렸다. 5시가 좀 넘어 전신마취를 한다는 말을 들었다. '깨어나지 못하면 어떡하지' 순식간에 두려움이 스쳤다. 수많은 여자들이 목숨을 걸고 아이를 낳았다는 사실을 그때 깨달았다.

아이를 낳는 건 위대한 일이라고 거창하게 포장하려는 것이 아니다. 다만 위험한 일이라는 걸 온몸으로 느꼈다는 것뿐. 마취를 담당하는 의사가 도착해 내 몸무게를 묻고 그에 맞는 마취약을 투입한다고 한 직후 신기하게도 바로 정신을 잃었다. 정신이 없어지는 그 순간에도 두려웠다. '아이를 못 만나면 어떡하지.' 의료 기술이 발달하지 않았던 시대에는 많은 여성이 아이를 낳다가 죽었다. 지금은 그 숫자가 줄었을 뿐 여전히 출산의 진통과 위험은 오롯이 여성이 감수해야 하는 일이었다. 그 순간 남편이, 아이 아빠가 될 사람이 해줄 수 있는 일은 별로 없었다.

늘 상상했다. 아이를 낳은 직후, 아이를 안아보는 순간을. 내 배 속에 살았던 작은 아기를 안아보는 순간은 어떤 느낌일지 궁금했다. 그런데 막상 마취에서 깬 후 가장 먼저 생각난 건 아기가 아니라 엄마였다. 나도 이렇게 엄마 배 속에서 나왔겠구나. 우리는 언젠가 한 몸이었구나. 자꾸 눈물이 나려 했다. 엄마도 나를 이렇게 힘들게 낳았을 거라는 깨달음과 감사한 마음 때문만은 아니었다. 그보다는 늘 정체를 파헤치기 어려웠던 엄마와 나의 감정적 연결 고리가 어디서 왔는지 비로소 이해됐기 때문이었다. '언젠가 나는 엄마의 몸이었구나.' 내 배 속에서 아기를 꺼내고 나서야 나도 엄마 배 속에서 나왔다는 사실을 인정하게 되는 분리의 역설. 아이를 낳고 나서 왜 엄마와 나를 분리하기 어려운지 깨달았다.

아이를 임신하고 낳고 키우면서 엄마를 생각한 적이 많았다. 그러면서 엄마와 내가 같은 '여성'이라는 사실을 절감했다. 스물네 살에 결혼해 스물다섯 살에 나를 낳은 젊은 시절의 엄마. 나와 동생을 낳고 키웠던 이십 대, 삼십 대의 엄마. 엄마는 어떤 생각을 하며 우리를 낳고 키웠을까. 엄마를 또 다른 여성으로 존중하며 바라보기 시작한 것도 아이를 낳고 나서일지도 모르겠다.

출산 이후 '어쩜 이렇게 내가 여성이라는 걸 체감하지 못하고 살아왔을까' 하는 생각을 자주 했다. 한두 시간에 한 번씩 수유를 하면서 밤에도 잠을 자지 못할 때면 언젠가 텔레비전 다큐멘터리에서 봤던 새끼에게 젖을 주는 암컷의 모습을 떠올렸다. 나는 동물이구나. 나는 새끼의 목숨 줄을 쥐고 있는 암컷, 그리고 밥통이구나. 이 밥통이 이렇게 중요할 줄이야. 너무 중요해서 아기와 거리를 둘 수 없었고 거리를 둘 수 없는 만큼 괴로웠다. 그러면서도 신기했다. 분명 괴로운데, 아기를 바라보고 수유를 하고 있으면 알 수 없는 평온함이 온몸을 휘감았다. 괴로우면서 평화로운 이중적 감정을 느끼는 순간마다 엄마와 아빠는 다를 수밖에 없다는 걸 절감했다. 남편도 아이를 돌보며 잠을 푹 자지 못해 괴로워했고 작은 아기를 보며 평화와 평온을 느꼈을 테지만 그건 내가 느끼는 것과는 결이 다를 것이었다.

내 몸은 아이를 낳고 수유를 할 수 있지만 남편의 몸은 그렇지 않았다. 나는 아기가 울면 자다가도 번쩍 눈이 떠졌지만 남편은 나보다는 덜 그랬다. 우리가 다른 몸을 가졌다는 생각이 들 때마다 원시시대 풍요를 상징했다는 석상이 생각났다. 가슴과 엉덩이가 과장돼 있는 모습의 돌. 시대가 달라졌으니, 수많은 가전제품과 육아용품이 아이를 돌보는 수고를 덜어주고 있으니 세상은 달라진 걸까. 하지만 여전히 아이를 낳고 수유를 한 수 있는 건 남편이 아니라 나였다. 우리의 몸은 다른 몸이었다.

그런데 왜 나는 평생 '남자처럼 잘할 수 있다'는 말을 들으며 살아왔을까. 심지어 그렇게 되기 위해 안간힘을 쓰며 살아왔을까.

"조심해. 아이가 제일 중요하지."

둘째 이준이를 임신했을 때 나는 교육 담당 기자였다. 당시 정부는 역사교과서 국정화를 추진했다. 세종시 교육부 청사에서 역사교과서 국정화를 발표했던 때 이준이는 10주 정도로 임신 초기였다. 유산을 조심해야 하는 시기였지만 역사교과서 국정화는 매우 중요한 이슈였다. 청소년에게 '올바른 역사'를 알려주겠다며 국민의 의식을 통제할 수 있다고 믿는 정부에 분노하며 매일 기사를 썼다. 주말에는 정부의 결정에 항의하는 집회가 열려 첫째 두진이를 데리고 취재도 나갔다. 그렇게 이레를 일했던가. 돌아온 월요일 아침, 출근을 준비하는데 팬티에 피가 비쳤다. 하혈이었다.

병원에서는 무조건 쉬어야 한다고 했다. 아기가 무사해서 다행이라는 생각, 체력이 달렸는데 쉬어서 다행이라는 생각이

들면서도 중요한 일인데 못하게 되어 어떡하나 원망스러웠다. 누가 일을 더 하라고 떠밀었던 것도 아닌데 괜히 회사가 원망스럽기도 했다. 그저 이 이슈를 계속 취재해온 내가 기사를 써야 했을 뿐인데.

첫째를 임신했을 때는 좀 무리해도 이상이 없었으니, 이 정도는 체력이 좋은 내가 버틸 수 있을 거라고 계산한 게 실수였다. 회사에 출근할 수 없겠다고 보고하고 나니 울적함이 밀려왔다. 아이가 잘못되면 일 욕심을 부린 스스로를 어떻게 용서할 수 있을까, 그게 가장 두려웠다. 하지만 그러면서도 일을 못하게 된 상황이 싫었다. 왜 이 중요한 때에 임신 초기인 건가, 부질없는 원망이 피어올랐다. 괴물 같았다. 아이와 일 사이에서 저울질을 하고 있는 스스로가.

입사 때부터 교육 담당으로 일하고 싶었다. 몇 번이나 지원을 한 끝에 드디어 교육을 맡게 됐으니 잘하고 싶었다. 마침 역사교과서 국정화, 누리과정 예산 갈등 등 중요한 이슈가 줄줄이 있었다. 하지만 아이를 임신한 나는 잘하고 싶어 하면 안 되는 것이었다. 아니, 적당히 조절했어야 했다.

"조심해. 아이가 제일 중요하지."

선배와 동료들이 말했다. 나도 그렇게 생각했다. 아이가 제일 중요했다. 그럼에도 '왜 하필 내가 오고 싶었던 부서를 어렵게 온 지금'이라는 생각을 하지 않을 수 없었다.

그렇게 2주를 쉬었다. 그 2주 동안 몇 가지 중요한 사건이 지나갔다. 복기는 했기만 또다시 하혈하면 안 되니까 움츠러들었다. 움츠러들 때마다 화가 났다. 왜 나만 이런 고민을 해야 하나. 왜 남편의 몸은 그대로인가. 왜 임신은 나 혼자밖에 못하나. 왜 나만 몸을 조심해야 하나. 그러면서도 만약 아기를 잃게 되면 온전히 내 탓이 될까 봐 전전긍긍하는 나날이었다.

그렇다. 나는 욕심 많은 워킹맘이었다. 아이도 둘이나 낳고 싶어 했고, 일도 잘하고 싶어 했다. 욕심이 넘치면 하나는 포기해야 하는데 어느 것도 포기하지 않고 양 주먹 안에 꽉 쥐고 싶어 했다. 첫째 두진이를 유치원에 데려다주시는 친정엄마가 유치원의 다른 엄마에게 "우리 애는 우리 손주한테 관심이 없나 봐요"라고 했다는 농담을 전해 들었을 땐 '이럴 거면 왜 아이를 낳았나' 자괴감이 들기도 했다.

나는 어떤 엄마인가. 아니 어떤 엄마가 되고 싶어서 아이를 낳았나. 근본적인 질문들이 올라올 때면 두려웠다. 아이를 낳기 전엔 엄마의 손이 이렇게 오랫동안 필요한지 몰랐다. 아이는 최소 열 살이 될 때까지는 누군가 옆에서 안전하게 돌봐야 한다. 더구나 한국 사회에서는 열 살 이후에도 엄마 손이 다방면으로 필요하다고들 한다. 난 어쩌자고 아이를 낳았을까.

아이를 낳기 전에는 아이와 적당한 거리를 두는 엄마가 되고 싶었다. 아이에게 밀착해 내 욕망을 투사하고 싶지 않았다.

거리를 두는 만큼 아이에게 자유가 생긴다고 생각해 아이가
자신의 자유를 책임지는 사람으로 성장하게 하고 싶었다.

　그러나 내가 계산하지 못한 게 있었다. 아이는 어린 시절 절
대적으로 보호받아야 하는 시기가 길다는 것, 그리고 한국 사
회에서는 보호의 책임을 대부분 엄마에게 전가한다는 것, 더군
다나 열 살이 지나고 나서도 엄마의 관리가 지속적으로 필요
하다는 사실이었다.

"진정한 평등은 인공자궁을 발명한 뒤에 올 거야." 과연 그럴까

　남편은 같은 회사의 입사 동기다. 늘 남편이 부러
웠다. 일과 육아 사이에서 저울질을 하지 않아도 되고, 육아휴
직을 하지 않으니 경력이 단절될 일도 없었다. 당연히 의문이
피어올랐다. '왜 엄마만 아이와 일 사이에서 외줄 타기를 해야
하지? 왜 엄마한테만 선택을 강요하지?'

　그런데 어느 날 수유를 하다 문득 이런 생각이 들었다. '과
연 남편이 부러운 걸까? 남편이 나를 부러워해야 하는 거 아닐
까?' 아이와의 교감은 내가 상상하지 못했던 평온함과 뭉클함
을 가져다줬다. 아이의 눈에는 수유할 때의 거리에서 엄마가

제일 잘 보인다고 한다. 아이와 그만큼이나 가까워질 수 있는 건 엄마의 특권이기도 하다. 그런데 난 왜 항상 일이 중요하다고 생각했을까. 아니, 다시 생각해보자. 왜 내가 여성이라는 걸 체감하지 못하고 살아왔을까.

돌이켜보면 여자로 태어난 게 싫었던 적이 많았다. '남자처럼 공부 잘할 수 있어' '남자들처럼 좋은 직장을 얻을 수 있어' 같은 말들을 들으며 자랐다. 그 말은 남자가 기준이라는 뜻이다. 여자는 남자가 아니니 '남자처럼'은 할 수 있지만 '남자가 될 수는 없다'는 뜻이기도 하다. 그렇게 사회가 요구하는 '남자'라는 기준을 향해 달려가다가 임신하고 아이를 낳으면서 깨달은 것이다. 내가 여자라는 사실을. 그렇다면 나는 아이를 낳기 전까지 그 사실을 배반하며 살아왔는지도 모른다.

이 사회는 여성의 생물학적 특징을 있는 그대로 존중한 적이 없었던 것 아닐까. 즉, 이 사회에서 여성은 한 번도 남성과 동등한 존재인 적이 없었다는 뜻이다. 아이를 낳고 기르는 여성의 몸, 가정이라는 사적인 공간에서 출산하고 양육하는 존재로 기능하는 여성의 몸에 '희생하는 모성' 이외의 의미를 부여한 적이 있었던가.

아이를 낳고서야 알게 됐다. 나조차도 가정, 양육, 돌봄을 여성의 영역이라 규정짓고 그 가치를 폄하해왔다는 것을. 아무것도 할 줄 모르는 채 세상에 나온 아이를 돌보는 '양육', 아이와 노인처럼 세상의 약한 존재를 돌보는 '돌봄'의 가치가 얼마나 중요한지 모르고 살아왔다. 가정이라는 공간에서 엄마들이 얼마나 많은 존재를 돌보며 살아왔는지 깊이 생각하지 못했다. 다들 남자처럼 잘해야 한다고, 잘할 수 있다고 말할 때 나도 단순히 힘의 논리를 숭배하며 남자가 되고 싶었던 것은 아니었을까. 여자도 남자처럼 잘할 수 있고 남자와 같은 직업을 가질 수 있다는 논리는 과연 어떤 미래를 가져다줬는가.

1970~1980년대는 남성만 주 6일 별 보며 퇴근하던 가부장적 모델의 사회였다. 그러다 우리 사회는 1990년대부터 여성도 남성이 가지는 직업을 가질 수 있다고 설파하며 똑같이 일자리를 얻게 했다. 사회로 나가 돈을 벌게 된 여성들은 가정에서 교섭권을 얻게 됐지만 아이들을 돌볼 시간을 잃었다. 이때 또 다른 여성인 할머니가 육아에 동원되며 나이 든 여성들이 다시금 육아의 굴레를 썼다. 젊은 여성들은 이 여성들의 도움 없이는 일자리를 유지할 수 없게 됐다. 이마저도 도저히 버틸 수 없는 지경에 이르면 임금이 적은 여성이 일을 그만두는 악순환이 반복됐다.

우리가 놓친 것은 도대체 무엇이었을까. 나는 아이를 낳고 부득부득 임금노동을 하고자 했던 스스로를 여러 번 돌아봐야만 했다. 어린 나는 성평등한 사회를 꿈꿨지만 결국 자본의 논리만을 학습했던 건 아니었을까. 자본이 요구하는 '커리어우먼'이 되고자 했던 것은 아니었을까.

아이를 낳고 나서야 왜 이 사회는 가정, 육아, 돌봄의 가치가 중요하다고 가르치지 않았는지, 아이를 키우는 일이 어른의 책무이며 이렇게 중요하다고 왜 알려주지 않았는지 억울해졌다. 스스로를 '솥뚜껑 아줌마'라 말했던 우리 엄마의 삶보다 진보된 여성의 삶을 살고 싶었을 뿐인데 오히려 아이들을 기르는 시간을 절대적으로 빼앗기고 회사에 구속된 삶을 살게 됐다는 사실을 깨달았을 때 화가 났다.

내가 여성이라는 생물학적 성별을 인정하고 깨달은 중요한 사실은 우리 모두 집으로 돌아와 아이를 기를 수 있는 절대적 시간을 확보해야 한다는 것이었다. 여성이 남성이 되고자 애쓰던 시대를 지나 남성이 여성의 영역으로 들어와야 하는 시대가 되었다는 것이다. 부모가 아이들 곁에 있는 사회가 좋은 사회이며, 남성은 어때야 하고 여성은 어때야 한다는 낡은 관념에서 벗어나 이제 한 걸음 더 나아가야 한다는 것도 깨달았다. 성별의 차이를 부정하지도 폄하하지도 말고 서로의 성별의 생물학적 특성을 인정해야 한다. 개별적 존재들이 추구하는 삶을 사회적 성별이라는 틀에 가두지 말아야 한다.

평등은 인공자궁을 발명한다고 이뤄질 리 없다. 여자를 남자처럼 바꾸면 남자와 비슷해진다는 동일성의 논리로는 평등을 이뤄낼 수 없다. 남자와 여자를 이분법적 구도에 가둬놓고 동일한 논리로 여자도 군대를 가고 남자도 아이를 낳으라고 말하는 것은 진정한 평등이 아니지 않나. 평등의 시작은 우리의 다름을 인정하고 그 다름을 위계화하지 않는 것, 있는 그대로를 존중하는 데 있지 않을까.

내 아이들에게는 그런 사회를 만나게 해주고 싶다. 남녀의 생물학적 성별을 있는 그대로 인정하고 생물학적 차이를 권력화하지 않으며 스스로를 사회적 성별의 틀 안에 가두지 않는 사회를. 주부가 되어 아이들을 돌보는 아빠와 비행기 조종사인 엄마를 상상할 수 있는 사회를. 각자의 취향과 적성을 응원해주는 사회를.

모성은 어떻게 탄생하는가

엄마가 되니… 도망가고 싶었다

'아이를 낳은 직후 그 작은 아기를 내 품에 안으면 얼마나 뭉클하고 황홀할까.' 아이를 낳기 전 했던, 지금 생각하면 어이없는 그 상상은 대중매체 속 출산 장면을 보며 학습한 것이 아니었나 싶다. 그러니까 실제로는 뭉클하지도, 황홀하지도 않았다는 얘기다. 제왕절개 수술 후 아이를 처음 안았을 때는 실감이 안 났다. '아, 이 아이가 내 아들인가.' 작고 예뻤지만 그뿐이었다. 내 아이라는 생각은 크게 들지 않았다.

수술 후 회복도 못한 상황에서 아이는 계속 울었다. 세상에 나온 게 무섭고 힘들다는 듯이 있는 힘껏 우는 아이 앞에서 나는 속수무책이었다. 아직 엄마가 될 준비가 안 됐는데 아이는 틈도 주지 않고 계속 자신을 안아달라, 달래달라고 성화였다. 아직 몸도 회복되지 않았는데 아이를 돌봐야 한다니 좀 서글프기도 했다. 다들 내게 몸조리를 잘해야 한다고 말했지만 아이는 몸조리할 틈을 주지 않았다. 조리원에서 산모들은 다들 손목보호대를 한 채 아이를 안아주고 젖을 먹였다.

도망가고 싶었다. 조리원에서 친정으로 온 첫날은 유난히 더 아이가 악을 쓰고 울었다. 조리원에 전화해서 아이가 이상하다고 울먹였다. 조리원 선생님은 다정하지만 단호한 투로 말했다.

"기특이(첫째 두진이의 태명) 엄마, 기특이는 여기서도 그랬어요."

조리원에 있는 동안 첫째가 '울보 3형제' 중 한 명이었다는 걸 그때 알았다. 예민한 두진이는 작은 소리에도 깼고 밤새 어르고 달래다 보면 눕기는커녕 앉을 수도 없었다. 아이를 안고 거실을 서성이다가 잠들었다 싶으면 소파에 조심히 누워 내 배 위에서 아이를 재웠다. 그렇게 겨우 잠든 아기를 쓰다듬으면서 생각했다. '도망가고 싶다. 도망가고 싶다. 도망가고 싶다.' 나보다 3개월 정도 먼저 아이를 낳은 친구에게 전화를 걸어 힘들다는 이야기를 털어놓다가 울기도 했다. 친구는 말했다.

"나도 도망가고 싶었어. 너만 그런 게 아니야."

친정에서 몸조리하는 동안 엄마가 잠시 볼일이라도 보러 나가시면 아이와 나 둘만 남는 게 두려웠다. 남편은 당연히 회사에 있었던 낮, 나밖에 없는데 아이가 계속 울면 어떡하지. 실제로 아무리 안고 달래도 아이가 울음을 그치지 못하면 아이를 내려놓고 나도 같이 울었다. 외롭고 무서웠다. 그즈음 자주 꿈을 꾸었다. 아이를 두고 달아나다 넘어지거나, 기어이 도망쳤는데 아이가 보고 싶어 우는 꿈을. 그런 꿈을 꾸고 나면 더 죄책감을 느꼈다.

아이가 나로 인해 잘못될까 봐 두렵기도 했다. 작은 아이를 어떻게 돌봐야 하는지 아무도 내게 알려주지 않았다. 아이를 마을에서 기르던 시절에는 자연스럽게 육아의 과정을 보며 자랐을 테지만 우리 세대는 직접 아이를 낳고서야 신생아라는 존재를 처음 만나는 경우가 많다. 아기는 팔을 잘못 잡으면 부러질 것처럼 연약했고, 살짝 목이라도 잡을 때면 꺾일까 봐 무서웠다. '내가 잘못 돌봐 아이가 잘못되면 어떡하지.' 자기 팔이 자기 팔인지도 모르는, 목도 못 가누는 어린것이 숨이 넘어가게 울면 무서웠다. 그럴 때면 생각했다. '이런 상상도 하기 어려운 크기의 책임이 뒤따른다는 걸 알았다면 아이를 낳지 않았을 것이다.'

산후 우울증이 심하면 왜 아이를 두고 뛰어내리는지 이해할 수 있을 것 같았다. 지금 생각해보면 나도 두진이를 낳고 첫 백일 동안은 우울증을 앓았던 것 같다. 스스로 생을 마감한 그 여성들 옆에는 아마 아무도 없었을 것이다. 이름도 얼굴도 모르는 여성들을 떠올리니 가슴이 아팠다. 내게는 남편과 친정엄마가 곁에 있었던 것뿐이다. 아무도 없었다면 어떻게 됐을까. 그러면서 깨달았다. 모성은 태생적으로 내재돼 있지 않다는 걸. 그런데도 여전히 '나는 모성이 없는 엄마가 아닐까' 생각하며 자주 죄책감을 느꼈다. 도대체 내가 떠올린 그 '모성'은 어디에서 학습한 것일까.

태동을 느끼며 배를 쓰다듬고 아이에게 말을 걸면 그게 엄마 준비인 줄 알았다. 하지만 동화책을 읽어주고 노래를 불러주는 태교가 '엄마 준비'는 아니었다. 그저 어느 순간 엄마가 된다. 아이가 갑작스럽게 세상에 나오듯 엄마도 그렇게 엄마가 된다.

나만 처음이 아니었다, 남편도 처음이었다

나와 마찬가지로 남편도 갑작스럽게 아빠가 됐다. 두진이를 낳던 날, 느낌이 좋지 않아 급히 산부인과를 가던 새벽 남편도 불안해했다. 병원에 도착하자마자 태동이 잡히지 않으니 응급 수술을 해야 한다는 말에 나는 남편의 얼굴도 보지 못한 채 수술실로 들어갔다. 남편은 나중에야 얘기해줬다. 간호사가 동의서를 받을 시간도 없을 정도로 급히 수술을 준비해야 한다고 했다고. 평소 가급적 자연분만을 하고 싶다고 했던 내 말을 떠올린 남편이 간호사에게 될 수 있는 말은 "아내한테 설명을 좀 잘해주세요"라는 것뿐이었다고 했다.

수술복으로 갈아입고 수술대에 누워 있는 순간에도 이게 현실일까 계속 어리둥절했던 기억이 난다. 그때 간호사는 남편에게 내 겉옷과 속옷, 양말을 건네줬다고 한다. 남편은 옷가지를 받아들고 '긴급 수술'이라는 무거운 단어에 두려운 마음이 들었다고 했다. 잠도 덜 깬 것 같은 더벅머리의 마취과 의사가 수술실로 들어갈 때는 더했다고 했다. 혹시나, 혹시나 하는 마음이었을 것이다. 수술대에 누워서 마취과 의사 선생님을 기다리던 나는 춥지도 않은데 자꾸만 몸이 떨렸다. 아이를 만날 수 있을까, 쓸데없는 생각이 자꾸 올라왔다.

수술 시간은 불과 이삼십 분밖에 되지 않았다. 그 짧은 시간 동안에도 남편은 얼마나 마음을 졸였는지 우리가 함께 좋아했던 드라마 〈연애시대〉의 한 에피소드가 자꾸 생각났다고 했다. 아이를 잃어버린 부부가 멀어지는 이야기가…. 다행히도 아이는 무사히 태어났다.

"어떻게 안아야 하는지도 모르겠어서 얼른 장모님께 건네 렸어."

남편도 아빠가 되는 것은 처음이었다.

마취에서 덜 깬 채로 병실에 돌아온 나는 2시간 동안 잠들면 안 된다는 지시를 들었다. "자면 안 돼요. 계속 깨우세요." 이유는 제대로 말해주지 않았다. 잠들려 하는 나를 남편은 계속해서 깨웠고, 나는 왜 못 자게 하느냐고, 배가 아프다고 울먹였다. 남편은 그때마다 내 팔에 연결된 진통제를 투여하는 버튼을 눌렀다. 그래도 별 소용이 없었다. 나는 배가 아프다고 울먹이고 남편은 어쩔 줄 몰랐던 첫째 날은 꼼짝없이 침대에 누워만 있어야 했다. 나는 수술한 게 억울해졌다. 자연주의분만, 수중분만을 하겠다며 찾은 병원이었는데. 정말 수술은 하기 싫었는데. 아기가 태어나자마자 젖을 물리고 내 심장 소리를 들려주는 일이 꿈속의 일이 됐다는 게 몹시 서운했다.

물리적 고통도 이어졌다. 배는 아프고 목에서는 계속 가래가 끓었다. 기침을 할 때면 수술 부위가 너무 아팠다. 배를 열고 마취를 해서인지 횡경막까지 가스가 차서 숨을 쉴 때마다 고통스러웠다. 남편은 어쩔 줄 몰라 하며 나를 달래기도 하고 괜찮다고 다독여주기도 했지만 결국 그 고통을 이겨내는 건 내 몫이었다.

아기는 태어난 첫 24시간 동안은 음식을 먹지 않아도 된다고 했다. 배 속에서 섭취한 영양으로 버틸 수 있다는 걸까. 두세 번 태변도 쌌다. 남편은 친정엄마가 기저귀를 가는 모습을 보며 걱정했다. '나도 기저귀를 갈 수 있을까' 하는 초보 아빠의 걱정. 배고픈 건지, 졸린 건지, 갑자기 놀란 건지, 아이 울음

소리도 구분해야 했다. 남편도 계속 헤맸다. 울면 기저귀를 살펴봤다가 나에게 안겨 젖을 물렸다가 그것도 아니면 이기 귀에 '쉬' 소리(아기가 자궁에서 들었던 혈관 소리와 비슷하다며 아기가 울면 해주라고 간호사가 알려준 소리였다)를 냈다. 하루 종일 기저귀를 보다 '쉬' 소리를 내다 안고 어르기를 반복하던 남편은 "아기 보는 게 이렇게 어려울 줄이야"라며 혼잣말을 뱉었다.

제일 어려운 일은 속싸개로 아기를 꽁꽁 싸매는 일이었다. 세상에 나온 지 얼마 안 된 신생아들은 자궁에 있는 느낌처럼 속싸개로 꽁꽁 싸줘야 편안함을 느낀다. 속싸개는 싸면 풀리고 또 싸면 풀리기의 반복이었다. 남편은 하루 종일 속싸개 싸기를 반복했다. 초보 아빠의 속싸개 싸기 노하우가 쌓일 즈음, 아기는 더 이상 속싸개로 쌀 필요가 없어졌다. 남편은 아기를 낳고 세상에 자연스러운 일이란 아무것도 없음을 깨달았다고 했다. 젖 먹는 것조차 고달픈 훈련을 반복해 익숙해지는 일이었다. 모유 수유로 괴로워하는 나를 보며 앞으로는 '젖먹이 같은 녀석' '엄마 젖이나 더 먹고 와' 같은 말을 함부로 하면 안 된다고 얘기하겠다고 했다. 그러면서 이런 말을 덧붙였다. "아기에게 젖을 한번 먹여보라고 해야 돼. 얼마나 힘든지."

그렇게 조리원을 나와 친정에서 또다시 몸조리를 할 때 우리는 집으로 돌아갈 날을 두려워했다. 부모님이 도와주지 않으면 잠도 못 자던 초보 엄마 아빠 시절이다. 그렇다, 나도 초보였지만 남편도 초보였다.

'새끼를 지키려는 앙칼짐'이 모성일까?

그래도 내가 엄마구나 싶은 순간은 있었다. 조리원에서는 선생님들이 아이를 씻겨주다가 친정에 와서야 처음으로 직접 아이를 씻기는 날이었다. 친정엄마가 서툰 나를 도와주셨다. 커다란 대야 두 개를 안방에 가져다놓고 아이를 씻겼다. 엄마는 내 손길이 불안한지 손주를 직접 씻기려고 하셨다. 거기까진 좋았다. 문제는 엄마의 손길.

원래 씩씩한(?) 엄마 성격처럼 갓 2주 된 신생아를 빡빡 문지르는 엄마의 손길을 보고 기겁했다.

"엄마, 하지 마! 아기 다쳐!"

그렇게 소리쳤던 것 같다. 안 그래도 무서워서 우는 아기가 외할머니 손길에 겁에 질린 듯 목청껏 울자 나도 같이 겁에 질렸다. 엄마는 '얘가 왜 이러나' 하는 얼굴에 서운함이 섞인 표정으로 나를 바라봤지만 나는 기가 질렸다. 내 아기가 다칠까 봐.

그 순간은 내가 새끼를 지키는 암컷 같았다. 내 엄마라 하더라도 내 새끼를 해치는 일은 절대 용납할 수 없다는 앙칼진 목소리가 내게서 나왔다는 걸 깨달았을 때 생각했다. '나도 엄마는 엄마구나.' 어쩌면 본능적인 모성이란 그런 것이 아닐까. 내 아기가 다칠 수 있다고 판단될 때 본능적으로 튀어나오는 공격성. 만약 그런 게 모성이라면 내가 어릴 적부터 막연히 생각했던 '성스러움'과는 거리가 멀었다. 또한 그 정도의 앙칼짐은 아버지도 충분히 가질 수 있는 것이었다. 내 어린것을 지키기 위한 본능적 사수 같은 것.

대학 때 여성학 수업을 들으며 모성을 고민해본 적이 있었던가. 경험한 적이 없기에 항상 어정쩡한 결론을 맺었던 것 같다. '아기를 품고 있는 물리적 경험에 사회적 학습이 더해져 모성이 만들어지는 게 아닐까'라는 막연한 추측 정도였다. 기특이를 낳았다고 해서 갑자기 모성을 알게 되지는 않았다. 처음에는 그저 내 몸이 힘든 게 서러웠다. 아기를 낳느라 힘들고 지쳤는데 나보다 더 약한 존재를 보듬어야 하는 상황이 괴로웠다. 아기를 좋아하는 것과 내 아기를 키우는 것은 전혀 다른 일이라는 뻔한 사실을 체감할 뿐이었다.

우리 엄마, 시어머니, 그리고 나

내가 너무 힘들어하자 엄마는 말씀하셨다.

"너도 어릴 때 그렇게 울고 잠을 안 잤어."

엄마도 힘들었다고 했다. 너무 힘든데 혼자서 나를 돌봐야 했다고. 아빠는 바쁘기도 했지만 묵묵부답이었다고. 독박육아가 당연했던 시대에 엄마는 얼마나 외로웠을까.

시어머니도 마찬가지다. 지금의 내 남편을 낳고 나서 젖이 잘 안 나오고, 아이는 하루 종일 울어서 힘들었다고 하셨다. 힘들어서 울기라도 하면 산후조리를 돕던 남편의 할머니가 산후에 울면 눈이 나빠진다며 울지도 못하게 하셨다고. 나만, 내 세대의 엄마들만 힘든 게 아니었다. 모든 엄마들이 힘들었다. 이렇게 힘든데 왜 다들 힘들다는 이야기를 하지 않았을까. 아이를 낳고 나서 그 부분이 제일 이해가 안 됐다. 아기를 낳고 기르는 일을 다들 공적으로 이야기하지 않아왔다는 사실이.

엄마가 나를 낳은 지 30년이 지났지만 달라진 건 없다. 아이들은 여전히 엄마의 고통을 먹고 자란다. 자라면서 육아가 어떤 일인지 들은 적이 없었다. 여성이 주로 해왔던 이 사적인 일에 대해서 아무도 말해주지 않았다. 엄마는 "이제 다 까먹은 줄 알았는데 네가 두진이를 키우는 걸 보니 내가 널 키울 때 얼마나 자고 싶어 했는지 생각나더라"라고 하셨다. 지나고 나면 흐려지는 세상만사처럼 육아의 괴로움도 잊게 될 거라 생각하면 그만일까.

권력을 위해 투쟁하는 이야기는 인물만 바꿔가며 공적으로 수없이 회자되는데 왜 아이 기르는 일은 그렇지 않을까. 권력을 쥐는 일보다 아이를 기르는 일이 더 중요하지 않은가. 그게 다 여성들이 전담해오던 일이어서 공적으로 회자되지 못한 것은 아닐까. 태어나는 아이들이 점점 줄어들고, 여성들의 '출산 파업'이 이뤄지기 시작하니 이제야 아이를 기르는 일에 귀 기울이는 것은 아닐까.

어린 시절, 집안의 제사를 지낼 때 엄마와 작은엄마들은 딸들에게 설거지도 시키지 않았다. "어차피 나이 들면 너희도 하게 될 일인데 지금은 하지 마." 농담인지 진담인지 알 수 없는 그 말을 들었을 때 어느 정도 예감은 했다. 자라면 남자들이 하지 않는 일을 해야 하는구나. 그때마다 사회가 여성의 일이라고 규정하는 틀에 갇히고 싶지 않다고 생각하기도 했다. 더 엇나가고 싶었다. 그러면서도 이 사회가 출산과 육아를 얼마나 공고하게 여성의 일로 규정하고 있는지는 잘 몰랐다. 아니, 나는 다를 수 있다고 생각했다.

그게 실수였다. 나는 알지 못했다. 엄마의 시대에서 진보한 듯 보이지만 실제 그 속도는 내 기대치보다 훨씬 더디다는 것을.

완벽한 엄마를 기대하는 사회

아기는 너무 예뻤지만 내 존재를 바꿔야 하는 일은 어려웠다. 아기는 24시간 내게 온몸을 의지하는 존재다. 20분 수유하고 잠깐 쉬고 또 수유하고, 밤에는 자지 않아 씨름해야 한다. 눕히기만 하면 울며 깨어 통 잠을 자지 못한다. 나는 점차 '좀비'가 되어갔다.

'존재를 매달고 있어야 하는 불편함'은 상상을 초월했다. 한 번은 조리원에서 수유를 하다가 짜증이 났다. 그 모습을 본 한 선생님이 말씀하셨다.

"아기들은 기가 막히게 엄마 상태를 알아요."

짜증 내지 말라는 얘기였다. 울컥했다. 나보고 어쩌란 말인가. 그러나 한편 이 조그마한 아기가 내 감정까지 읽어내고 있을 걸 생각하면 감정을 추스르지 못했다는 죄책감도 따라왔다.

하지만 어찌 엄마 탓만 하겠는가. 핵가족 시대, 별 보며 퇴근하는 사회에서 육아 부담은 엄마에게 집중된다. 그러나 나는 나의 엄마처럼 아이를 위해서만 살고 싶지 않았다. 내 시대에 어울리는 엄마가 될 자신도 있었다. 내 일을 하며 아이를 기르고, 내가 일을 하며 행복한 모습을 보여주면 아이도 엄마의 행복을 닮고 싶다고 생각하는 삶을 상상했다. 그렇게 나는 일도 하고 아이도 키울 수 있는 줄 알았다. 그러나 사회는 나와 아이

사이에서 갈팡질팡해야 하는 상황을 반복해 연출해줬고 그럴 때마다 끊임없이 부딪혔다. 나이가, 아이이가 마치 택일하라는 듯이 묻는 것 같았다. 과연 아이를 선택하지 않고 다시 질문을 던지는 나는 '불량 엄마'인가.

사회는 엄마에게 '완벽함'을 기대한다. '완모(완전 모유 수유)' 신화가 대표적이다. "엄마 젖 먹고 자란 애들이 튼튼하다." 모유 수유가 아이에게는 물론 엄마에게도 좋다며 다들 모유 수유를 해야 한다고 목소리를 높인다. 초유에만 있다는 성분을 못 먹이면 어떡하느냐는 맘카페의 글들. 조리원에서 다 같이 가슴을 내놓고 마사지를 받으며 어떻게 하면 모유 수유를 잘할 수 있을까 고민하는 풍경은 어찌 보면 그로테스크하다.

나도 다르지 않았다. 나 또한 아기를 낳기 전에는 자연분만과 모유 수유를 하겠다고 생각했었다. 남편과 함께 수중분만을 하겠다며 수중분만을 하는 병원을 찾았고, 모유 수유를 잘하기 위해 병원에서 하는 모유 수유 교육도 받았다. 그러나 원치 않게 제왕절개 수술을 해야 했다. 수술 후 고통 때문에도 힘들었지만 자연분만을 못 했다는 좌절감도 컸다. 분만 형태가 엄마의 성적을 결정하는 것도 아닌데 왜 그렇게 자연분만에 집착했을까.

모유 수유도 마찬가지다. 아이에게 좋은 것을 주는 엄마여야 한다는 강박관념 때문은 아니었을까. 신생아 모유 수유는 너무 힘들었다. 아기들은 빨다가 금세 잠들어버렸고 나는 팔도, 목도 아팠다. 아직 잘 못 먹어서 한쪽을 20분씩은 같은 자세로 먹이고 있어야 했다. 5분 정도 먹이고 난 후부터 나오는 모유를 '후유'라고 하는데 이 후유를 많이 먹어야 아기가 쑥쑥 큰다고 했다. 조리원에서는 수시로 아기 몸무게를 체크하며 칠판에 기록했다. 아기의 몸무게는 엄마가 모유를 얼마나 열심히 먹였는지를 나타내는 척도였다. 엄마가 어설프거나 불성실하면 아기 몸무게에서 바로 티가 났다. 모유 수유를 시작한 둘째 날에는 아기가 유두를 빠는 힘이 얼마나 센지 유두가 갈라져서 피가 나왔다. 옷이 스치기만 해도 너무 아파 눈물이 나면서도 아기 몸무게가 늘지 않을까 봐 전전긍긍했다.

두진이 수유 때는 유즙이 정체되어 유선에 염증이 생기는 유선염을 자주 앓았다. 유선이 막혀 가슴이 딱딱해지면 설명할 수 없을 정도로 아프다. 흔히 '젖몸살'이라 부르는 통증이다. 가슴을 마사지하는 업체에 가서 막힌 유선을 뚫는 데는 한 번에 7~8만원이 들었다. 분유값보다 비싼 마사지를 받고 와서 다시 모유 수유를 하는 아이러니. 그렇게 13개월 동안 얼마를 썼을까. 한 번은 고립유관 판정도 받았다. 유관들이 막혀서 자기들끼리 뭉쳐 있다는 것이었다. 이게 심해지면 농양도 된다고 했다. 항생제와 소염제를 처방받아 돌아오던 길, 나는 뭘 위해서 이렇게 모유 수유를 하고 있나, 울적했다.

복직하기 위해 단유하고 나서야 유선염이 왜 그렇게 자주 왔는지 알게 됐다. 단유가 잘됐는지 확인하기 위해 유방 초음파를 찍었는데 의사가 '유선염이 자주 오지 않았느냐'고 물어온 것이다. 중간에 유선이 구부러진 부분이 있어서 유액이 정체되어 자주 막혔을 거라는 얘기였다. 유선염이 올 수밖에 없는 유방으로 꾸역꾸역 모유 수유를 했다니, 허탈했다. 무엇을 위해 그렇게 모유 수유를 고집했을까. 단지 아이에게 좋은 것을 주기 위해서? 혹시 그저 모유 수유가 좋다는 주변의 말에 '좋은 엄마라면 그래야 한다'고 생각했던 것은 아니었을까.

자연분만을 하지 못했다고 우울해하고, 꾸역꾸역 참으며 모유 수유를 했던 그때가 이제는 추억이다. 또한 지금의 나라면 그렇게까지 수중분만과 모유 수유를 고집했을까 싶기도 하다. 그때의 나에게 그렇게까지 하지 않아도 좋은 엄마가 아닌 것은 아니라고 이야기해주고 싶다. 완벽한 엄마가 될 필요도 없지만 그게 완벽한 엄마인 것도 아니라고.

모성도 자란다

2014년, 세월호가 가라앉았을 때 아이들을 잃은 부모들이 절규하는 모습을 보며 집에 돌아와 두진이를 안고 많이 울었다. 두진이가 없는 세상은 이제 상상조차 되지 않는데 저 부모들은 앞으로 어떤 가슴을 안고 살아갈 수 있을까. 두진이가 내 삶의 중요한 이유가 됐음을 알게 된 순간 내 인생은 더 이상 온전히 내 것이기만 할 수 없었다. 아이들이 없는 내 인생은 이제 상상할 수 없게 됐다.

영화 〈어바웃 타임〉을 보면 시간을 여행할 수 있는 남자 주인공이 죽은 아버지가 보고 싶을 때마다 아버지를 만나러 과거로 간다. 그러나 어느 순간 더 이상 아버지를 만나러 갈 수 없게 된다. 현재에서 아이가 태어난 뒤, 평소처럼 아버지를 만나러 과거로 갔다 돌아오니 아이가 다른 아이로 바뀌었기 때문이다. '조그마한 아이랑 몇 개월을 같이 살았다고 아버지와의 재회를 포기할 수 있을까.' 처음 영화를 봤을 땐 그렇게 생각했다.

그런데 두진이가 클수록 그 장면이 이해가 된다. 아이가 내 인생의 너무 중요한 이유가 되어 이제 내 삶과 아이를 분리하기가 어려워졌다. 복직을 앞두고 첫째를 어린이집에 처음 보내던 날, 씩씩한 아이 앞에서 오히려 마음의 준비가 안 돼 눈물을 보인 쪽은 나였다. 적응 훈련을 한다며 15개월도 안 된 아이를 어린이집에 혼자 떼놓고 나오며 미안함뿐이었다. '엄마가 옆에 오래 있어줄 것도 아니면서 너를 낳고… 이렇게 어린이집에 맡겨서 미안해.' 어린이집 현관 앞에서 엉엉 울었다.

부모가 된다는 것은 작은 아이를 어른이 되게 만드는 일인
줄 알았다. 적당히 돌보고 적당히 키우면 되는 일이라고 착각
했는지도 모르겠다. 너무 만만하게 생각한 것이다. 한 인간을
기르는 일의 중요함과 위대함을 깊이 생각하지 못했음을 깨닫
고 나서야 아이 낳기 전의 나를 몹시 한심하게 생각했다.

부모가 된다는 것은 한 인생이 찾아오는 일이었다. 그리고
그 인생에 지대한 영향을 미칠 수 있는 역할을 맡는 것이었다.
그렇다고 해서 아이의 존재가 내 존재보다 우선한다고 생각하
지는 않는다. 여전히 나는 나를 너무 사랑한다. 아이를 사랑하
는 만큼 나 자신을 사랑한다. 아이를 무조건 우선하는 관계가
좋은 관계는 아닐 것이라고, 나는 나를 희생하고 포기하는 관
계가 아닌 아이와 함께 성장하는 관계를 꿈꾼다.

복직 전날 두진이에게 이런 편지를 썼다.

두진아, 너를 만나지 않았다면 이렇게 깊이 아름답고, 깊이 가
슴 뛰게 하는 순간이 있다는 사실을 몰랐을 거야. 엄마 아빠에게
와줘서 고마워. 부족한 엄마 아빠 옆에 와서 자주 웃게 해줘서 고
마워. 고맙다는 말이 부족할 정도로 고마워 아들.

아기가 혼자 설 때까지 어른이 이렇게 많이 도와줘야 하는지
엄마는 몰랐어. 혼자는 자지도, 먹지도, 옷을 입지도, 목욕을 하
지도 못하는 너를 붙잡고 엄마는 사실 자주 힘들었어. 물리적으

로 나 없인 아무것도 할 수 없는 존재를 처음 만났기 때문이었을 거야. 서른두 살이 되는 동안 엄마가 스스로 해냈다고 믿었던 성취들이 사실 할머니 할아버지가 옆에서 말없이 도와주셔서 가능했다는 것을 깨달았지. 그래서 이렇게 결심하기도 했어. 할머니 할아버지가 엄마에게 그러셨던 것처럼 엄마도 너의 옆에서 네가 네 삶을 혼자 짊어질 수 있을 때까지 항상 도와주겠다고. 엄마가 할머니 할아버지에게 받은 만큼 너를 위해 열심히 해주겠다고. 그러면서 엄마도 천천히 엄마가 되어갈 거야. 좋은 엄마가 될 수 있을지는 자신 없지만 노력할게. 두진이가 커가는 만큼 엄마도 성장하는 사람이 되겠다고.

너를 할머니에게 맡기고 출근해야 하는 엄마는 여전히 마음이 많이 무겁다. 너에게도 미안하고 할머니에게도 미안하고…. 두진아, 엄마는 두진이가 엄마가 없는 시간 동안 엄마를 보고 싶어 할까 봐, 그래서 엄마가 없는 순간을 슬퍼할까 봐 많이 걱정돼. 같이 있어주지 못해서 미안해. 두진이에게 엄마 손이 많이 필요할 때 같이 있어줄 수 있으면 좋을 텐데. 작은 네가 훌쩍 커서 언젠가 엄마 손을 귀찮아할 때가 올 텐데, 그 전에 엄마를 필요로 하고 엄마를 이렇게 좋아할 땐 계속 같이 있어주고 싶은데 말이야. 그러지 못해서 미안해.

그렇지만 기억해줘. 엄마도 두진이와 헤어지는 순간을 늘 슬퍼했다는 걸. 두진이만큼, 아니 두진이보다 더 두진이를 보고 싶어

했다는 걸. 아마 엄마 직업상 일찍 들어오지 못하는 날이 많겠지만 밤에는 꼭 함께 자자. 두진이가 혼자 잘 수 있는 날까지 엄마가 밤에는 꼭 함께 있어줄게. 그리고 주말에도 좋은 시간 많이 보내자.

두진아, 부모란 건 언제나 뒤에서 지켜봐주는 존재가 아닐까 싶어. 두진이가 인생을 사는 모습을 뒤에서 지켜보는 사람. 두진이의 행복을 같이 기뻐하고 두진이의 슬픔을 위로해주는 사람. 그래서 언제나 혼자가 아니라고 느낄 수 있도록 해주는 사람. 두진이가 가장 힘들고 외로운 시간에도 혼자가 아니라고 생각할 수 있도록 엄마가 항상 뒤에 서 있을게. 왜냐하면 엄마에게는 이제 두진이가 제일 소중하니까. 세상 어떤 것과도 바꿀 수 없는 존재니까. 네가 있어서 엄마는 또 다른 삶을 살 수 있게 되었으니까.

같이 많이 있어주지 못하지만 엄마는 그만큼 좋은 사람이 되도록 노력할게. 그래서 두진이가 좋은 사람이 되고 싶다고 생각할 수 있도록. 엄마가 엄마의 삶을 행복하게 사는 모습을 보여줄게. 그래서 엄마 아빠가 행복하고 즐겁다는 것을 느끼게 해줄게. 아마 두진이가 있어서 엄마는 더 힘을 낼 수 있을 거야. 미안하고 고맙다 아들.

처음부터 엄마인 사람도, 아이를 낳자마자 엄마가 되는 사람도 없다. 그런 의미에서 모성은 없다. 그렇지만 아이를 낳고 모든 엄마가 엄마가 되어간다. 아이가 자라는 만큼 나도 조금씩 더 엄마가 되어갈 것이다. 완성된 모습은 없다는 것을 이제는 안다. 다만 아이가 자라는 만큼 나도 자라고 싶다. 두진이와 이준이를 낳고 키우면서 나는 좀 더 좋은 사람이 되고 싶어졌다. 따뜻하지만 강하고, 이 세상이 좀 더 좋아질 수 있도록 노력하는 사람. 모성도 자란다. 이 아이들 덕분에 나도 성장하게 되었으니.

"당신은
편하잖아."
남편은 어느새
타자

'오빠'라는 호칭의 정치학

입사 동기인 남편과 나는 일하면서 업무 스트레스와 고민을 털어놓다가 친해졌다. 그러다 연애를 하고 결혼까지 했다. 나이는 남편이 한 살 위지만 처음부터 동기로 만났고 동기들은 다 말을 놓고 지내기 때문에 우리는 서로 이름을 불렀다. 물론 처음부터 그랬던 것은 아니다. 대학 때부터 한 살이라도 위면 '오빠'라고 불러왔던 습관 때문일까. 처음에는 나도 남편을 '경상 오빠'라고 불렀고 휴대전화에도 그렇게 저장돼 있었다. 그러다 한 여자 선배가 왜 동기를 '오빠'라고 부르느냐고 물었을 때 아차, 하고는 그때부터 남편의 황씨 성을 딴 별명 '꽝'으로 불렀다. 휴대전화에 저장된 이름도 '꽝'으로 바꿨다.

연애를 시작한 뒤 남편은 "오빠 맞잖아. 오빠라고 불러야지" 하며 장난을 걸었고, 그때마다 나는 "오빠는 무슨"이라고 받아쳤다. 하지만 솔직하게 말하자면 가끔은 오빠라고 부르고 싶기도 했다. 한국 사회에서 '오빠'라는 호칭이 규정하는 남성과 여성의 관계 속에 들어가고 싶었던 걸까. 나를 지켜주는 '오빠'에 대한 로망은 내게도 있었다. 텔레비전 드라마에서 학습해온 연애의 시뮬레이션을 따라 하고 싶은 적도 많았다. 남자는 여자를 지켜주고 여자는 남자에게 의지하는 뭐 그런 연애.

다행히 남편과의 연애는 매스컴에서 보여주는 연애가 허구라는 사실을 깨달은 뒤에 시작됐다. 감히 누가 누굴 지켜준단 말인가. 그저 각자의 삶을 살아낼 뿐인데. '오빠'에 대한 로망이 완전히 사라진 건 아니었지만 그게 연애의 전부를 흔들 정도는 아니었다. '오빠'라는 호칭을 쓰지 않아서일까. 남편과 나는 연애 중 꽤나 평등한 관계를 유지했다. 몇 번 남편의 장난에 호응해줄까 하는 마음으로 '오빠'라고 불러볼까 싶기도 했지만 입에 붙지 않았다. 결정적으로 굳이 '오빠'라고 부르며 연애할 정도로 남자친구에게 의지하고 싶지 않았다.

서른을 코앞에 두고 밤에도 취재를 하고 가끔은 새벽 별 보며 퇴근하는 내 직업을 이해해주는 남자를 열렬히 찾았다. 그러면서도 가사노동과 육아를 절반씩 해낼 수 있는 남자. 평생 일을 하고 싶었기 때문에 가사노동과 육아를 분담하지 않거나

'도와주는' 일 정도로 생각하는 남자와는 결혼하기 어렵다는 것을 잘 알고 있었다. 다행히도 남편은 그런 남자가 아니었다. 입으로는 여성의 사회적 지위 향상이 얼마나 중요한지 말하면서 집에서는 걸레질은커녕 밥솥에 밥도 못 안치는 그런 남자들과는 달랐다. 달콤한 말로 사랑을 맹세하지는 않지만 묵묵히 걸레질은 할 수 있는 남자. 오랫동안 자취생활을 해 나보다 요리도 잘하고, 와이셔츠의 목 때를 어떻게 제거하는지 알 정도로 집안일 지능이 있다는 점도 매력적으로 느껴졌다. 그래서 남편과 결혼했다.

지금 돌이켜보면 남편과 내가 동기여서 참 다행이지 싶다. 동등한 위치에서 시작한 관계는 권력관계가 형성되기 어려웠다. 힘의 균형이 비슷한 관계. 그 동등한 관계는 지금도 유지되고 있다.

가부장적 질서를 둘이서 깰 순 없었다

결혼해도 크게 달라지지 않을 줄 알았다. 나는 내일을 이해해주고 가사노동과 육아를 제대로 분담하는 남자와 결혼했으니 이 가부장적인 한국 사회에서도 우리 부부는 평등하게 살 수 있을 줄 알았다. 그것이 완벽한 착각이란 걸 깨닫는

데는 오랜 시간이 걸리지 않았다.

우선 호칭부터 달라졌다. 결혼 초 시가에 갔을 때 남편을 '꽝'이라고 부르려다가 멈칫했다. 시부모님이 어떻게 생각하실지 조심스러웠다. 그때부터였을까. '꽝'이라는 호칭은 어느새 '남편'으로 바뀌었다. 늘 '꽝' – '아영아'였던 관계는 결혼과 함께 '남편' – '아영아'로 바뀌었다. 남편이 나를 부르는 호칭은 달라지지 않았지만 내가 남편을 부르는 호칭은 달라졌다.

한번은 남편의 고향 친구가 말했다.

"시댁에 왔으면 새벽부터 일어나 시부모 봉양해야죠. 밥부터 지어야죠."

농담인 줄 알고 웃었지만 이게 보수적인 지역의, 아니 오랫동안 이어져온 한국의 가부장적 인식이지 싶어 아찔했다. 무엇보다 가부장제는 '내 몸'이 알고 있었다. 결혼 초 시가에 가서는 어찌할 바를 몰랐다. '편하게 있으라'는 시부모님의 말에도 언제 설거지를 해야 하나, 과일을 깎아야 하나 앉았다 일어났다의 반복이었다. 시가에 가면 '앉았다 일어났다 하기'가 가장 힘들다고 하더니. 내 이성은 친정에 간 남편에게 나와 똑같이 밥상 차리는 일을 돕고 설거지를 하라고 말했지만, 시가에서는 평소의 그런 나와는 다른 내가 툭 튀어나왔다. 그렇게 다른 나를 발견하고서야 알았다. 내 의식은 가부장적 세계의 부정을 주장했지만 내 몸에는 그 질서가 깊이 들어와 있다는 사실을,

몸속 깊이 체화돼 있다는 사실을 말이다.

결혼하고 나서 첫 명절. 결혼을 실감한 건 친정에 가려고 막 나섰을 때였다. 내가 시가에서 친정으로 가려는 그 시각, 동생은 늘 그랬듯 서울에서 차례를 지내고 사촌 동생들을 만나 시간을 보내는 참이었을 것이다. 그러다 내 생각이 났는지 전화를 걸어와서는 사촌 동생들을 바꿔줬다. "언니, 보고 싶어"라는 사촌 동생의 말에 또 한 번 실감했다. '내가 결혼이란 걸 했구나. 이제 명절 때 사촌 동생들을 볼 수 없구나.' 결혼은 그런 것이었다. 명절에 남편의 친척들과 함께 시간을 보내야 하는 것. 한국 사회에서 결혼은 아직도 가부장제가 강하게 작동하는 제도라는 사실을 절감했다. '나만 그렇게 살지 않으면 되겠지'라는 건 얼마나 순진한 생각이었나. 관습이, 인식이, 문화가 그렇게 짜여 있는 구조 속에서 내가 할 수 있는 일은 많지 않았다.

이제는 안다. 남편과 나 둘이서 가부장적 질서를 깰 수는 없다는 것을. 사회의 굳건한 질서 앞에서 나는 너무 무력했다. 어째서 그렇게 자신만만했을까. '남편은 결혼으로 잃는 게 뭐지?' 언제부터인가 남편을 보면 억울한 마음이 들기 시작했다. 남편이 그 거대한 구조 뒤에서 '나도 할 수 있는 게 없어'라는 표정으로 뒷짐을 지고 있는 것 같으면 미워지기도 했다.

"당신은 편하잖아."
육아에서 남편은 구경꾼이 되는 구조

　아이를 낳고서는 억울함이 점점 더 차오르기 시작했다. 차만 타면 토할 것 같은 입덧을 참으면서 무거운 노트북 가방을 짊어진 채 배 속에 아이를 품고 회사를 다녔던 열 달의 임신 기간, 태동이 잡히지 않아 새벽에 급히 전신마취를 하고 제왕절개 수술을 했던 출산. 아이를 세상에 내보내며 내 배에는 수술 자국이 남았지만 남편의 몸에는 아무런 변화가 없었다. 평생 수술 한 번 한 일 없던 내가 출산을 위해 수술을 해야 했다. 전신마취 때문에 5박 6일을 입원해야 했던 병원에서도 마찬가지였다. 남편은 나를 안쓰러워하는 표정으로 늘 내 옆에 있었지만 나를 위해 해줄 수 있는 일은 많지 않았다. 결국 다 내 몸으로 해야 하는 일들이었다.

　아이를 임신하고 낳으면서 뭔가가 잘못됐다는 생각이 들기 시작했다. 학교에서는 사회에서 여성과 남성이 동등하다고, 같은 기회를 얻을 수 있다고 가르쳤지만 그건 '사기'였다. 아이를 낳고 키우는 구조는 그대로인데 여성도 남성과 똑같이 원하는 일을 할 수 있다고 사기를 치다니. 배신감이 들었다. 여성이 일터로 나온 것은 소득분배 악화 때문에 남성 소득으로 가계를 꾸리기 어려워서였다는 통계 분석을 보면서 왜 나는 그렇게도 열렬히 일터로 나오고 싶어 했나, 뭔가 잘못된 게 아닌가 싶었다. 참정권부터 시작해 여성이 남성과 동능한 지위를 얻기 위해 싸웠던 선배 세대들이 원하던 세상은 여성이 일도 하고 가사노동도 하고 육아도 하는 삶은 아니었을 텐데. 그렇다면 1970~1980년대 여성운동은 자본주의에 진 것인지도 모른다.

울기만 하는 신생아를 안고 어쩔 줄 몰랐던 입원 기간과 조리원에서의 시간, 하루 종일 아기를 안고 어르고 먹이고 씻겨야 했던 육아휴직 기간, 그리고 일과 육아를 병행하게 되면서까지 내 옆에 가장 오래 있었던 사람은 남편이 아니라 친정엄마였다. 아이를 아빠가 아니라 외할머니와 기르다니. 결국 가사노동이나 육아와 같은 무임금노동이 또다시 여성의 몫이 되는 이 기이한 구조가 끈질기게 유지되고 있는 것이다. 그런 구조에서 '똑같은 기회를 줬으니 똑같이 달리라'는 자본주의의 목소리는 달리는 여성들에게 중도에 무릎을 꿇고 포기하거나 다른 여성에게 무임금노동을 전가하라는 메시지였다. 그걸 아이를 낳고서야 깨닫다니. 내가 내 발등을 찍는지도 모르고 결혼을 하고 아이를 낳았구나. 억울했다.

남편은 늘 최선을 다했다. 평일에는 빨리 퇴근하려고 하고, 주말에도 아이를 열심히 돌봤다. 그러니 내가 억울함을 호소하면 남편도 억울해했다.

"나도 최선을 다하고 있어."

하지만 그 말에 더 억울해지곤 했다. 그럼 나는 최선을 다하고 있지 않나?

"당신이 최선을 다하고 있는 걸 모르는 게 아냐. 하지만 그저 나를 열심히 돕는다고 해결되는 문제가 아니잖아. 이 가부장제와 자본주의 시스템에서 내가 희생당하고 있는 지점을 눈감지 말아달라는 거야. 같이 싸워달라고. 같이 싸워주지 않으면서 당신의 최선만 말하면 그건 비겁한 거라고. 세상이 여자들을 혐오하면서 이중 부담을 지우려는 구조를 바꾸려고 당신부터 노력하지 않으면 아무것도 바뀌지 않아."

나는 울면서 그렇게 말했다.

아이는 같이 낳았지만
남편과 내 처지는 달랐다

우리는 같은 연도에 입사했으니 당연히 연차도 같다. 첫째를 낳고 복직했던 2014년, 나는 문화부로 발령받았고 남편은 정치부에서 국방부를 담당했다. 당시 북한은 하루가 멀다 하고 무인기를 날리고 미사일을 발사했다. 군대에서 총기 난사 사고까지 발생해 남편의 퇴근은 자주 늦어졌다. 똑같이 일을 하는데도 내가 남편의 일을 배려해야 하는 상황이 반복됐다. 남편이 주말에도 근무하는 날이 종종 있었고 자연스럽게 가사노동과 육아에서 내 몫이 커졌다. 거기까지는 참을 수 있었다. 정말 참을 수 없는 건 내 일이 뒷전으로 밀리는 구조였다.

하루는 내가 책을 읽어야 하는 날이었다. 문화부에서는 매주 신간 소개 및 리뷰를 하는데 마감이 목요일이라 수요일까지는 책을 꼭 읽고 자야 했다. 수요일에 남편의 퇴근이 늦으면 내가 일을 못하게 돼 늘 전전긍긍했다. 두진이는 예민해서 옆에 사람이 없으면 계속 깼다. 책을 읽고 있다가 아이가 깨면 재우고 다시 일어나 책을 읽고 또 깨면 재우고의 반복.

어느 수요일, 또 북한이 미사일을 쐈고 어김없이 남편의 퇴근이 늦어졌다. 아이를 간신히 재우고, 깰까 봐 노심초사하며 책을 읽는데 남편이 전화를 걸어와 말했다.

"부장이 맥주 한 잔만 하자고 해서서 딱 한 잔만 하고 들어갈게."

폭발했다.

"부장한테 내가 책을 읽어야 하니까 맥주 마실 수 없다고 말하고 들어와. 꼭 내가 책을 읽어야 한다고 말해."

내 목소리에서 분노를 읽어낸 남편은 부장에게 아이가 아프다고 말하고 바로 들어왔다. 그날 우리는 크게 싸웠다. "그 정도는 이해해줄 수 있는 것 아니냐"는 남편의 말에 쌓여 있던 분노가 터졌다.

"내가 왜 당신이 맥주 한잔하는 시간 때문에 책 읽는 시간을 빼앗겨야 해? 내가 책 읽는 건 일이고 당신이 맥주 한잔하는 건 일이 아니야. 회식은 일이 아니라고. 그러면서 남자들은 말할 거잖아. 역시 애 낳은 여자들은 일을 대충 한다고. 내가 책도 다 못 읽고 기사를 쓰면 그렇게 말할 거잖아. 같이 아이를 낳았는데 왜 나만 일을 대충 한다는 이야기를 들어야 해!"

남편이 아이가 아프다고 거짓말을 한 것도 불만이었다. 같은 회사니까 알리고 싶었다. 남편이 쓸데없이 늦게 들어오면 내가 피해를 본다는 사실을. 회사에 남자 직원들을 오래 붙잡아두면 붙잡아둘수록 집에 있는 여자들은 회사에서 2등 사원이 될 수밖에 없다는 것을. 자신들이 여자 직원들에게 일할 시간을 주지 않으면서 "애 낳은 여자들은 일을 대충 해" "일 잘하던 여기자들도 애 낳으면 별 볼 일 없어져" 같은 말을 한다는 게 얼마나 어불성설인지 알리고 싶었다.

빳빳한 와이셔츠를 입은 남자 선배를 가끔 훔쳐볼 때면 분노인지 질투인지 알 수 없는 감정이 휘몰아쳤다. 가사노동과 육아를 누군가 도맡아줬을 남자 선배들은 절대 나를 이해할 수 없을 것이라는 두려움을 먼저 느낀 다음에는, 그 무경험이 편견이 돼 나를 향할 거라는 불안함과 분노가 이어졌다. '나도 와이셔츠를 다려줄 아내가 있었으면 좋겠다.' 불현듯 그런 생각이 들었을 때는 나도 누군가에게 가사노동을 떠넘기려 한다는 죄책감도 느꼈다.

두 번의 육아휴직으로 내 경력은 동기들에 비해 2년 6개월의 공백이 생겼다. '커리어가 뭐 중요해, 멀리 보면 2년은 아무것도 아니야'라는 생각으로 자기 위안을 하면서도 남편과 내가 다르다는 것을 깨달을 때마다 허망했다.

한번은 육아휴직 후 아이를 돌봐줄 사람을 찾지 못한 여자 선배가 회사를 그만두게 되면서 편집국장이 직원들의 고충을 듣겠다며 메신저에서 채팅방을 만들었다. 그런데 그 채팅방에 초대된 사람은 아이가 있는 여기자들뿐이었다. 화가 난 나는 그 방에서 말했다.

"여기에 여기자들만 모아놓고 고충을 털어놓으라는 것이 육아가 여자들에게 전가되는 상황을 명확하게 보여주네요. 아이를 키우는 남기자들의 목소리는 왜 안 들나요."

엎친 데 덮친 격이라고, 두 번째 육아휴직을 앞두고서는 한 선배가 육아휴직으로 결원이 많이 생긴다고 "여자를 많이 뽑아서 문제"라고 했다는 말을 동료에게 전해 들었다. 화가 나는 것도 잠깐, 어느새 슬퍼졌다. 나는 왜 여자인가, 남자였다면 듣지 않아도 되는 말을 나는 왜 듣고 있는가. 나와 남편은 일과 육아를 병행하려 똑같이 열심히 싸우고 있건만 그 모습을 지켜보는 주변의 반응은 어째서 "남편 좀 풀어주라"는 농담으로 돌아오는가.

이럴 줄
알았으면
아이를
낳았을까

지속 불가능한 시스템을
굴리는 사회

　　아이를 낳고 가장 많이 되뇌었던 말은 '지속 가능하지 않다'였다. 이 일상은 지속 가능하지 않다고, 퇴근하고 아이를 재우고 그러다 몸살이 날 때면 되뇌었다. 남편에게 울면서 말한 적도 있었다. "누가 날 이런 상황에 가둔 걸까. 정말 이 정도로 힘들 줄은 몰랐어…."

　장시간 노동으로 소진되는 것도 모르고 사는 삶. 내 직업 때문이 아닐까 생각한 적도 있었다. 사회부에서 일할 때는 주말도 내 시간이 아니었다. 사건이 생기면 늦은 밤까지 기사를 쓰다 자정이 넘어 퇴근하는 날도 많았다. 유일하게 쉬는 날인 토요일마저 취재 일정이 잡히면 정말 끔찍했다. '이렇게 계속 살아야 하나' 생각한 게 한두 번이 아니었다.

하지만 내 직업만 그런 것이 아니었다. 주변을 돌아보면 다들 이렇게 살고 있었다. 상무가 출근하기 전에 출근해야 한다는 회사, 전무가 퇴근하기 전에는 퇴근하기 어렵다는 회사, 칼퇴근에 눈치 주는 부장이 있는 회사, 주말에도 단합을 도모한다며 등산 워크숍을 잡는 회사, 상사의 넋두리를 들어주는 시간인지 술을 억지로 먹는 시간인지 알 수 없는 회식까지. 정도의 차이가 있을 뿐 한국의 회사원들은 다들 '사축社畜'이었다. 자기 시간이 없이 곯아가는 사축.

아이를 낳기 전에는 어떻게든 이 시스템에 나를 꾸역꾸역 맞췄던 것 같다. 주 7일 근무할 때는 정말 괴로웠지만 이곳에서 어떻게 달아나야 하는지 답을 찾지 못했다. 회사의 장점을 열거하며 이 정도는 참을 수 있지 않나 생각한 날도 많았다. 우는소리를 한다고 누군가 지적할까 봐 두렵기도 했다. 여자라서 그렇다고 손가락질 받을까 봐 무서운 적도 많았다. 어떻게든 버텼다. 무던하게 해내야 한다고 다들 말하니까.

하지만 아이를 낳고서는 모든 게 달라졌다. 아이가 없을 땐 퇴근이 늦어도 억지로 참으면 됐지만 아이가 있는 삶은 그게 불가능했다. 아이를 낳기 전, 아이 때문에 퇴근하는 여자 선배들을 뒤에서 욕하던 말들을 기억했다. 자기 아이를 돌볼 수 없는 이 시스템에 적응하라고 모두들 말하고 있었다. 가정보다, 아이보다 일이 더 중요하다고 말하는 사회. 혼란스러웠다. 이런 사회에서 아이를 돌보겠다고 퇴근하는 건 2등 사원이 되는 일이었다. 따가운 뒤통수를 매만지며 회사를 나서는 사람은 대부분 여성들이었다. 그들이 아이들을 방치해둔 채 남자들만큼 일하겠다고 나서야 했던 걸까? 그럼 우리 아이들은 누가 돌보라고?

세 아이를 둔 공무원 워킹맘이 심장마비로 사망했다는 뉴스를 들었을 때는 정말이지 참담했다.* 마치 내 미래 같아서였을까. 그는 아이를 셋이나 두고 주 70시간씩 일을 했다고 한다. 70시간을 5일로 나누면 하루 14시간, 7일로 나눠도 하루 10시간이다. 무슨 일을 그리 많이 했을까. 욕먹지 말아야 한다고 이를 악물었던 걸까. 그는 아마 퇴근해서도 아이들을 돌보느라 자신은 돌보지 못했을 것이다. 그렇게 소진되면서도 몰랐을 것이다. 정말 끔찍하다. 끔찍하다. 끔찍하다.

언제까지 이렇게 살아야 할까. 지속 불가능한 시스템을 굴리는 사회. 내가 어릴 땐 사회가 아빠만 빼앗았지만 지금 우리 아이들에게서는 엄마, 아빠를 다 빼앗아가고 있다. 그래놓고 버티지 못하는 여성들을 다시 집으로 쫓아버리는 사회. 엄마들

---

* 송윤경, "대통령도 울린 사건… 아이 셋 '복지부 워킹맘' 순직 인정", 〈경향신문〉, 2017년 6월 16일.

을 비자발적 '경단녀'로 만들고 아빠들을 회사의 노예로 만드는 사회. 한국 사회는 가정에서 아빠를 빼앗고, 엄마마저 일터로 나오게 한 뒤 아이들을 방치하라고 말하고 있는 것과 다름없다. 가족을 해체시켜놓고 저출산을 걱정한다. 이런 구조에서는 아이를 낳는 것이 오히려 이상하지 않나. 가족을 유지할 수 없게 만드는 이 구조는 지속 불가능하다. 우리 모두 알고 있는 사실 아닌가.

저출산을 걱정하는 건 시장뿐

공적 시스템이 부실하니 '시장'이 육아의 어려움을 파고든다. 조리원에서는 아이를 갓 낳은 산모들에게 분유부터 기저귀, 유아교육, 재무 계획까지 하루에 한두 번씩 수업을 해준다. 어떤 분유를 먹여야 하고, 영아 때는 어떤 교구를 이용해 아이를 교육(?)해야 하며, 아이의 미래를 위해 어떤 금융상품에 가입해야 하는지까지.

그러나 어디에서도 어떤 부모가 좋은 부모인지, 좋은 부모가 되기 위해서 어떻게 해야 하는지는 말해주지 않는다. 공공의 역할은 텅 비어 있다. 그러니 저출산을 진심으로 걱정하는 곳은 시장뿐일지도 모른다. 그들에게 저출산은 고객이 줄어든다는 말과 같기 때문이다. 부실한 공적 시스템 사이로 부모의 지갑을 노리는 시장이 활개를 친다.

내가 어릴 땐 '동네'가 있었다. 골목을 걸어가면 여기는 누구네 집인지, 가족이 몇 명인지도 대충 알았다. 초등학교 때는 학교가 끝나면 동네 친구들과 고무줄놀이를 했고 남동생은 팽이치기, 술래잡기 등을 했다. 지금 생각해보면 엄마는 나보다 육아 자원이 많았던 셈이다. 가끔은 나를 이웃 아줌마네 집에 맡겨놓고 시장에 가기도 했고, 중학생 때는 4박 5일 여행을 다녀오기도 했다. 며칠은 외숙모 집에서, 며칠은 동네 아줌마 집에서 밥을 얻어먹었다.

그러나 이 같은 풍경은 핵가족화와 도시화가 진행되면서, 어려서부터 아파트에 사는 요즘에는 상상하기 어려워졌다. 아빠는 늦게 퇴근하고 아이와 엄마 둘이 집 안에 갇혀 사는 사회에서 엄마들이 친구를 만나는 곳은 대형마트와 백화점의 문화센터다. 속칭 '문센'에서 친구를 사귀는 일이 독박육아의 성패를 가른다고 농담할 정도다.

나도 아기를 낳기 전에는 엄마들이 왜 백화점만 가는지 잘 몰랐다. 알고 보니 이유는 간단했다. 백화점에는 수유 시설, 기저귀 교환대, 아이들이 갈 만한 식당이 있다. 집 앞 주민센터에는 없는 시설이 백화점에는 있다. 엄마들이 비싼 돈을 지불하고서라도 백화점을 이용하는 이유는 간단하다. 갈 곳이 없어서

다. 왜 몇 건물 건너 하나씩 키즈카페가 있는지 아는가. 아이들도 갈 곳이 없어서다. 엄마들만큼이나 아이들도 갈 곳이 없다. 실내에 있는 키즈카페는 차가 다니지 않아 안전하다. 여름에는 시원하고 겨울에는 따뜻하며 미세먼지 걱정도 없다. 또 다양한 놀잇감이 있어 아이들이 엄마를 덜 찾는다. 독박육아 구조에서 엄마들은 돈을 주고 공간과 시간을 산다. '맘충'이라고 불리던 엄마들이 '주체'로 호명되는 건 이렇게 지갑을 열어 소비자가 됐을 때뿐이다.

그나마 아이들의 공간인 놀이터도 만들지 말자고 하는 사회, 그게 바로 우리가 발 딛고 사는 여기다.* 왜 아이를 안 낳느냐고? 요즘 젊은 여성들이 자기밖에 모른다고? 아이를 위한 놀이터를 만드는 비용도 아까워하는 사회에서 아이를 낳으라고 말하는 게 더 이기적인 것 아닌가.

아스팔트와 자동차 사이에서
아이를 키운다는 것

아이를 낳기 전에는 자동차가 이렇게까지 위험하

* 조시영, "놀이터 없애고 주차장 만드는 광주시", 〈노컷뉴스〉, 2017년 6월 20일.

다는 생각도 못했다. 돌을 지나 뒤뚱뒤뚱 걷기 시작해 혼자서도 안정적으로 차를 피할 수 있기까지는 몇 년이 걸리는 걸까. 가끔은 아이와 거리를 걷는다는 것 자체가 두렵기도 하다. 어디에서 차가 튀어나올지 알 수 없는 도시. 보도는 좁고 차도는 넓다. 차가 점령한 도시에서 아이는 늘 "조심해! 앞을 봐야지!"라는 훈계를 들으며 자란다.

두진이는 다섯 살이 되면서 킥보드를 타기 시작했다. 매사에 조심스러운 성격이라 킥보드를 타도 넘어지기 전에 멈추는 아이지만 그래도 자동차 사이를 가로질러 갈 때는 나도 모르게 소리를 지르고 만다.

"두진아, 조심해! 앞을 봐야지! 차에 치일 뻔했잖아!"

24개월 이준이는 두진이보다 훨씬 움직임이 크고 호기심도 많다. 걷는 재미를 알고 온갖 곳을 휘젓고 다니는 망아지 같은 아이. 차가 어떤 물체인지 알 리도 없다. 순식간에 내 품을 빠져나가 달아나는 통에 혼비백산한 적이 한두 번이 아니다. 혼자서 두 아이를 데리고 길을 걷다 보면 내가 길을 걷는 건지, 자동차를 피하는 건지 알 수가 없을 지경이다.

취재차 독일에 갔을 때 참 신기했던 것 중 하나가 거리였다. 독일의 거리는 아스팔트보다 흙길이 많았다(물론 내가 갔던 베를린의 일부 지역만 그런 걸 수도 있겠지만). 통역을 위해 동행하던 이가 설명해줬다. 흙이 훨씬 자연 친화적이고, 사람이 덜 다치고, 배수도 잘되기 때문에 곳곳에 흙길이 많다고. 아이를 기르면서 그때 그 말이 자주 떠오른다. 서울은 온통 아스팔트길이다. 공원에 가도 흙을 밟기는 쉽지 않다. 첫째 두진이는 어느 정도 커서 이제 잘 넘어지지 않지만 이준이와 함께 걷는 건 여전히 불안하다. 아스팔트길에서 넘어지면 흙길보다 크게 다칠 수 있다. 그렇게 다칠까 봐, 자동차가 와도 피하지 못할까 봐 신경이 곤두선 채 아이를 데리고 다녀야 하는 도시의 삶.

가평으로 이사한 선배 집에 놀러 간 날이었다. 남이섬에 가 아이들을 풀밭에서 뛰놀게 했다. 그야말로 풀어놓으니 아이들은 신나게 뛰어놀았고 나와 남편은 마음 편히 아이들을 바라보며 선배와 대화를 나눴다. 자유로웠다. 그리고 평온했다. 그래, 이렇게 키워야 하는데. 그래야 하는데. 아이들은 내게 '뛰지 마' '차 조심해'처럼 행동을 제지하는 말을 듣지 않아도 되고, 나도 아이들을 보며 전전긍긍하지 않아도 되는 환경.

그렇다. 도시의 아이들은 뛸 공간도 빼앗겼다. 아파트에서의 삶이란 층간 소음으로 살인 사건도 일어나는 구조다.* 층간 소음에 시달리는 분노의 화살은 아파트 설계와 시공을 엉망진창으로 한 건설 회사가 아니라 뛰는 아이들을 향한다. 나도 아랫집에서 매트는 깔았느냐고 묻는 쪽지가 현관문에 붙은 것을

* 이유진, "아파트 층간 소음, 아랫집 주민이 윗집 주민 살해", 〈경향신문〉, 2017년 7월 25일.

보고 마음이 몹시 상한 적이 있다. 안방에 침대 매트가 두 개, 거실에는 소음 방지 매트가 세 개, 작은방에도 소음 방지 매트가 한 개 깔려 있는데도 그런 말을 들으니 억울했다. 그러나 어쩌겠는가. 아이들을 조심시키는 수밖에. 그러다 한번은 아이들에게 짜증을 내고 말았다. "엄마가 뛰지 말라고 그랬잖아!" 금세 자괴감이 몰려왔다.

아이들이 무슨 잘못인가. 이 사회는 아이의 소음을 견디지 못한다. 나도 두진이와 이준이를 만나고 알았다. '아이들은 뛰어다니는 존재구나. 걷지 않는구나.' 아이가 사뿐사뿐 걸을 수 있게 되는 데 10년이 걸린다고 한다. 발걸음을 조절하는 힘을 기르는 데 그만큼의 시간이 필요하다는 것이다. 빼곡히 들어선 아파트에 갇혀 사는 도시에서 부모는 늘 '뛰지 마' '작게 말해'를 외친다. "아래층 아저씨가 혼내러 온다!" 아이들에게 이웃을 두려워하라고 말한다.

'노키즈존'의 등장

결혼 전 예비 시댁에 인사를 갔다가 서울로 돌아가는 기차를 탔을 때다. 한여름이었는데 에어컨이 고장 났는지 너무 더운 기차에서 땀을 삐질삐질 흘리고 있었다. 그때 그 기차에서 한 아이가 계속 울었다. 태어난 지 18개월쯤 됐을까. 남편과 나는 어찌나 짜증이 나던지 서로 "왜 애 울음을 못 그치게 하는 거야" 하며 수군거렸다. 몇 번은 그 가족을 흘겨봤는지도 모르겠다. 그러다 역시 아이를 낳고서야 알았다. 아이의 울음을 그치게 하는 게 얼마나 어려운 일인지를, 부모조차 아이의 울음을 한 번에 중단시키기는 어렵다는 것을. 그 엄마와 아빠는 무더운 기차에서 얼마나 마음을 졸였을까.

아이들이 자라는 모습을 보지 못하고 자란 핵가족 세대의 한계다. 이제 '노키즈존'까지 등장했다. 물론 일부 몰지각한 경우도 없지야 않겠지만 아이의 특성을 잘 모르는, 한여름 기차에서 아이 울음소리에 투덜대던 나처럼 아이들을 이해하려는 노력이 부족한 것은 아닐까? 누구나 아이였다는 사실을 잊은 것은 아닐까? 아이에게조차 적의로 가득 찬 사회에서 나는 종종 절망감을 느낀다.

전체 인구의 4분의 1이 서울이라는 도시에 모여 사는 나라, 공동체가 무너진 사회, 남성 중심적이면서도 동시에 여전히 남성에게 무거운 짐을 지우는 가부장제, 장시간 노동을 끊지 못하게 하는 자본의 힘…. 무엇부터, 어디부터 고칠 수 있는지도 모르겠다.

왜 이런 세상에 아이를 내놓았을까

약자가 약자를 미워하는 사회다. 나보다 조금이라도 더 약자인 사람을 쉽게 혐오하는 사회. '맘충' 논란도, 여성 혐오도, 노키즈존도 비슷한 맥락이라고 생각한다. 혐오는 이 사회의 최약자인 아이에게까지 이어지고 있다.

군대 문제는 국가와 풀어야 한다. 군대를 안 가는 여자를 미워한다고 해결되지 않는다. 취업 문제도 마찬가지다. 취업이 힘든 건 일자리 전체 파이가 줄어드는 경제 불황의 문제와 연결돼 있지만 분노의 화살은 '여성의 야망'을 향한다. 이 역시 국가, 기업과 풀어야 할 문제다. 그런데 대부분 거대하고 복잡한 구조적 문제에는 목소리를 높이지 않는다. 내 옆의 약자를 미워하는 게 손쉬우니까. 강자에게 해결책을 요구하는 것은 복잡하고 힘드니까.

임신을 하니 노약자석에 앉을 수 있게 됐다. 어느 날, 노약자석에 앉아 있는 내 앞에 선 할아버지는 계속 짜증을 냈다. 혹시 지팡이로 내 배라도 칠까 봐 무서워서 일어섰다. 그리고 임산부배려석으로 이동했다. 임신 8개월, 배도 많이 나왔을 때지만 그 자리에 앉아 있던 사람들은 내가 임신부인지 아닌지 전혀 관심을 두지 않았다. 이준이를 임신한 지 9개월이 됐을 때도 출근길 지하철에서 자리를 양보받은 적은 손에 꼽는다. 한번은 내 옆에 서 있던 남편이 임신부를 앞에 두고도 임산부배려석에 앉아 있는 사람에게 너무 화가 나 스마트폰으로 사진을 찍으려 한 적이 있었다. 그제야 그 자리에 앉아 있던 남자가 일어나 자리를 양보했다. 허탈했다.

내 배를 보고도 모른 척하는 젊은 대학생, 노약자석에 앉았다고 짜증을 내던 할아버지를 보며 생각했다. 이런 사회에서 아이를 낳아도 될까. 연대하지 않는 사회, 약자를 혐오하는 사회에서 아이에게 다른 사람을 배려하라고, 다른 사람은 안 그래도 너는 그 사람을 배려해야 한다고 가르칠 수 있을까.

그다음에는 이런 생각이 따라온다. '내 아이들에게 아이를 낳으라고 할 수 있을까.' 슬프게도 고개를 젓는다. 그래서 이렇게 말하고 쓴다. 부디 내가 겪은 괴로움을 겪지 않기를 바라는 마음으로. 아이를 기르기 좋은 사회가 우리 모두 살기 좋은 사회다. 내 아이들은 이 사회를 향한 비관을 반복하지 않기를 꿈꿔본다. 아이들이 주는 기쁨에만 집중할 수 있기를.

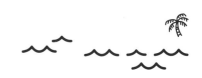

육아에는
모든
문제가
겹쳐 있다

우리는 물어야 한다

　합계출산율이 급락하며 2006년부터 10여 년간 저출산 예산에 100조 원가량을 썼다는데 왜 체감이 안 될까.* 아이를 낳고 보니 노동, 보육, 교육, 주거 등의 문제가 복잡하게 꼬여 있어 어디서부터 풀어야 할지 아득했다. 육아휴직은커녕 출산휴가도 못 쓰는 사업장이 많은 사회, OECD 회원국 중 노동시간이 가장 길다는 나라, 자고 일어나면 오르는 전셋값, 월

---

* 2005년 「저출산·고령사회 기본법」 제정과 함께 대통령 직속으로 설치된 저출산고령사회위원회는 지금까지 세 차례에 걸쳐 5년 단위 기본계획을 내놨다. 지금까지 1차 계획(2006~2010년)과 2차 계획(2011~2015년)이 실행 됐고, 현재 3차 계획(2016~2020년)이 진행 중이다. 정부는 이를 바탕으로 저출산 대책에만 10년간 100조 원이 넘는 예산을 투입했다.

급으로 사기 어려운 집값 등 기가 질리는 주거비, 믿고 맡길 만한 보육시설을 찾기도 힘든 구조, 치열한 경쟁 사회에서 살아남기 위한 교육, 그리고 사교육비까지. 이 모든 문제를 풀지 않으면 육아 문제는 해결되지 않는다. 그런데 이 문제들이 과연 '육아하는 부모들만의' 문제일까? 우리는 이러한 사회가 지속 가능한지를 물어야 한다.

아이를 일찍 재울 수 없는 부모의 노동시간

사회부에서 일하던 2010~2011년 주 6일 근무는 예사였다. 월요일 신문을 만드는 회사니 누군가는 일요일 근무를 해야 했고 주 5일 문화도 정착되지 않은 상태였다. 기자는 원래 그런 직업이라고, 외국에서도 기자는 바쁜 직업이라는 이야기를 들으면 늘 궁금했다. 바쁜 직업 맞고 돌발 상황에 대처해야 하는 것도 맞는데, 다른 나라들은 우리보다 사람을 더 쓰지 않을까? 사회부 사건팀에서는 그야말로 사건을 다루는 게 일이라 돌발 상황이 잦을 수밖에 없었다. 주 6일 근무를 넘어서 가끔 토요일에 취재가 생기면 주 7일 근무도 해야 했다.

정말 힘들었다. 주말에 쉬지 못하면 피곤해서 한 주의 시작이 괴로웠다. 회식은 또 얼마나 많은지. 새벽 1~2시에 들어가는 날도 적지 않았다. 지금 생각하면 어떻게 버텼는지 모르겠다.

2014년 두진이를 낳고 복직했을 때는 상황이 달라졌다. 돌을 갓 지난 작은 아기가 나와 남편의 보살핌을 받아야 했다. 이제 겨우 걷는, 아직 말도 못하는 아기. 새삼 사람의 독립이 왜 그렇게 오래 걸리는지를 체감하고 나서 회사로 돌아왔을 땐 문화부로 발령받았다. 그나마 사건 사고가 많지 않은 부서다. 야근이 아닌 날에는 오후 7시면 퇴근할 수 있었는데도 일과 육아를 병행하기가 쉽지 않았다. 집에 오면 8시, 아이를 겨우 씻긴 뒤 하루 종일 엄마를 보지 못한 아이가 놀고 싶다고 달려들면 속수무책이었다. 육아서에는 돌을 갓 지난 아기들은 오후 8~9시에 재워야 한다고 써 있었지만 시간은 자꾸만 늦어졌다. 10시, 10시 30분, 11시. 퇴근이 늦으면 아이를 일찍 재우는 건 불가능했다. 그리고 아침에 늦게 일어나는 악순환.

나는 곪아갔다. 머릿속으로 이 일상은 지속 가능하지 않다는 말을 되뇌며 화가 난 채 출근하는 날이 잦아졌다. 누구에게 화를 내야 할지 모르니 매일 남편을 붙잡고 하소연에 원망에 화풀이를 하다가 결혼을 한 스스로에게 화가 나는 날이 반복됐다. '한국에서 결혼하고 아이를 낳은 내가 문제'라는 결론에 이르면 자괴감을 느꼈다.

자고 일어나면 오르는 전셋값, 건물주의 나라

2014년은 두진이를 만난 지 1년째, 자고 일어나면 전셋값이 올랐다. 뉴스에서는 어디 전셋값이 한 달 만에 천만 원, 2천만 원 올랐다는 보도가 이어졌고 그 뉴스를 보는 나는 두려웠다. 살고 있는 집에서 쫓겨나게 될까 봐. 자고 일어나면 오른다는 말이 이럴 때 쓰는 거였구나, 생각했다.

우리 집은 그러한 뉴스가 들려오기 전인 2013년 가을, 아이를 키우기 위해 친정 옆으로 이사를 한 참이었다. 목동에 사는 부모님 옆으로 옮기는 건 쉽지 않았다. 전셋값이 벅찼기 때문이다. 빚을 내서 겨우겨우 얻은 집, 지은 지 30년이 지난 낡고 좁은 집으로 이사를 했을 때는 '도대체 뭘 위해서 목동에 붙어 살아야 하나' 하는 생각에 한숨이 나왔다. 이유는 하나였다. 엄마에게 붙어살기 위해서.

내 일을 유지하기 위해서 전셋값을 감당해야 했다. 정해진 월급 안에서 대출금 상환 계획과 늘어나는 빚을 고민하다 보면 울고 싶었다. 일을 하기 위해 이사를 하고, 그러면 빚이 늘어나는데, 그 빚을 감당하기엔 버거운 월급. 그렇다면 이사를 하지 않고 일을 그만두는 게 궁극의 답은 아니었을까. 이제라도 일을 그만두고 지방으로 가는 게 어떨까. 생각이 꼬리를 물고 이어졌지만 도망갈 곳은 어디에도 보이지 않았다. 그런 생각이 들면 또 화가 났다. 일하면서 아이를 키우는 걸 욕심처럼 느끼게 만드는 사회. 둘 다 하려면 가랑이가 찢어지는 사회. 어쨌거나 모든 것을 개인이 감당하라고 말하는 사회. 이럴 줄 알았다면 적어도 이십 대에는 이민을 갈 걸. 이것이 '헬조선' 담론의 실상이었구나.

둘째를 낳고 친정부모님이 사는 아파트 옆 동에 매물이 나왔다는 걸 우연히 알게 된 뒤 결국 집을 샀다. 월급의 절반 이상을 빚 갚는 데 쓰는 '하우스 푸어'가 됐다. 일을 유지하며 아이를 키우기 위해 엄마와 가까워야 하는 것은 주거 조건의 1순위였다. 비싼 주거비를 부담해야 했지만 다른 방법은 없었다. 한편으로는 마음이 편해지기도 했다. '하우스 푸어'가 된 뒤로는 적어도 쫓겨날 걱정은 하지 않아도 된다는 걸 위안 삼게 됐으니. 편리해지기도 했다. 사실 집만 따로 있을 뿐 대가족으로 살게 된 셈이었다. 언제든 급한 상황에는 친정부모님이 '기댈 언덕'이 되어줄 수 있으니. 대가족 시대에는 이렇게 가족 지원으로 아이를 키웠겠구나, 실감했다.

서글프기도 했다. 일평생 일하며 빚을 갚아야 겨우 집 한 채를 마련할 수 있다. 그렇다면 난 무엇을 위해서 일하는가. 기사 쓰는 게 좋아서? 동료나 선후배들과 협업하는 게 즐거워서? 일하는 이유는 많았으나 점점 하나씩 삭제됐다. 이러다 결국 '돈을 벌기 위해서' 하나만 남는 것 아닐까. 그럼 난 왜 딱히 큰

돈도 벌지 못하는 이 일을 유지해야 하나. 혼란스러워지는 만큼 삶은 점점 더 강퍅해지는 느낌이었다.

불안을 먹고 크는 사교육비

"두진이 엄마는 영어 안 시켜요?"

아이가 여섯 살이 되니 영어교육을 시키라는 전방위적 압박에 노출되기 시작했다. 아직 한글도 모르는 아이에게 영어라니. 이중언어를 쓰게 하려면 빨리 영어교육을 시켜야 한다는 얘기가 부담스럽기만 했다. 월 150~200만 원씩 한다는 영어유치원, 주 5일 하루 2시간씩 놀이식 교육을 하는 영어학원이 한 달에 20만 원이 넘는다는 이야기를 들으면 움츠러들었다. 여섯 살 아이에게 그렇게 많은 학원비를 들여서까지 영어를 가르쳐야 하나. 주거비도 부담스러운데 학원비까지 부담할 자신이 없었다.

"구글이 동시 통역기를 개발하는 시대인데!"

"맞아, 구글 번역기도 제법 괜찮더라."

남편과 나는 서로의 불안을 덜어주려 노력했다. 조기 문자교육이 아이의 창의성을 위축시킨다는 이야기를 믿고 싶었다. 한글도 천천히, 영어도 천천히 가르치고 싶었다. 신뢰하고 의지했던 유치원 원감 선생님은 '학원비를 모아서 초등학교 3학년이 지나 어학연수를 보내는 것이 낫다'는 조언을 해주기도 했다. '그래, 내가 중심을 잡아야지' 생각하다가도 '한국처럼 경쟁이 심화된 사회에서 우리 아이만 가만히 있어도 될까' '나중에 초등학교 가서 영어 못한다고 친구들한테 놀림받으면 어떡하지' 온갖 생각이 치고 올라올 때면 불안해하며 우왕좌왕하기를 반복했다.

영어는 어찌어찌 넘어갔지만 미술과 체육은 학원을 보내게 됐다. 오후 1시 30분에 유치원을 마치는 두진이를 친정엄마가 계속 돌봐야 하는 게 미안해서였다. 그 시간부터 내가 퇴근하는 오후 8시까지 아이를 맡아야 하는 엄마가 얼마나 힘들까. 가끔 친구 모임이 있어도 두진이 때문에 시간 맞추기가 어려워 못 나가신다는 엄마의 말을 듣고 이건 아니지 싶었다. 그래서 주 1회 미술학원에 보내기로 했다. 미술학원에 가는 날은 3시 30분에 돌아오니, 그날 하루만이라도 엄마가 조금은 자유를 누릴 수 있으니까. 그러다 체육학원도 보내기로 했다. 미세먼지 때문에 밖에서 놀지 못하는 아이가 안쓰럽기도 했고, 어릴 때 몸을 쓰며 신나게 뛰어놀기를 바라는 마음도 있었지만 친정엄마가 하루 더 쉴 수 있다는 계산이기도 했다.

초등학교 저학년 때까지의 사교육은 '보육'이라더니, 내가 딱 그 경우였다. 아이 맡길 곳을 찾느라 '학원 뺑뺑이'를 돌린다는 선배들의 말이 떠올랐다. 남편이나 내가 유치원에서 돌아오는 아이를 돌볼 수 있으면 되는 간단한 문제인데. 사교육 문제 역시 부모의 노동 문제와 연결돼 있었다. 아빠가 아이들을 등원시키고 오전 10시~오후 7시까지 근무하고, 엄마는 오전 7시~오후 4시까지 근무하는 '시차출퇴근제'만 가능했어도 내가 아이를 학원에 보냈을까.

초등학교 고학년 때부터 사교육은 부모의 불안을 먹고 자란다. 경쟁이 극심한 한국 사회에서 어떻게든 아이를 생존시키기 위해 공부에 '올인'하는 사회. 일부 대기업 취업이나 공무원이 되는 것 외에는 급여도, 고용 안정성도 기대하기 어려우니 죽기 살기로 공부에 매진하는 학생들과 '우리 아이가 2등 시민이 되면 어쩌나' 하는 불안에 떠밀려 사교육에 투자하는 부모들. 차라리 그 불안이 허상일 뿐이라고 주장할 수 있다면 얼마나 좋을까. 아이를 낳고 보니 그 불안이 점차 이해가 됐다. 어떤 노동이든 그 노동의 가치를 제대로 인정받을 수 있는 사회라면 달랐겠지만, 아직 우리 사회는 그렇지 않으니. 이러한 교육 문제는 주거 문제와도 연결된다. 학군이 집값에 영향을 미치기 때문이다. 우리 사회의 '뫼비우스 띠'는 너무 꼬여 있어 어디서부터 풀어야 할지 모르겠다.

"일하면 가사노동과 육아까지 떠맡을 게 뻔히 보이는데 왜 그래야 하죠?" 대학 시절 들었던 여성학 수업 시간이었다. 호기심으로 들었던 그 수업에서 조별 토론을 하는 시간, 세련된 갈색 머리의 한 선배가 '슈퍼우먼 콤플렉스'를 이야기하며 그렇게 말했다. 당시에 나는 황당해했던 기억이 난다. '그러면 여성은 일을 하지 말자는 거야?' 커리어우먼이 되는 삶이 '진보'라 믿었던 이십 대 초반의 나는 그랬다. 지금 돌이켜보면 엄마가 도맡았던 가사노동이 얼마나 큰일인지 몰라서였다. 서른이 되어 결혼할 때까지, 집안일에 있어 늘 엄마가 보살펴주는 삶을 살았던 나는 지금 생각하면 '반쪽짜리'였다.

아이를 낳고 그 갈색 머리 선배의 말이 자주 떠올랐다. 난 일을 통해 자아실현을 하는 '세련된 여성'이 될 거라고 믿었는데, 현실은 가사노동과 육아까지 떠맡아 '가랑이가 찢어질 것을 걱정하는 워킹맘'이었다. 그 선배는 진작에 알고 있던 것을 왜 나는 엄마가 되어서야 알았을까. 이십 대의 나는 내가 남자와 별로 다르지 않게 살 수 있다고 생각했다. 성불평등을 깊이 고민하지 않던 시기. 멍청하거나 무던했다. 그랬던 나는 엄마가 되고 나서야 내가 여성이라는 사실을 온몸으로 체감하며 분노했다. 임신하고 출산하고 수유하는 과정에서 '여자의 몸'

인 나를 부정할 수 없었고 내가 여자의 몸을 가졌기 때문에 직장에서 소외되는 현실을 슬프게 깨달았다.

성평등은 더 이상 관념에 머무를 수 있는 문제가 아니다. 여성에게 성평등은 '생존'의 문제다. 일하는 엄마의 경우, 아빠들과 다르게 일상적으로 폭력적인 시선을 체감한다. 그리고 하나둘씩 직장에서 밀려난다. 아이를 키워줄 사람이 없어서, 도저히 일과 육아를 병행할 수 없어서.

그런 선배들의 뒷모습을 볼 때면 나는 어떤 뒷모습을 가지게 될까 생각했다. 다른 여자 선배들의 얼굴이 하나둘씩 떠오르며 '그 선배들도 이렇게 힘들었겠구나. 우리 세대보다 더 험난했던 시절을 버텨낸 선배들이 없었다면 내가 이 자리에 있을 수 있었을까' 생각했다. 아기를 낳고 나서 여자 선배들의 성취가 다르게 보이기 시작했다. 그저 고맙기도 했다. 같은 여성으로서 진정으로 연대하고 싶다는 생각이 들었고, 그렇다면 나는 여자 후배들에게 어떤 선배가 될 수 있을지 고민하기 시작했다.

나는, 아니 우리 세대는 무엇을 할 수 있을까

선배들도 멋지고 대단했지만 우리 세대는 더 많은 일을 할 수 있지 않을까. 언제부터인가 '끝까지 버티자'는 말이

거북했다. 그건 조직에 여성이 10퍼센트 미만이던 시절에나 의미가 있는 일이다. 우리 세대는 다르다. 조직에 여성들이 늘어났고, 그만큼 더 많은 목소리를 모을 수 있다. 개개인이 따로 떨어져 외로이 버티는 일은 그만하고 싶다. 숫자가 많아진 만큼 우리가 손을 잡고 연대해야 하지 않을까. 어느 한 사람이 운 좋게 성공한다고 해서 답이 나오지 않는 현실이다. 이 구조 자체를 바꾸지 않으면 우리의 딸들은 또 같은 고민을 하게 될 것이다. 내 아이들이 누리는 세상은 성별이 아니라 개인의 특성으로 존중받는 사회가 되어야 한다.

한편으로는 두렵기도 하다. 내가 쓰는 글이 '서울에서 친정엄마의 도움을 받으며 일을 유지하는 워킹맘'의 한가한 소리로 들릴까 봐서다. 언젠가 '애 키우며 일하기 힘들다'고 썼던 내 글에 '장애 여성의 상황은 더 어렵다'는 댓글이 달린 적이 있다. 부끄러웠다. 나는 비장애인이고 내 일을 유지할 수 있도록 해주는 친정엄마의 도움도 받고 있다.

언젠가 비혼모들의 삶을 소개한 기사를 읽은 적이 있다. 아이를 낳기로 결정하는 순간 자신의 부모와 관계가 단절되는 비혼모들은 아이를 키울 때 가족 지원을 받을 수 없는 경우가 많아 더욱 힘든 상황에 처한다. 내가 읽은 기사에는 기초생활수급비로 아이와 둘이 살아간다는 어느 비혼모의 이야기가 있었다. 왈칵 눈물이 났다. 내가 꿈꾸는 세상은 내 아이만 잘 기를 수 있는 세상이 아니다. 비혼모도, 비혼부도, 조손가정도 아이를 기르는 일이 힘들지 않은 세상이다. 우리가 모두 함께 우리의 아이들을 기르는 사회다. 이 작은 아이들을 함께 돌보며 기를 수 있는 사회. 그렇게 자란 아이들이 더 건강하고 따뜻한 사회를 만들 것이다.

나는 비영리단체 '정치하는엄마들'의 회원이기도 하다. 정치하는엄마들이 창립하면서 캐치프레이즈를 정하던 시간, 당시 나는 '아빠를 집으로 돌려달라'는 안을 냈다가 고개를 들 수 없었던 경험이 있다. 내 말에 한 엄마가 손을 들어 "저는 싱글맘인데요"라고 했기 때문이다. 나는 얼굴이 화끈거려 도저히 고개를 들 수가 없었다. 정치하는엄마들은 결국 '모두가 엄마다'라는 캐치프레이즈를 끌어냈다. 할아버지도, 할머니도, 삼촌도, 이모도, 싱글도 아이를 함께 키우는 사회. '모두가 엄마'인 사회를 꿈꾼다.

2부

독박육아, 아웃!

엄마를
착취하는
독박육아

산후 우울이 아니라 독박육아 우울이다

"이게 어떻게 쉬는 거야. 회사 다닐 때가 훨씬 덜
힘들었어."

첫아이를 낳고 남편에게 자주 했던 말은 "왜 나를 가둬놓는
거야"였다. 출근하는 남편을 보면 부러웠다. 같이 밖으로 나가
고 싶었다. 아기를 안은 채 "나도 출근하고 싶어"라며 울상 짓
는 내게 남편은 "어떡하니" 하며 안쓰러워했지만 그에게는 내
가 갇힌 감옥을 어떻게 해줄 수 있는 힘이 없었다. 하루 종일
집에서 두세 시간마다 한 번씩 수유를 하고 이유식을 먹이고
빨래를 하고 청소를 하고 아이가 울면 안아주고 낮잠을 재우
다 보면 내 밥은 먹을 새도 없이 하루가 쏜살같이 지나갔다. 그

러나 정신없는 와중에도 갇혀 있다는 데서 오는 괴로움은 쉽게 잊히지도, 아이의 미소로 씻겨나가지도 않았다. 첫째를 낳고 육아휴직을 했던 1년은 세상과의 단절이었다.

집은 감옥 같았다. 내가 없으면 아무것도 할 수 없는 작은 존재가 그 감옥에 함께 있었다. 혼자서는 먹지도, 자지도, 움직이지도 못하는 작은 존재가 울기라도 하면 초보 엄마인 나는 늘 안절부절못했다. '차라리 혼자라면 얼마나 좋을까'와 '엄마가 그렇게 생각해서 미안해'를 오가는, 자학과 죄책감의 날들이었다.

두진이가 백일쯤 됐을 때였다. 유선이 또 막혔다. 안부를 묻는 엄마의 전화에 울컥해서 전화를 끊고 엉엉 울었다. 등에 업혀 있던 두진이는 내가 우는지 어쩌는지도 모르고 빤히 쳐다보기만 했다. 엄마는 나를 키우면서 얼마나 외로운 날들을 보냈을까. '엄마'라는 말은 여전히 우리 엄마를 가리키지만 이제는 '나'를 가리키는 말도 되었다. 아이가 백일이 지났는데도 여전히 내가 엄마라는 사실에 적응하지 못하고 있었다.

그러다 오랜만에 연락 온 친구나 회사 동료가 속도 모르고 "쉬어서 좋겠다" 같은 말을 던지면 혼자 울거나 애먼 남편한테 화풀이도 많이 했다. 고립감이었다. 옆에서 예쁜 아기가 종알종알 놀아도 고립감을 느꼈다. 남편이 회사 동료들과 모임이 있어 늦게 오면 '나도 그 자리에 있고 싶다'며 우울해했다. 아이와 함께 있어서 행복했지만 그만큼 외로웠다. 그러면서 아이에게 미안해했다. 그때 친정엄마가 자주 와주지 않았다면 어떻게 됐을지 가끔 생각한다. 아마 우울증 약을 먹지 않았을까. 실제 꽤 많은 엄마들이 산후 우울을 겪는다. 산후 우울의 원인은 호르몬의 영향으로 알려져 있지만, 내가 겪은 건 호르몬보다는 독박육아에 의한 것이었다.

아빠를 구경꾼으로 만드는 사회

첫째는 월요일 새벽에, 둘째는 토요일 아침에 태어났다. 아빠의 출산휴가는 3일. 출산휴가는 근무일 기준이므로 첫째 때와 둘째 때 모두 남편은 목요일부터 출근을 해야 했다. 박근혜 정부에서 아빠의 출산휴가가 5일로 늘어났지만 유급은 3일뿐인 데다 회사 눈치, 동료 눈치 때문에 5일을 다 쓰기가 어려웠다.

남편은 첫째, 둘째 모두 3일을 쉬었지만 토요일에 태어난 둘째가 벌어준 남편의 주말 이틀이 내게는 천지 차이였다. 두 아이 다 제왕절개 수술로 낳은 나는 6일간 병원에 입원했다. 첫째를 낳고 링거와 항생제를 주렁주렁 매달고 제대로 앉지도 못하던 나는 너무 당황스러웠다. 남편이 없으면 혼자 화장실도 못

가는 처지가 되고 보니 우울감이 몰려왔다. 출산 후 3일이 지나고, 회복까지는 아직 3일이나 남았는데 나흘째 되던 날 남편은 출근해야 했다. "남편, 오늘도 휴가내면 안 될까"라는 말이 목구멍까지 올라왔지만 회사 분위기가 먼저 걱정됐다. 지금 휴가를 몰아 쓰면 나중에 후회할 것이라는 현실적 계산도 따라왔다. 그렇게 남편이 출근하고 입원실에 아기와 단둘이 남으니 눈물이 뚝뚝 떨어졌다. 아기가 있는데도 자꾸 혼자인 것만 같았다. 남편과 나의 아기를 낳느라 수술을 했고 아직 회복도 되지 않았는데 이렇게 혼자 덩그러니 남겨지다니. 내 몸도 추스르지 못하는데 나보다 작은, 세상에 처음 나온 아기를 돌봐야 한다니.

불과 이틀 차이였지만 둘째 때는 훨씬 나았다. 수술 후 5일이 지나면 몸이 어느 정도 정상 궤도에 올라온다. 제왕절개 수술을 했을 때 병원에서 5박 6일 동안 입원시키는 이유가 다 있다. 산모의 몸이 회복기에 들어서는 데 적어도 5일은 필요하다는 얘기 아니겠나. 그런데 왜 아빠의 유급 출산휴가는 3일뿐인가. 왜 우리 사회는 이제 막 아기를 낳은 아빠가 아기 옆에 온전히 있을 수 있는 시간을 3일로 제한해뒀나.*

출산휴가뿐일까. 본격적인 육아에 접어들면 상황은 더 심각해진다. 노동시간이 긴 데다 상사, 동료 눈치 보느라 퇴근이 늦

* 문재인 정부는 2018년 저출산 대책을 내놓으며 아빠의 유급 출산휴가를 10일로 늘리겠다고 밝혔다.

는 아빠들이 집에 오면 아이들은 이미 잠든 한밤중. 아빠들은 자연스럽게 육아에서 구경꾼이 된다. OECD 회원국 중 노동시간이 제일 긴 우리나라에서 독박육아는 당연한 귀결이다. 엄마는 아무 도움도 받지 못한 채 혼자서 아이를 키워야 하고, 아빠는 육아에서 소외된다.

독박육아 우울증을 한 방에 날리는 복직

첫아이를 낳고 6개월쯤 지나니 여름이 찾아왔다. 혹시 아기에게 찬바람이 들면 어떡하나 싶어 봄에도 집 밖으로 나가기를 두려워하던 초보 엄마가 겨우 용기를 내 발을 내디뎠던 여름. 해가 길어 남편이 퇴근하는 저녁 7시, 8시에도 안심하고 마중을 나갈 수 있었다.

아기띠를 거부하는 까다로운(?) 첫째를 겨우 포대기에 업고 버스 정류장에 나갔다. 퇴근하는 남편을 기다리는데 포대기에 아기를 업고 버스 정류장에 서 있는 젊은 엄마의 모습이 신기했는지 사람들이 힐끔거렸다. 그래도 마냥 좋았다. 독박육아 우울증에 시달리던 그때는 정류장에 함께 서 있는 모르는 사람들마저 위로가 됐다. 무엇보다 곧 남편이 버스에서 내릴 거니까. 남편이 돌아오면 남편에게 아기를 안기고 집까지 홀가분하게 걸어가야지. 그 생각만으로도 마음이 가뿐해졌다. 남편이 아이를 안고 함께 집으로 돌아가던 길의 대화는 늘 별 내용이 없었다. "오늘은 별일 없었어?" 하고 물으면 말수가 적은 남편은 "뭐, 별일 없었지"라며 늘 비슷한 답을 들려줬지만 그 10분도 안 되는 시간이 얼마나 행복하던지.

'독박육아'라는 말을 들으면 정류장에서 집으로 돌아오는 길의 풍경과 그때의 내 마음이 떠오른다. '남편이 조금만 빨리 퇴근하면 얼마나 좋을까.' 예고 없이 30분이라도 늦는 날이면 발을 동동거렸다. 당시 남편은 노조에 파견을 가 그나마 정시 퇴근이 가능했는데도 그랬다. 그가 노력하고 있음을 알면서도 가끔 회식과 야근 때문에 화가 났다.

"양육수당 같은 걸로 해결 안 돼. 이 비정상적인 조직 문화가 바뀌지 않는 한, 일-가정의 균형을 찾지 않는 한 이 사회는 절대 지속 가능한 방향으로 나아가지 못할 거야! 그렇게 회사 일이 중요하면 회사 일만 하면 되지. 아이는 낳으면 안 되는 거지. 아이를 낳은 내가 멍청한 거지!"

그렇게 악담을 퍼붓기도 했다. 그러면서도 복직하게 되면 나라고 정시 퇴근이 가능할까 싶어 우울해했다.

첫째 육아휴직 후 복직을 했을 때는 너무 좋았다. 복직 후 며칠이 지나고 회사 동료와 커피를 마시며 감격했다. 아, 어른하고 대화를 하다니, 엎지를 걱정 없이 커피를 마실 수 있다니! 독박육아 우울증을 한 방에 날려준 건 복직이었다. 물론 일과 육아의 병행이 어렵다는 걸 금방 깨닫고 또 다른 분노가 시작되긴 했지만.

만약 친정이 없다면

둘째 때는 조금 달랐다. 둘째 이준이를 낳고서도 두진이 때와 마찬가지로 1년을 휴직했지만 우울은 거의 느끼지 못했다. 여러 가지 이유가 있겠지만 우선 엄마인 내가 신생아 육아가 두 번째라 좀 적응이 됐다. 아기가 울어도 덜 불안했고 손도 빨라졌다. 마음도 편해졌다. 엄마인 내가 크게 걱정하지 않아도 아기는 순리대로 큰다는 사실을 알게 됐으니까.

그러나 가장 큰 이유는 가까워진 친정이었다. 친정에서 5분 거리인 맞은편 아파트로 이사를 했다. 이전에 살던 신혼집도 가까운 거리였지만 아예 옆으로 이사 오면서는 정말 많은 게 달라졌다. 엄마는 수시로 우리 집에 놀러올 수 있게 됐고 퇴근하는 아빠도 자주 아이들을 보러 오셨다. 동생도 조카들을 보러 자주 놀러왔다. 나에게 말 걸어주는 '어른 친구들'이 늘어난 것이다.

결혼과 동시에 부모님에게서 독립했다고 생각했지만 전세

엄마를 착취하는 독박육아

계약 만료 2년 만에 다시 친정 옆으로 돌아왔다. 남편과 아이들까지 데리고 4명이서 기생(?)하고 있다. 엄마는 가끔 자신을 여왕벌로 묘사한다. 식솔이 줄어들기는커녕 늘어나고 있어서다. 엄마의 '여왕벌론'을 들을 때마다 참 민망하지만 살기 위한 어쩔 수 없는 선택이라고 자기 합리화한다.

1950년대생인 우리 부모 세대는 요즘 젊은 엄마들이 왜 혼자 아이를 못 키우는지 이해하지 못하는 듯하다. 엄마도 내게 물었다.

"요즘 젊은 엄마들은 왜 이렇게 애를 혼자 못 키우니. 우리는 유모차, 아기띠 없이도 두셋을 키웠다!"

젊은 엄마들이 의존적이어서 그렇다는 어떤 할머니의 비난도 들어봤다.

정말 젊은 엄마들이 약해빠진 걸까? 의존적인 걸까? 공동체가 붕괴돼 옆집과도 인사를 안 하는 시대, 많아야 4~5명으로 구성된 핵가족 안에서 자란 젊은 엄마들은 집 안에서 혼자 아이를 키우다 도저히 견디지 못하게 되면 그나마 자신을 위해주는 친정 옆으로 이사를 결심한다. 아이를 함께 돌봐줄 수 있는 친정이나 시가 옆으로 가지 않으면 회사를 그만둬야 하기 때문이다. 내 자식을 위해 또다시 엄마의 노동력을 착취해야 하는, 그래서 엄마의 엄마 주변으로 모여 사는 '신新모계사회'는 이렇게 만들어진다.

친정 옆으로 이사한 후 생활이 많이 달라졌다. 가장 달라진 점은 감정적 지지를 해줄 사람들이 늘어났다는 점이다. 우울은 상당 부분 공감으로 치유된다. 한번은 조카들을 보러 들른 남동생이 말했다.

"누나, 오후에도 불 켜고 있어. 너무 어두워서 우울하겠다."

그 말을 듣고 코끝이 찡했다. 동향인 집은 오전이면 햇살이 집 안에 넘치게 들어왔지만 오후가 되면 빠르게 어두워졌다. 빛 하나에도 집 안에서 하루 종일 아이 둘을 돌보는 누나가 어떤 감정을 느낄지를 생각하는 동생의 말. 너무 고마워서 나도 모르게 눈물이 났다. 친정 옆으로 오지 않았다면 동생이 그렇게까지 자주 오지는 못했을 것이다. 그저 집에 와주는 것만으로도 좋았는데, 내 마음을 걱정하는 그 한마디가 얼마나 고마웠는지.

아이를 함께 키우는 마을의 중요성

동네 친구도 생겼다. 다섯 살이 된 두진이가 유치원을 다니기 시작하면서부터다. 이준이를 낳으면서 휴직 후 두진이의 등하원길을 함께하게 되면서 두진이 친구의 엄마들과 사귀게 됐다. 마음이 통하는 엄마들과 육아 고민도 나누고 일이나 경력단절에 대한 생각도 공유하게 되면서 새로운 사실을 깨달았다. 지금까지 이곳에서 '동네'라는 느낌을 받았던 적은 얼마 안 된다는 것이다. 나는 여섯 살 때부터 화곡동에 살았고, 스무 살 때부터는 목동에 살았다. 신혼 2년을 제외하고는 거의 이 동네에서 살았는데 어쩐지 '동네'라는 느낌을 가져본 적은 거의 없었다.

'동네'의 감각은 어린 시절 골목에서 친구들과 고무줄놀이를 하다 "밥 먹으러 들어와라" 하는 엄마의 목소리에 집으로 돌아가던 1980년대 말에서 1990년대 초까지는 살아 있었던 것 같다. 중·고등학교 때는 입시 지옥을 거치느라 동네에서 보낼 시간이 없었고 대학 때는 취업하느라 캠퍼스에서 살았다. 입사 후에는 퇴근이 늦어 동네에 있을 절대적 시간이 적었다.

회사에 다닐 때는 동네를 걸어도 누군가와 인사할 일이 없었다. 아는 사람이 없으니까. 그러나 이제는 두진이 친구의 엄마들과 놀이터에서 만난 사람들 등 제법 아는 사람이 많아졌다. 동네에 생활협동조합이 어디 있는지도 몰랐던 나는 이제 생활협동조합 브랜드인 '한살림'과 '자연드림'을 비교할 수 있게 됐다. 주변 엄마들과의 수다를 통해 잘하는 동네 미용실과 맛있는 김밥집이 어딘지, 벼룩시장이 언제 열리는지도 알게 됐다. 아는 사람이 많아지며 동네에 대해 더 많이 알게 되니 이 공간이 새삼 사람 사는 동네로 느껴졌다. 그리고 이제야 '아이를 함께 키우는 마을'이 어떤 곳이어야 하는지 생각하게 된다.

독박육아는 남편 없이, 동네 없이 하는 육아다. 엄마 혼자 '집 감옥'에 갇혀 말 못하는 아이를 돌보는 육아. 왜 우리 사회는 엄마들에게 이런 육아를 강요하나. 엄마들이 독박육아 우울증에 걸리지 않게 하려면 남편과 동네를 돌려줘야 한다. 과도한 노동시간부터 줄이자. 노동시간을 줄이면 엄마아빠가 집으로 일찍 돌아올 수 있고 가족이 함께 동네에 오래 머무를 수 있게 된다. 동네에 오래 머무르다 보면 자연히 동네와 동네 사람들을 알게 되고, 함께 아이를 돌보는 문화를 만들 수 있지 않을까. 가족이 함께 동네를 걷고 탐색하는 시간을 돌려주는 게 그렇게 어려울까?

공무원과 교사가 '여자에게' 좋은 직업일까? '독박육아'에 좋은 직업이겠지

고등학생 때, 많은 엄마들이 그렇듯 우리 엄마도 내게 교사가 되는 게 어떻겠느냐고 했다. 여자에게 교사만큼 좋은 직업이 없다고. 그 말이 정말 싫었다. '여자에게 좋은 직업' 안에 내 인생을 가두고 싶지 않았다. 결국 내가 원하던 대로 국문과에 들어갔고 취직을 준비하며 3년간 헤맸다. 그때도 엄마는 "그것 봐라, 선생님이 최고라고 했잖아"라며 아직 늦지 않았으니 지금이라도 공무원 시험을 준비하라고 했다.

스물다섯 살의 내가 어느 면접을 망치고 돌아온 날, 엄마는 또다시 조심스레 공무원 시험 얘기를 꺼냈다. 방바닥에 신문지를 깔고서 손톱을 깎고 있던 나는 그 얘기를 듣자마자 뚝뚝 눈물이 떨어져 신문지를 적셨다. 그날 본 면접에서 한 면접관은 내게 결혼을 꼭 할 것이냐고 물었다. 바로 옆의 남자 지원자에게는 하지 않은 질문. 엄마의 말에 화를 낼 힘도 없었다.

취업을 준비하는 그 3년 동안, 줄줄이 미끄러지면서도 왜 떨어지는지 이유를 알 수 없어 그저 답답하고 억울했다. 회사는 여자를 싫어하는구나, 하는 막연한 느낌만이 있었을 뿐이다. '여자들이 군대를 안 가봐서 사회생활을 못 한다고? 여자들은 감정적이라고?' 억울함만 커져갔다.

100군데 넘게 원서를 쓰고서야 겨우겨우 신문사에 합격했다. 그러나 그게 끝이 아니었다. 회사를 잠식하고 있는 남성 중심적인 문화. 돌고 돌아 한 선배가 '여자들은 질문이 많아서 같이 일하기 힘들다'고 했다는 말을 들었을 때, 회사에서 군대의 상명하복 질서를 원하는 것인지 헷갈렸다. '묻지 말고 그냥 하기나 해'라는 뉘앙스의 말을 들을 때면 한국 사회의 권위주의적 문화는 도대체 어디에서 오는지 궁금했다. 내가 이 질서에 적응할 수 있을까. 사회는 남성 중심의 질서를 받아들이든지

나가떨어지든지, 둘 중 하나를 선택하라고 말하는 것 같았다. 그럴 때마다 여자에게는 교사와 공무원이 좋다는 엄마의 말이 떠올랐다. 내가 정말 직업을 잘못 선택한 걸까.

노동시간이 긴 내 직업이 아이를 돌보기 어렵게 만드는 상황을 매일 겪으면서 그렇게나 싫어했던 '여자에게 좋으니 교사나 공무원이 되라'는 말에 공감하게 됐다. 슬프지만 그것이 가부장적 사회에서 일과 육아 둘 다를 포기하지 않을 수 있는 최상의 선택인 게 사실이니까. 정말 현실적으로 일찍 퇴근하는 게 부럽기도 하다. 그러나 그 부러움에 대한 감정은 양가적이다. '여자에게는 교사와 공무원이 좋은 직업'이라는 말에는 '여자는 살림과 육아를 도맡아야 하니 일찍 퇴근하는 직업이 좋다'는 뜻이 담겨 있다. 엄마들에게 육아를 떠넘겨놓고 일찍 퇴근하는 직업군이 '여자에게 좋다'고 말하는 사회. 기업에서 남성을 많이 채용하는 이유는 여성이 사회생활을 잘 못해서가 아니라 이 사회가 출산과 육아를 '여성의 일'로 규정하고 있기 때문이다.

입사 동기인 남편은 나와 같은 직업에 같은 연차지만 아이를 낳고부터 우리는 같을 수 없었다. 엄마가 되지 않았다면 이 착취의 메커니즘이 이 정도로 공고하다는 사실을 알았을까. 그 메커니즘이 공고하다고 느낄 때마다 엄마 세대와 다르게 남자들처럼 내 이름을 가지고 주체적으로 살 것이라고 믿었던 어린 시절의 꿈이 원망스러웠다.

　그러나 원망만 하고 있을 순 없었다. 첫 번째 복직 전날의
일기에는 이렇게 적혀 있다.

　출산휴가 3개월만 마치고 회사에 다시 나가야 하는 엄마들은
얼마나 많이 울었을까. 생각만 해도 모르는 그녀들이 안타깝고
마음 아프다. 그 아기는 얼마나 엄마를 찾았을까. 또 엄마 없는
세상을 얼마나 두려워했을까. 감상적이 되지는 말아야겠지만 이
런 생각을 하면 참 마음이 아프다. 한편 아기가 그렇게 약한 존재
가 아니라고 생각도 해보지만 생후 3년간은 엄마 품이 가장 필요
할 때라고 한결같이 말하는 육아서들의 논리를 잊을 수가 없다.
'그나마 15개월이라도 함께할 수 있었으니 얼마나 다행이야'라고
생각해야 하는 상황에 좌절하면서도 '그래도 다행이야'라고 말하
게 되는 현실. 독박육아를 강요하는 시대, 동분서주하고 있는 엄
마들 파이팅. 돌아가면 사회적 육아를 위해 기사를 많이 쓰리라.

또 다른 엄마를
착취해야
살 수 있는
엄마

— 58년생 개띠 엄마의 고난과
독립하지 못하는 82년생 딸의 슬픔

'친정엄마가 도와주는 워킹맘'을 부러워하는 사회

나는 '워킹맘'이다, 아직은. 둘째를 낳고 키우다 보니 한국 사회에서 워킹맘으로 살 생각이면서 둘을 낳는 무모한(?) 선택을 했구나 싶다. 그래서 '아직은'이다. 일과 육아를 병행하는 삶을 버텨낼 수 없게 되면 수많은 선배들처럼 '경단녀'가 될 수도 있겠구나 하는 위기감을 느낀다.

한편 나는 다른 워킹맘들이 부러워하는 '친정엄마가 백업해주는 워킹맘'이다. "아영 씨는 친정엄마 있어서 걱정 없겠네" "친정엄마 있어서 부러워요"와 같은 말에 아무 할 말이 없는, 다른 엄마들의 부러움을 사는 워킹맘. 그러다 문득 생각한다.

또 다른 엄마를 착취해야 살 수 있는 엄마 109

우리 엄마는 행복할까.

엄마는 1958년생 개띠다. 전북 군산의 명문 여자고등학교를 다녔던 엄마는 글 쓰는 걸 좋아했다. 당시 잡지 〈학원〉의 학원문학상에 단편소설을 응모해서 입선하기도 했다(내가 기자가 된 건 엄마의 유전자를 물려받아서는 아닐까). 그러나 엄마는 국립대가 아니면 보내줄 수 없다는 외할아버지의 반대에 대학 진학을 포기하고 상경했다. 서울에서 회사를 다니다 은행원이었던 아버지를 만나 결혼하면서 일을 그만뒀고, 그렇게 스물네 살 때부터 전업주부로 살아왔다. 나를 낳은 건 엄마가 스물다섯 살 때. 그래서 엄마와 나는 같은 띠다. 엄마는 나를 낳고 3년 뒤 아들을 낳았고, 아이 둘을 키우고 가사노동을 하며 나이가 들었다. 가끔은 엄마가 1982년에 태어났다면 어땠을지 생각한다. 열정적인 우리 엄마는 나보다 더 잘 살지 않았을까.

내가 어릴 때 부모님이 마주 앉아 맥주 한잔하는 날이면, 엄마는 종종 말했다.

"아영아, 엄마처럼 살지 마."

그 말은 늘 슬펐다. 어렸는데도 그 말이 엄마 스스로 자신의 인생에 만족하지 못한다는 고백임을 알았다. 그래서 엄마처럼 살지 않겠다고, 전업주부가 되지 않겠노라 다짐한 적도 많았다. 그러나 엄마는 슬픈 그 말보다 훨씬 더 자주 "항상 최선을 다해야 해. 엄마는 아영이가 잘 해낼 것을 믿어"라고 말해줬다.

중요한 시험을 앞두고 있을 때, 시험을 망쳤을 때, 입사 면접에서 떨어졌을 때, 그렇게 힘들고 외로울 때마다 엄마가 전해줬던 '엄마는 아영이를 믿어'의 메시지가 담긴 편지에 울컥하며 힘을 냈다. 엄마의 그 말에 어린 내가 용기를 내며 수많은 두려움에 맞서왔다는 걸 떠올리면 코끝이 찡해진다.

이제는 엄마의 말이 단순히 삶을 사는 태도를 말하는 게 아니었음을 안다. 엄마의 소망은 딸이 전업주부인 자신과는 다르게 '일하는 엄마'가 되는 것이었다. 엄마는 자신과 같은 세대의 많은 엄마들이 그랬듯 딸이 자신보다 진취적으로 살길 바랐다. 엄마가 꿈꾸는 딸의 모습은 '커리어우먼'이었고, 결혼도 꼭 하길 바랐다. 아이를 낳고 키우는 평범한 행복 또한 누리길 바라는 마음이었을 것이다. 엄마는 딸을 '알파걸'로 키우고 싶어 했는지도 모르겠다.

그렇다면 일도 하고 결혼해 아이도 낳은 나는 엄마의 소망대로 '알파걸'이 된 걸까. 엄마의 소망과 엇비슷한 '일하는 엄마'가 되고 보니 엄마의 "최선을 다하면 된다"라는 말은 반은 맞고 반은 틀리다는 걸 알게 됐다. 최선을 다한다고 뭐든 다 이룰 수는 없지만 그럼에도 최선을 다하는 태도가 중요하다는 걸 알 만큼은 성장했으며 또한 나의 '최선'이 항상 온전한 나만의 노력은 아니었다는 사실도 알게 됐기 때문이다. 내 성취에는 내 노력에 엄마의 뒷바라지가 더해져 있다는 사실 말이다.

이 사실 또한 아이를 낳고서야 절절히 느꼈다. 나 혼자 할 수 있는 것은 하나도 없었다. 산후조리부터 아이를 키우는 것까지 친정엄마의 손이 닿지 않는 곳이 없었다. 나는 엄마의 소망처럼 '일하는 엄마'가 되었지만 여전히 엄마의 노동력에 의지해, 아니 노동력을 착취해가며 아이를 키우고 있다. 아이를 낳고, 아이를 키우는 일이 온전히 나의 '최선'으로 되는 일이 아니라는 사실을 깨달으면서 자주 좌절했다.

'최선을 다하면 된다'는 말로 나를 키운 엄마의 꿈은 잘못된 것이 아니었을까. 언론에서 '알파걸의 실패'와 같은 기사를 쏟아낼 때면 동의하면서도 씁쓸했다. 가부장적 문화가 공고한 사회에서 나는 영락없이 '실패한 알파걸'이었다. 나와 남편은 같은 일을 하고 같은 날 부모가 됐지만 절대 같을 수 없었다. 난 궁지에 몰리면 "알파걸 같은 소리 집어치워"라며 화내는 서른일곱 살이 되었다.

'엄마 같은 엄마'가 되지 않기 위해
엄마를 착취해야 한다

2017년 1월, 군산에 계신 외할아버지를 뵈러 갔다가 가벼운 교통사고가 났다. 엄마와 나는 횡단보도를 건너고 있었는데 다가오던 트럭이 신호에 맞춰 멈추지 못했다. 나는 피했으나 엄마는 피하지 못했다. 쿵 하는 소리가 나는 그 순간 하늘이 노래졌다. '아, 하늘이 노래진다는 것은 이런 거구나' 할 때 깨달았다. '엄마를 두고 나 혼자만 피했구나.' 짐승처럼 소리를 지르는데 눈물이 마구 흘러내렸다. 트럭 운전자는 곧바로 뛰어나와 나를 진정시키려 했지만 잘되지 않았다. 다행히도 엄마는 크게 다치지 않았다. 병원 검사에서도 큰 이상은 없었고 다만 물리치료를 오래 받았다.

병원에서 검사를 받는 그 짧은 시간에도 계속 눈물이 흘렀다. '엄마는 나를 위해 내 새끼들도 봐주고 내가 필요하다는 건 다 해주는데 난 엄마를 두고 혼자 피했구나.' 그런 생각이 들어 괴로웠다. 만약 엄마가 크게 다쳤다면 그 죄책감을 어떻게 했을까. 지금도 그날을 생각하면 가슴이 철렁한다.

'난 엄마 같은 엄마가 될 수 있을까.' 엄마를 보면서 가끔 그런 생각을 한다. 그러고는 이내 고개를 젓는다. 어릴 때부터 그랬다. 자식에게 모든 걸 내어주는 엄마처럼 살기 싫었다. 내 이름을 잃어버리고 싶지 않았다. 지금도 똑같다. 내 인생을 자식에게 전부 줘버리고 싶지는 않다. 그러면서도 내 일상은 엄마의 인생을 착취해야만 굴러간다. 그게 내 딜레마이고 죄책감이다. 나는 독립적인 여성으로, 오롯한 개인으로 일하는 삶을 유지하고 싶지만 그런 삶을 유지하기 위해서는 일평생 나와 동생을 위해 자신의 온 시간을 나눠 준 엄마를 착취해야 한다.

가부장적 질서는 하나도 변하지 않았다

'엄마한테 맡기지 않고 내 손으로 키울 수 있으면 얼마나 좋을까.' 가끔 엄마와 아이 양육이나 가사노동 문제로 다툴 때면 그런 생각을 했다. 괴로웠다. 아이도, 일도 포기하지 못하는 욕심 많은 딸. 딸의 욕심 때문에 엄마의 체력을 축내고 엄마의 시간을 훔치는 기분. 죄책감은 엄마의 힘든 얼굴을 볼 때 제일 심했고, 죄책감이 쌓이는 만큼 사회에 대한 분노가 켜켜이 쌓여갔다. 누가 나를 이렇게 궁지로 몰아가는가. 이 분노가 정확히 누구를 향해야 할지 몰라서 당황스럽기도 했다.

첫 번째 복직 후였던 2014년과 2015년은 가장 힘들었을 때다. 매일 일과 아이에 치여 체력이 바닥났고, 자고 일어나면 전세금이 몇 천 만원씩 오르는 속도에 기가 질려 어떻게 하면 서울을 떠날 수 있을지만 생각했다. 밤이면 1시간씩 경기하듯 우는 아이를 안고 있다가 지쳐 아이를 바닥에 내려놓고 울면서 되뇌었다. 이 일상은 지속 가능하지 않다, 지속 가능하지 않다, 지속 가능하지 않다….

한번은 엄마가 집에 김치가 있냐고 물으셨다. 당시 식사 담당은 남편이었기에 잘 모른다고 대답했는데 엄마가 그런 것도 모르냐고 하기에 대판 싸웠다.

"엄마, 둘 다 잘할 수 없어. 집안일은 포기했어."

기어이 상처를 주고야 말겠다는 차가운 말투로 내뱉는 냉정하고 모진 말들. 수많은 모녀 사이가 그렇듯 우리도 그랬다. 엄마 마음에 상처 낼 수 있는 말들을 아무렇지 않게 내뱉고는 주워 담지 못해 괴로워하는 일을 반복했다. 엄마를 다치게 하면 결국 내가 다친다는 걸 알고 있었지만 그렇게라도 하지 않으면 견딜 수 없는 날들이었다.

지속 가능하지 않은 일상에서 엄마의 노동력을 착취해 아이를 기르는 팔자, 언제 할 수 있을지 모르겠는 빨래들과 내가 하면 잘 먹지도 않는 아이 반찬을 걱정하며 회사 일에 스트레스 받는 일상, 회사에서 '애 엄마' 티는 절대 내고 싶지 않고 그러려면 뭔가를 포기해야 하는데 아이를 포기할 순 없으니 엉망진창인 집 안을 합리화하던 일상이었다. 그런데 김치라니. 김치가 있는지 없는지까지 내가 알아야 하나. 엄마에게 따졌지만 엄마에 대한 분노는 아니었다. 나를 궁지로 몰아넣는 사회에 대한 분노를 나를 위해 희생하는 엄마에게 풀고 나니 자괴감만 몰려왔다.

그 자괴감 때문에 견딜 수 없던 날들. 그저 떠나고 싶었다. 서울을 떠나, 대한민국을 떠나 자유로워질 수만 있다면. 내 손으로 아이를 기르면서 좋아하는 일을 계속할 수 있다면. 그러면서도 가끔은 엄마가 원망스러웠다. '결혼은 해야지, 서른 전에는 해야지, 서른엔 해야지, 결혼했으면 아이는 낳아야지, 안 낳았으면 이 이쁜 것을 봤겠어?' 결혼은 꼭 해야 하고 결혼을 했으면 아이는 꼭 낳아야 한다고 말하는 엄마 세대가 수용했던 가부장적 질서. 그 질서를 21세기의 나는 벗어날 수 있다고, 결혼생활도 일도 잘 해낼 수 있다고 자신만만하며 착각했다. 착각을 한 건 나였으면서도 "아이 낳으면 엄마가 키워줄게"라는 엄마의 말이 떠오를 때면 괜히 원망스러웠다.

불가피하게 꿈을 포기했던 세대의 엄마들은 딸에게 일과 가정을 다 가질 수 있다고 말했다. 하지만 가사노동과 육아가 여성의 몫인 세상의 가부장적 질서는 하나도 변하지 않았다. 오히려 엄마 세대의 여성들이 가부장적 질서를 떠받치고 있는 것은 아닐까. 그래서 엄마의 친구들이 '요즘 젊은 엄마들은 왜 이렇게 의존적이냐, 왜 혼자 아이를 키우지 못하느냐'고 힐난하는 것 아닐까. '엄마들 세대에서 아무것도 달라지지 않았고, 일만 더 하게 돼 오히려 이중 부담을 안게 된 것은 안 보여요?' 누군가에게 소리치고 싶었다. 엄마 세대는 그렇게 살아왔기 때문에 우리의 고통을 보기 힘든 것이라는 사실을 알면서도. 머리로는 그 세대의 질서를 부정하면서도 몸으로 부정하며 살아가기를 두려워했던 나는 그랬다.

그렇게 당연하다는 듯 엄마에게 아이를 맡기고 출근했다. 이제 첫째가 67개월이 되었으니 엄마의 육아 노동도 만 5년 7개월을 지나는 중이다. 그동안 내 자식 때문에 엄마의 몸은 얼마나 축났을까.

"엄마, 운동 열심히 해요. 그래야 우리 애들 클 때까지 계속 봐주지."

그런 농담을 건네는 내 입은 언제나 쓰다.

국가는 '할머니 착취'를 그만두라

엄마한테 돈을 드리면 되지 않느냐고 말하지 말자. 많이 드리지도 못하지만, 아무리 돈을 많이 드려도 엄마의 시간은 돌아오지 않는다. 손주가 웃는 모습을 보고 잠시 행복해진다 해도 그건 정말 잠시뿐, 육아는 엄청난 육체노동이다(손주는 오면 반갑고 가면 더 반갑다 했다). 환갑을 앞둔 우리 엄마가 그 노동을 하는 이유는 그저 딸이 일을 계속하길 바라는 마음에서다. 그러나 내 일은 엄마를 위해 해주는 것이 거의 없다. 엄마가 내 일을 응원하는 것이 행운인 사회에서 엄마의 시간을 빼앗아 아이를 기르는 이기적인 딸. '복 받은 팔자'다. 죄책감으로 일과 육아를 유지하는 내 팔자가 복 받은 팔자라니.

한 국회의원이 저출산 문제를 풀겠다며 부모가 아이를 돌볼 수 없는 시간에 손주를 돌보는 조부모에게 수당을 주는 「아이돌봄 지원법」 개정안'을 대표 발의했다는 소식을 들었을 때는 두 주먹을 불끈 쥐었다. 아이돌봄 서비스를 제공받지 못하는 가정을 위한 것이라는데 정말 육아 문제, 저출산 문제의 핵심을 짚지 못하는 데 한숨이 나왔다. 저출산 문제는 '할마'를 지원하는 정책으로 풀 수 없다. 회사 다니겠다고 친정엄마를 착취하는 주제에 정부가 수당을 주겠다는데 왜 고마워하지 않느냐고? 본질이 아니라 곁다리 짚는 방안을 해결책으로 제시하지 말라는 것이다.

　첫째 복직 후, 아이를 누가 돌봐주느냐고 묻는 주변 사람들의 질문이 그렇게 싫었다. 딱히 궁금해서 물어보는 게 아니라 할 말이 없어서 묻는 거라는 걸 알지만 "친정엄마요"라고 대답하면서 드는 죄책감 때문이었다. "아이고, 엄마 힘드시겠네"라는 말을 들으면 죄책감은 더 커졌다. 나이 들어 무릎도 성하지 않은 엄마에게 아이를 떠넘겼다는 죄책감.

　육아는, 특히 영유아기 육아는 부모를 대체하는 존재를 찾기가 어렵다. 말도 못하는 아이가 남의 손에 맡겨졌을 때 부모의 불안과 두려움은 클 수밖에 없다. 두 돌 전에는 말도 못하는 아이들은 학대를 당해도 대응하거나 부모에게 알릴 수 없는 존재다. 게다가 그 시기의 육아는 '24시간 체력전'이다. 많은 부모들이 '피붙이' 할머니에게 의지하는 건 아직 너무 미약한 존재인 아이를 돌보는 게 육체적으로 너무 힘든 일이기 때문이다. 그 힘듦과 고통을 그나마 사랑으로 견디는 게 가족이기 때문이다. 내 아이가 울어도 견디고 달래줄 사람으로 믿을 만한 사람. 친정엄마들은 딸과 사위 부부가 퇴근이 늦어 방치되는 손주를 그냥 놔둘 수 없어서, 또 딸이 힘들지 않았으면 하는 마음으로 자기 몸이 축나는 줄 알면서도 손주를 돌본다. 할머니에게 수당을 주는 건 당연히 좋은 일이다. 자식들이 주는 용돈이 부족할 수도 있고, 할머니의 육아를 개인화하면 안 된다는 의견에도 공감한다. 그런데 말이다. 할머니들이 돌봐줄 수 없는 가정은 어떻게 할 것인가.

역차별이다. '경단녀'는 멀리 떨어져 사는 부모가 그들의 아이를 돌봐줄 수 없어서 일을 포기한 경우가 많다. 그들에게 국가는 무엇을 해줄 것인가? 그런 가정에 비하면 친정엄마, 시엄마가 아이를 돌봐줄 수 있는 가정은 일을 그만두지 않아도 되니 그나마 상황이 나은 편에 속한다. 그런 가정에 수당까지 준다는 것은 할머니의 육아 지원을 받을 수 없는 가정에 대한 역차별이 될 수밖에 없다.

국가는 '할머니 착취'를 그만둬야 한다. 모든 것은 노동시간 문제다. 부모가 자신의 아이를 돌볼 수 있게 시간을 돌려주면 된다. 국가는 아이를 맡아서 키워주겠다는 허언을 그만두

라. 아이는 부모가 키울 수 있어야 하고 국가는 그를 지원하면 된다. '할마수당' 같은 정책으로 친정엄마, 시엄마 없이 아이를 키워야 하는 가정에 상실감을 주지 말라. 그리고 부디 친정엄마, 시엄마를 착취하는 구조를 바꾸어 엄마들의 죄책감을 덜어달라. 할머니들의 무릎이 부서지기 전에 부모들을 집으로 돌려보내야 한다.

'할마'에게 의지해야 하는 수많은 엄마들에게 위로의 말을 전한다. '할마'가 없어서 회사를 그만둔 엄마들에게는 무슨 말을 전해야 할지 모르겠다. 그렇지만 우리는 같이 말해야 한다. 나는 친정엄마와 아이를 기르고 싶지 않다. 나는 남편과 함께 아이를 기르고 싶다. 아빠들이 육아의 구경꾼이 되는 구조를 거부하자. 아빠들은 회사의 노예가 아니고 엄마들은 회사의 2등 사원이 아니다.

우리 엄마는 '칼퇴근법' 통과를 촉구했던 비영리단체 '정치하는엄마들'의 기자회견에 참석해 말씀하셨다.

"제가 칼퇴근법을 가장 원하는 사람이에요. 할머니들끼리도 (자식 직업에) 등수를 매겨요. 제일 빨리 퇴근하는 초등학교 교사가 1등, 공무원이 2등이죠. 제일 꼴찌가 밤 10시, 11시는 되어야 퇴근하는 대기업 다니는 자식들입니다. 제시간에만 퇴근해도 서로 육아를 분담하기 괜찮아요. 꼭 '칼퇴근법'이 통과되면 좋겠습니다."

엄마의 꿈은 무엇이었을까.

"엄마는 요즘에 하고 싶은 거 없어요?" 하고 물으니 잠시 아무 말도 안 하시다 대답하신다.

"그런 걸 왜 물어? 탁구가 배우고 싶긴 한데…."

먼 훗날 50대가 된 내가 아들들을 바라보며 '우리 엄마 탁구 배울 시간을 내가, 내 아들들이 빼앗았지'라며 슬픈 회한을 안고 있지 않았으면 좋겠다.

독박육아에서 공동육아, 평등육아로

육아 시원을 남편이 아니라
육아용품이 하다니

두진이를 낳고 1년 동안은 육아용품을 찾아 헤맨 시기였다. 바운서*, 쏘서**, 점퍼루***, 러닝홈 등 생후 1~2개 월, 5개월 이후, 7개월 이후 등 각 시기별로 유용한 육아용품을 어떻게든 구하고야 말겠다는 일념으로 인터넷 중고거래를 검색 했다. 아이가 잠들기만 하면 육아용품 검색에 빠져 '어떻게 하 면 아이와 내가 잠시라도 떨어질 수 있을까'를 고민했다.

돌 전 아기는 24시간 돌봐야 하는 존재라 하루 종일 옆에서 떨어질 수가 없다. 말도 못하고 울음으로 의사를 표현하는 아 기. 예민했던 첫째의 울음을 이해하지 못한 채 마냥 안고 달래

야 하는 순간은 외로웠다. 누구네 아기가 오래 잔다고 하면 그
렇게 부러웠다. 30분도 혼자서 잠들지 못하는 첫째 때문에 밥
도 제대로 먹을 수가 없었다. 친정엄마가 와주는 하루 3~4시
간이 내가 밥 먹고 집안일을 할 수 있는 시간이자 잠시라도 눈
을 붙일 수 있는 시간이었다.

수유를 하려면 밥을 제대로 먹어야 하는데 아이를 안고 있
어야 하니 그조차도 쉽지 않았다. 원초적 서러움이 폭발했다.
이를 해결하기 위해서는 육아용품이 필요했다. '바운서에서 잠
깐씩만 잔다면 밥도 먹고 집안일도 조금씩 할 수 있을 텐데'
하는 생각으로 빌려온 바운서에 처음으로 아이를 앉혔던 날.
두진이는 여지없이 기대를 배반했다. 예민한 두진이는 바운서
가 맞지 않았다. 그러나 나의 육아용품 탐험기는 멈출 줄 몰랐
다. '바운서는 실패지만 쏘서는 성공하고 말테다.'

온라인 중고시장에서 쏘서를 찾았는데 지역이 상도동이었
다. 남편은 회사에 갔기 때문에 아빠의 도움을 받았다. 평소 같

* 100일 이전 아기들을 달래거나 재우는 의자 형태의 기구. 진동 기능이 있
어 아기에게 엄마 품처럼 안정감을 주어 아기가 잠들 수 있게 도와준다.
** 동그란 원통 안에서 바깥의 장난감을 가지고 놀 수 있도록 디자인된 장
난감. 아기가 허리를 가눌 수 있어야 사용이 가능하다. 아기가 원통 안에서
장난감을 가지고 노는 동안 양육자는 10~20분 정도 자기 일을 할 수 있다.
*** 쏘서와 비슷한 모양이지만 아기가 뛰며 놀 수 있게 고안됐다. 스프링이
달려 있어 유아가 안장에 앉아 통통 튀어 오르는 점프 놀이를 할 수 있다.
걷기 직전 아기들이 주로 탄다.

았으면 물건을 탐한다고 잔소리했을 아빠가 아무 말씀을 안 하셨다. 아마도 내가 하루 종일 육아에 매여 아무것도 못해 우울이 심해진다는 걸 눈치로 아셨기 때문일 거다. 운전하는 아빠의 등이 민망하면서도 고마웠다.

집에 돌아와 아이를 쏘서에 앉히니 제법 좋아했다. 첫날인데도 10분쯤은 쏘서 안에 서서 원숭이, 앵무새 등 장난감을 가지고 노는 모습을 보고 '바로 이거다!' 속으로 외쳤다. 그 10분에 얼마나 큰 해방감을 느꼈는지. 아, 쏘서가 없었다면 두진이를 키우지 못했을 것 같다.

쏘서에 좀 시들해지면 갖고 놀게 하려고 점퍼루도 중고시장에서 구매했다. 비좁은 거실에 쏘서와 점퍼루까지 놓으니 성인 두세 명이 앉아 있는 것과 같은 공간을 차지했다. 거실을 육아용품에 빼앗겨 앉을 공간이 부족해졌지만 그런 건 상관없었다. 쏘서와 점퍼루에 각 10분씩만 앉아 있어도 내게는 20분의 자유 시간이 생기는데! 20분이면 밥도 먹고 설거지도 하고 샤워까지 할 수 있는 시간이 아닌가!

지금 돌이켜보면 우스우면서도 씁쓸하다. 독박육아가 괴로워 육아용품에 집착했던 나. 집 안에 갇혀서 혼자 아이를 돌보지 않아도 됐다면 그럴 필요는 없었을 텐데. 남편의 퇴근을 기다리며 육아용품에라도 의지하고 싶었던 순간들. 어디부터 잘못된 것일까.

공동육아를 하니 길이 보였다,
그리고 마더센터

두진이가 유치원에 들어가 유치원 엄마들과 친해지게 되면서 '주말 공동육아'를 해보자고 제안했다. 1980~1990년대, 엄마들이 골목에서 서로의 아이를 함께 키웠던 풍경을 주말에라도 재현해보자는 생각이었다. 아이들에게도 친구가 필요하고, 아이들끼리 잘 놀면 엄마들도 잠시나마 자유로워질 수 있다. 그렇다면 공동육아를 하지 않을 이유가 없지 않겠는가!

네 가족이 의기투합해 한 달에 한 번 공동육아를 하기로 했다. 맞벌이 부부에게는 시간이 많지 않으니, 한 달에 한 번씩이라도 지속적으로 해보기로 했다. 토요일 오전 10시, 당번 집으로 아이들을 보내면 그 집 부부가 4명의 아이들을 돌보며 점심도 먹이고 함께 놀고, 저녁때가 되면 모든 가족이 당번 집으로 모여 함께 식사를 하는 방식이었다.

그렇게 세 계절이 지나고 깨달았다. 아이들에게도 친구가 필요하지만 부모에게도 친구가 필요하다는 걸. 같이 양육을 하는 친구, 양육 경험을 터놓고 이야기하며 고민도 공유하고 때로는 어깨를 빌려주는 친구가 부모에게도 필요했다. 처음에는 잘 지속될 수 있을까 걱정도 했는데 지금은 너무 친해져서 서로 의지하는 사이가 되었다. 급할 때 도움을 요청할 수 있는 친구가 있다는 사실만으로 든든하기도 하다. 갑자기 회사에 일이 생겼을 때, 도와줄 할머니에게 무슨 일이 생겼을 때, 아이가 하원하는 시간에 제때 도착할 수 없을 때 등 돌발 상황에만 대처할 수 있어도 육아 문제는 한결 나아질 수 있다.

공동육아의 공간을 동네 곳곳에 다양하게 만들면 어떨까. 내가 회원으로 참여하는 '정치하는엄마들'에서는 마더센터 논의가 활발하다. 유럽 등에 있는 마더센터야말로 동네 공동체성의 회복 아니겠느냐고. 동네마다 있는 경로당처럼 마더센터를 만들어 함께 아이를 키우자는 취지다. 일본에도 이런 공간이 있다고 한다. 동네에 아이들이 아이들을, 엄마들이 엄마들을, 아빠들이 아빠들을 만날 수 있는 공간이 필요하다.

공동육아도 결국은
부모의 시간이 필요하다

주말 공동육아는 꽤 성공적이었지만 시간이 너무 짧아 아쉬웠다. 경조사 등 챙겨야 하는 각자의 집안일이 있으니 격주나 매주로 하기도 어려웠다. 서로가 서로의 아이를 돌봐주는 일이 일상이 된다면 좋을 텐데. 하지만 상상은 짧았다. 아이를 돌봐주는 어른들이 회사에 있기 때문이다. 집에 돌아오면 빨라야 7~8시, 늦으면 11~12시가 되는 어른들은 남의 집 아이는커녕 자기 자식 돌보기도 힘들지 않은가.

복직 후, 첫째는 출근할 때마다 "엄마, 오늘 야근이야?" 하고 묻는다. 야근하면 보통 11시에 끝나니, 집에 가면 12시가 넘는다. 한 달에 서너 번 정도 야근을 하는데도 아이의 관심은 엄마가 오늘 자기와 잘 수 있는지, 없는지에 쏠려 있다. 아이들은 10시쯤 잠드니 야근하고 12시에 돌아오는 엄마를 볼 수 없다. 같이 못 자는 날이 싫은 큰아들의 야근 타령. 이제 시작인 걸까. 한 선배는 자신의 아들 이야기를 해주며 말했다.

"처음엔 '회사 가지 마' 현관문에서 울더니 시간이 지나니까 포기하더라고. 그다음엔 '언제 퇴근해?' 노래를 불러. 그것도 포기하고 나서는 '이번 주엔 주말에 누가 쉬어?' 그러더라."

월요일 신문을 만들기 위해선 일요일 근무를 해야 하는 게 신문사 상황이니 아이에게는 엄마가 주말에 쉬는지 안 쉬는지가 중요할 것이다. 우리 집 아이들은 아직 요일까지는 구분할 줄 모르지만 야근은 알게 됐으니 나도 그런 질문을 받을 날이 멀지는 않았겠지.

2016년, 한국 아이들의 수면 시간이 부족하다는 기사가 나온 적이 있다.* 한국 영유아들의 하루 평균 수면 시간이 서구는 물론이고 같은 아시아 지역보다도 훨씬 짧은 것으로 나타난 것이다. 같은 또래의 서양 아이들과 비교했을 때 평균 수면 시간이 하루 1시간 이상 적었다. 어려서부터 아이와 부모가 자는 공간을 구분하는 서양과 달리 한국은 아이와 같이 자는 경우가 많기 때문이라는 분석이 나왔다. 그러한 분석 결과에 한 언론이 "엄마 때문에 잠 못 자는 아이들"이라고 제목을 달아 무척이나 분노했던 기억이 난다. 지금 다시 생각해도 헛웃음이 난다. 엄마 때문에 못 자는 게 아니고요, 엄마 아빠 퇴근이 늦으니 아이들 자는 시간도 늦어지는 거거든요.

집에 들어가면 빠르면 8시, 늦으면 9시다. 애들을 씻기고 재울 준비만 마쳐도 시간은 금방 밤 10시. 같이 못 놀았다며 아이들이 놀자고 떼쓰기 시작하면 자는 시간은 더 늦어진다. 복직 후 우리 집 아이들의 자는 시간도 점점 늦어지고 있다. 아이들이 놀고 싶다고 하면 그냥 뿌리칠 수가 없다. 하루 종일 같이 시간을 보내지 못했으니.

워킹맘의 속사정

한번은 마음이 몹시 상한 날이 있었다. 유치원 근처에서 워킹맘들을 험담하는 이야기를 들은 날이었다. 유치원

* "한국은 영유아도 수면 부족… 서구보다 하루 1시간 덜 자", 《연합뉴스》, 2016년 2월 19일.

근처 커피숍에 앉아 있는데 엄마들의 대화가 우연히 들려온 것이었다.

"워킹맘들은 애들이 아파도 어린이집 보내더라. 불쌍하지도 않은가 봐."

갑자기 마음이 싸해졌다. 열이 나지 않는 한, 아니 열이 나도 아이를 어린이집에 보낼 수밖에 없는 사정을 모르는구나, 싶었다. 보내고 싶어서 보내는 게 아닐 텐데.

"아이를 별로 사랑하지 않는 것 같다는 생각을 지울 수가 없더라고."

그 말이 마음을 할퀴었다. 설명하고 싶었다. 왜 아픈 아이를 보낼 수밖에 없는지. 아이에게 미열이라도 있으면 하루 종일 얼마나 종종거리게 되는지.

두진이가 다니는 유치원에서는 아이들이 현장 학습을 가는 날마다 엄마들이 출발하는 버스 앞에서 배웅을 하는 '빠빠이' 문화가 있다. 이준이 출산휴가에 들어가면서부터 그 문화를 알게 됐으니, 그동안 두진이는 엄마의 '빠빠이'를 받지 못한 채 현장 학습을 갔던 거였다. 미안했지만 '빠빠이'가 뭐 별거냐는 생각도 동시에 들었다.

하지만 아이들의 마음은 그렇지 않다. 두진이의 한 친구 엄마는 아이가 왜 현장 학습 날마다 유치원에 인 가겠다고 하는지 궁금해하다가 '빠빠이' 때문이라는 사실을 알고 너무 마음이 아팠다고 했다. 그 엄마도 워킹맘이라 그런 문화가 있는 줄 모르다가 아이가 '엄마가 같이 가면 현장 학습에 가겠다'고 하기에 반차를 내고 따라갔다 알게 된 것이었다. 아이는 현장 학습이 아니라 엄마의 '빠빠이'를 받지 못하는 게 싫은 거였다. 유치원 선생님에게 이런 이야기도 들었다.

"어떤 아이는 친구한테 그러더라고요. '나는 엄마 안 오니까 네가 창가에 앉아'라고. 너무 마음이 아팠어요."

이제 이 '빠빠이'는 내 고민이 됐다. "아빠가 빠빠이 하면 안 돼?"라는 말에 고개를 세차게 흔드는 아드님을 어떻게 설득하지. 어떤 엄마는 2시간짜리 휴가를 내고 와서 빠빠이만 하고 다시 회사로 뛰어가기도 한다. 공무원들에게 자녀돌봄휴가 2일 (16시간)이 생겼다는 이야기를 들었을 때는 정말 부러웠다. 일반 회사도 아이의 학교 행사에 자유롭게 참여할 수 있는 분위기가 되면 얼마나 좋을까.

아이가 고3인 한 선배는 말했다.

"학기 초에 입시설명회가 많은데, 아는 선배가 안 가도 되지만 웬만하면 꼭 가라고 조언하더라고. 왜 그러냐고 했더니 나중에 혹시 안 좋은 결과를 받았을 때 내가 아이에게 최선을 다하지 못했기 때문은 아닐까 하는 생각을 하지 않기 위해서라는 거야."

아이가 클수록 학교 행사가 많아진다. 유치원생인데도 상담,

참관 수업, 운동회가 철마다 준비돼 있다. 초등학교에 가면 총회에, 반 모임에, '녹색어머니' 당번까지 행사는 더 많아진단다. 왜 초등학교 때 '경단녀'가 많이 생기는지는 경험해보면 알 수 있다고 할 정도였다.

아이가 다치기라도 하면 마음은 더 쪼그라든다. 어느 날은 회사에 있는데 둘째 어린이집에서 전화가 왔다. 아이가 좀 다쳐서 소아과에 다녀왔다고. 윗잇몸과 입술이 연결된 부분인 상순소대가 찢어졌는데 소아과에서는 괜찮다고 한다고. 마음이 안 좋았지만 선생님이 괜찮다고 하니까 괜찮으리라 생각했다. 이전에도 찢어진 적이 한 번 있었던 터라 대수롭지 않게 생각하기도 했다. 그러나 그날 밤, 집으로 돌아와 아이 잇몸을 살펴보니 상처가 심상치 않았다. '왜 잇몸이 보라색이지.' 아차, 그때 생각났다. 이가 괜찮은지는 본 건가?

다음날 곧장 치과에 데려가고 싶었지만 국정감사를 취재해야 하는 날이었다. 남편이 치과에 데려가기로 하고 나는 출근을 했다. 취재를 하면서도 집중이 되지 않았다. 남편은 아이와 오전 10시쯤 치과에 갔는데 예약 때문에 바로 진료를 받을 수 없어 되돌아왔다고, 오후 2시에 다시 가기로 했다고 했다. 점점 초조해졌다. 점심도 먹는 둥 마는 둥, 그러다 2시가 좀 넘어서야 진료 결과를 들었다. 뿌리는 괜찮은데 이가 흔들린다고.

취재고 뭐고 당장 집으로 달려가고 싶었다. 아이가 다치고 하루가 지나는 동안 난 왜 이렇게밖에 대처를 못했는가. 또 한 번 누구한테 화가 나는지 알 수 없다가 "어제 치과에 왔어도 달라질 건 없었대" 하는 남편의 말을 듣고 진정했다. 넘어지는 사고가 난 이상 어떻게 할 수 없는 거였다. 병원에서는 앞으로 한 달 동안 잇몸이 변색되는지 지켜봐야 한다고 했다. 변색되면 고름이 생길 수 있고, 고름이 생기면 신경치료를 해야 한다는 이야기였다. 17개월 아이에게 어떻게 신경치료를 하냐고 물으니까 그냥 한다는 답이 돌아왔다. 그냥 하는 게 뭐냐고 다시 물으니까 아이가 울어도 그냥 붙잡고 한다고. 정신이 아득했다.

'집이었어도 다칠 수 있었잖아. 내가 돌봤어도 다칠 수 있지. 그냥 사고일 뿐이었고 병원에 바로 갔대도 해결할 수 없는 일이었다고 하잖아.'

마음을 다스려야 했다. 어린이집에는 별로 화가 나지 않았다. 첫째 두진이를 보냈던 어린이집이기에 신뢰가 있었다. 사고에 대해서는 금세 평정을 되찾았다. 그러나 생각은 이내 '왜 이렇게 사는가'로 이어졌다. 왜 나는 아이가 다쳐도 이렇게 대처할 수밖에 없는 구조에 놓여 있는가.

아이가 다치면 마음이 무너진다. 며칠 동안 도통 힘이 나지 않았다. 아이는 다치고 나서인지 내가 출근할 때마다 더 많이 울었다. 다쳐서 우는 게 아닐 수도 있는데 무너진 마음이 아이의 울음 앞에서 쉽게 차분해지지 않았다. '아가야, 미안해. 다치고 피가 많이 났을 텐데, 아프고 놀랐을 텐데, 옆에 있어주지 못해서 미안해.' 일하면서 절대 죄책감을 갖지 말자고 스스로를 다독이지만 아이가 아프거나 다치면 그게 잘 되지 않는다. 마음에서 질문만이 올라온다. 도대체 무엇을 위해 이렇게 사는가.

우리는 '시간 거지'

2010년 주거 문제를 취재하기 위해 독일 출장을 갔을 때다. 지역 재개발 문제 때문에 공청회가 열린다고 하기에 현장을 찾았다. 평일 5시에 큰 강당에서 열린 공청회에는 500여 명의 주민들로 가득 차 있었다. 놀랍고 신선했다. '어떻게 이 시간에 이렇게 많이 모일 수 있지?' 한국에서는 공청회를 열어도 이익집단 외의 평범한 시민들의 참석이 거의 없어 형식에 그치는 경우가 적지 않다. 그게 단순히 시민의식 때문일까?

나는 그 답이 '이른 퇴근 시간'에 있다고 생각한다. 일찍 퇴근하니 동네 문제에도 관심을 갖고 시간을 쓸 수 있는 것이라고. 별 보고 퇴근하는 한국 사회에서는 동네를 생각할 시간이 없다. 그 때문에 지자체에서 다양한 마을 만들기 사업을 하는 게 어떤 면에서는 답답하기도 했다. 사람들이 마을에 돌아올 시간이 없는데 마을 만들기를 한다는 것은 전부에게 의미 있는 일이 되기 어려우니까. 물론 중앙정부가 노동시간에 손대지 않는 상황에서 지자체가 할 수 있는 일에 한계가 있다는 것은 알지만.

독일 출장에서 또 한 가지 신기했던 것은 동네 곳곳에 꽂혀 있는 'SPD'라고 적힌 깃발이었다. 동행했던 코디네이터의 설명으로 그게 사민당 깃발이라는 사실에 신선한 충격을 받았다. 독일은 임대료를 물가 상승률 이상 올릴 수 없고, 법에서 정한 세 가지 이유 외에는 집주인이 세입자를 나가게 할 수도 없다. 세입자들도 협회가 있어서 세입자협회, 임대인협회, 지방정부가 한 테이블에 앉아 2년에 한 번씩 임대료 인상률을 토론하고 결정한다. 한국처럼 전월세 폭등으로 이곳저곳 전전하며 이사를 다닐 이유가 없는 것이다. 보통 한동네에서 평생을 살기 때문에 동네를 소중하게 생각하고 동네가 소중한 만큼 동네 정치에도 관심이 많다. 그러한 관심이 집 앞에 깃발을 꽂아 지지 정당을 보여주는 모습으로 드러난다는 것이다.

전셋값이 치솟아 언제 쫓겨날지 모르는 서울에서 별 보고 퇴근하는 사람들이 상상할 수 없는 세계였다. '시간 거지'인 한국 사람들에게 필요한 것은 고용을 불안해하지 않고 얻을 수 있는 '시간'이다. 회사에서 보내던 시간을 집에서 보낼 수 있게 되면 아이들을 스스로 돌볼 수 있고 아이들을 키우는 동네를 돌아볼 수 있을 텐데.

시간을 줘야 평등육아도 가능해진다

양육수당, 아동수당 다 중요하지만 무엇보다 우선시해야 할 정책은 부모들에게 시간을 돌려주는 정책이다. 정부는 남성 육아휴직을 확대하겠다고 하지만 여성 육아휴직도 쉽지 않은 사회에서 남성 육아휴직 수당을 올려서 육아휴직 사용률을 늘리겠다는 얘기는 아무것도 하지 않겠다는 이야기와 똑같이 들린다. 지금 시급한 것은 육아휴직 사용을 눈치 보게 만드는 문화와 구조를 바꾸는 일이다. 대체 인력을 충분히 확보할 수 있도록 하고 육아휴직 사용을 강제화하는 수준으로 정책의 실효성을 높여야 한다. 육아휴직 보장이 안 되는 회사에는 법적으로 규정된 벌금을 물렸으면 좋겠다. 결국 정부의 근로감독 의지 문제다.

엄마, 아빠가 1년씩 육아휴직을 하면 아이가 24개월, 두 돌이 된다. 36개월까지 가정 양육을 하면 더 좋겠지만 일단 순차적으로 현실화하려면 엄마, 아빠가 각 1년씩 육아휴직을 쓸 수 있도록 하는 정책을 제안하고 싶다. 두 돌이 지난 아이들은 말을 하니 어린이집에 가도 조금 덜 불안하다. 그래도 어린이집에 하루 종일 있기엔 아직 어리니까 부모가 시차출퇴근제를 이용해 아이의 등하원을 할 수 있도록 하자. 이미 법적으로는 어느 정도 다 마련되어 있는 제도다. 실효성이 떨어질 뿐.

이렇게 되면 상대적으로 임금이 적은 여성의 비자발적 퇴사와 독박육아 문제는 웬만큼 해결될 수 있을 것이다. 부부가 육아를 나누어 하면서 아이를 돌보는 기쁨을 공유하게 될 것이다. 이것이 평등육아가 아니고 무엇이겠는가. 아이를 돌보며 동네를 돌아볼 수 있고 동네 친구를 사귀게 된다면 그것이 바로 공동육아일 것이다. 아이들을 다 같이 키우는 사회, 그런 풍경을 현실로 만든다면. 그런다면.

저출산이 사회 위기라는 말을 많이 하지만 정작 만들어지는 제도를 들여다보면 다 땜질식이다. 노동시간 단축과 성평등이라는 본질적 문제를 건드리시 않으면 저출산 문제는 결코 풀리지 않을 것이다. 한국이 2006년부터 저출산 정책에 돈을 쏟아부었으면서도 실패한 것은 이 근본적인 문제를 건드릴 의지가 없었기 때문이다.

늦게 퇴근해 아이들이 잠든 모습만을 겨우 보는 아빠들은 행복할까. 임금이 적다는 이유로 아이 돌보는 사람으로 규정돼 자기 일을 그만둔 엄마들은 행복할까. 어떻게든 일을 유지하겠다고 도우미 이모님, 친정엄마, 시어머니에게 부탁하며 제 아이를 남의 손에 기르는 엄마들은 행복할까. 아무도 행복하지 않은 이 구조를 바꿔야 모두가 행복해진다. 무엇보다 아직 작은 우리 아이들이 행복감을 많이 맛봐야 타인에게 손 내밀고 세상을 감싸 안을 수 있는 좋은 어른으로 자랄 것이다.

결국 답은 '정치'뿐이다. 부모들이 계속 목소리를 내 정책에 반영될 수 있도록 하는 것. 사회가 저 혼자 바뀌어서 저출산 정책이 나오는 게 아니라 부모들의 '출산 파업'이 그나마의 저출산 정책들을 이끌어냈다. 더 목소리를 내야 한다. '정치하는엄마들'에 참여하며 조금씩 바꿔낼 수 있다는 자신감이 생겼다. 내가 아이를 키울 때는 누릴 수 없는 것이더라도 내 아이들이 아이들을 키울 때 '독박육아'라는 말은 사라졌으면 하는, 그 희망으로.

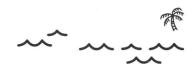

집안일 지능
기르기

나는 집안의 집사인가

한번은 두진이가 다니는 유치원에서 체험 학습비가 미납됐다고 연락이 왔다. 분명 돈을 입금했는데. 확인해보니 돈이 엉뚱한 계좌에 입금돼 있었다. 그 순간에 느낀 좌절감이란. 단지 체험 학습비를 미납했기 때문은 아니었다.

아이가 둘이 되니 집안일의 양이 크게 늘었다. 밥하고 반찬 만들고 먹이고 설거지하는 일련의 과정은 물론 청소-빨래-분리수거도 기본이었다. 주민세와 자동차세 등 세금 납부를 챙기고 매달 관리비, 수도 요금과 전기 요금 등을 체크하는 일, 대출 상환 계획을 세우고 빚을 갚을 수 있게 재무 계획을 세우고 절약하는 일, 아이들이 커가며 옷이 맞지 않으면 적당한 가격의 괜찮은 옷을 찾아 구매하는 일과 기저귀, 유아 물통, 어린이집 손수건 등 아이에게 필요한 물품들을 챙기며 유치원과 어린이집의 알림장을 체크해 내일 준비물을 챙기고 선생님께 아이의 상황을 적어 전달하는 일까지. 아이의 알림장을 체크하며 왜 워킹맘들이 준비물을 준비하느라 난리인지 알 수 있었다.

정신없는 와중에도 이것저것 챙긴다고 챙겨왔는데 체험 학습비를 미납하다니. 그럴 필요 없다는 걸 알면서도 좌절감이 몰려왔다. '한다고 하는데도 구멍이 뻥뻥 나는구나.' 어린이집에서 아이들 생일 때마다 선물을 주는 문화가 있다는 걸 알게 됐을 땐 과연 내가 그것까지 챙길 수 있을지 암담했다. 선물을 받기만 하고 챙겨주지 못해 '덤벙대고 무심한 워킹맘' 소리를 들을지도 모르는 일이었다.

아, 나는 집안의 집사인가. 아이들의 매니저인가. 집안 대소사를 잊지 않고 챙기는 일부터 가사노동과 육아까지, 이렇게 챙겨야 할 일이 많은데 도저히 역부족이라고 느낄 때면 엄마가 너무 보고 싶어졌다. 그와 동시에 왜 이렇게 엄마가 해야 하는 일이 많은지, 그런데도 회사에서는 집안일을 하지 않는 남자 동료들과 경쟁하고 평가받아야 한다는 사실에 화가 났다.

가사노동은 기계로 대체하는 수밖에 없나

"아영, 집안일과 육아는 절반씩 분배가 안 돼. 나도 둘째 낳고 남편이랑 정말 많이 싸웠는데 해결책은 결국 사람을 쓰는 거였어."

한 선배가 해준 말이다. 첫째를 낳고 복직한 2014년, 하루하루가 진이 빠질 때였다. 아침에 일어나자마자 우는 세 살짜리 아이를 달래 친정엄마께 맡기고 출근해 일하고 돌아오면 다시 재우기의 반복이었다. 빨래는 산처럼 쌓이지만 평일에는 엄두가 나지 않았다. 그나마 아이 옷은 친정엄마가 세탁을 해주셔서 겨우겨우 일상이 유지됐다.

두 번째 휴직을 하고 아이가 둘이 되니 집안일의 양은 제곱이 되는 느낌이었다. 아이들에게 밥을 먹이는 일만도 진이 빠져서 서른이 되어 결혼할 때까지 내 밥을 차려주신 친정엄마의 노고가 떠올랐다. 반찬 투정을 하면 엄마가 왜 화를 냈는지 알 것 같았다. 아, 이제야….

아이의 유치원 친구 엄마는 이렇게 말했다.

"어차피 집안일은 반반씩 안 돼. 사람을 쓰는 것도 또 다른 스트레스고. 방법은 결국 하나야."

"뭔데?"

"기계를 들이는 것."

그 말을 듣고 물개 박수를 쳤다. 여성해방은 진정 가전제품이 가져다주는 것인가. 우리 둘은 새로 나온 빨래건조기를 꼭 사야 한다며 맞장구를 쳤다. 요즘 건조기는 혼수 필수품으로 꼽힐 정도로 건조기를 사고 나서 빨래에서 해방됐다는 주변 사람들의 입소문이 자자하다. 식기세척기, 빨래건조기, 로봇청소기는 워킹맘이라면 꼭 구매해야 할 '가사노동 기계'들이다.

"우리 며느리 놀잖아. 아들만 불쌍해 죽겠어."

집안일은 아무리 해도 티가 나지 않는다고들 한다. 하지만 하지 않으면 생활이 불편해지는, 티가 나는 일이다. '바깥일' 말고 '안일'에 대해 제대로 생각해본 적이 없던 나는 전업주부가 얼마나 바쁜지 잘 몰랐다. 휴직하고 주부로 지내는 동안 내가 집안일에 얼마나 무지한 사람이었는지 깨달았다. 이전에는 가사노동을 생각하면 '왜 절반씩 분배가 안 되는지' '왜 모든 일이 여성에게 집중돼 있는지'에 의문을 품고 분노했었는데, 휴직 후 집안일에 제법 흥미를 느끼게 되면서는 왜 아무도 가사노동이 이렇게나 중요하고 소중한 일이라는 걸 알려주지 않았는지에 의문이 들었다.

집안일을 하면서 단정해지는 기분을 느낄 땐 묘하게 혼란스러우면서도 뿌듯하고 행복했다. 인터넷에서 검색한 조리법에 따라 반찬을 해도 제법 맛이 날 때, 그걸 가족들이 맛있게 먹을 때, 음악을 틀어놓고 경쾌하게 설거지를 하고 깨끗해진 그릇을 볼 때, 생협에서 마트보다 싼 값에 시금치를 살 때, 빨래를 가지런히 개며 내 마음까지 가지런해지는 기분을 느낄 때 등. 아, 왜 항상 가사노동은 누군가 대신해주고 대충 할 수 있는 일이라고 생각했을까. 왜 아무도 가사노동이 중요하고 소중한 일이라고 내게 말해주지 않았을까.

그러나 가사노동에서 느끼는 경쾌하고 단정한 기분을 한 번에 후리치는 말들이 있다. 가사노동과 육아를 선남하는 '전업맘' 며느리를 못마땅하게 여기며 "우리 며느리 놀잖아. 아들만 불쌍해 죽겠어"라고 하는 말들. 내 경우 또한 본질적으로는 크게 다르지 않았다. 시어머니는 내가 일하며 아이들을 키우는 게 안쓰러워 죽겠다며 "놀면서 아이들 기르면 얼마나 좋을까" 같은 말씀을 하시곤 했는데, 그 마음을 이해는 하면서도 항상 '논다'는 말이 마음에 걸렸다. 왜 가사노동이, 육아가 노는 일로 여겨지는가! 내가 해본 어떤 일보다 힘든데 말이다. 남편도 신생아 육아가 군대 훈련소보다 힘들다고 했다.

그러다 문득 집안일이 '우라까이'*하는 것 같다는 생각이 들

* 타사보다 보도가 늦어 타사의 기사를 베껴 쓰는 일을 일컫는 기자들의 은어다.

었다. 반복되는 일이라서가 아니라 인정받는 일이 아니라서. 만약 매일매일 '우라까이' 기사를 쓰듯 인정받지 못한다는 기분으로 일한다면 그 일상은 어떨까. 사람이 자신의 일을 사회적으로 인정받는 일이 얼마나 중요한가. 이렇게 고되고 귀한 노동임에도 어째서 집안일과 육아는 사회적으로 제대로 인정받지 못하는가.

그 이유는 가치를 인정하는 순간 정당한 대가를 지불해야 한다는 사실을 너무 잘 알아서인지도 모른다. 워킹맘들은 가사노동 때문에 사람을 고용하거나 기계를 사지만 가사노동에 돈을 쓸지 말지를 결정하는 것도 결국 여자의 일이다!

어릴 때부터 집안일 지능을 길러줘야 한다

친정엄마는 스물네 살에 결혼하면서 회사를 그만두고 전업주부가 됐으니 벌써 36년째다. 엄마가 음식을 만드는 모습을 지켜보면서 깨달았다. 숙련된 주부들은 집안일도 창조적으로 한다! 엄마는 밥을 차리면서 마구잡이로 음식을 놓지 않는다. 식으면 안 되는 음식, 양념을 마지막에 가미해야 하는 음식을 다 구분하고 순서대로 놓는다. 빨래도 엄마가 개면 훨씬 더 깔끔하고 청소도 엄마가 하는 게 훨씬 깨끗하다. 숙련의 힘일 테다.

결혼 전 멋모를 때는 "엄마, 그냥 대충해요"라고 한 적도 많았다. 왜 엄마가 쓸데없는(?) 일에 그렇게까지 힘을 들일까 생각했던 적도 있었다. 내가 집안일을 해보고 나니 그 말이 얼마나 무례한 말이었는지 알게 됐다. 엄마는 엄마의 노동에 최선을 다하는 것인데 누가 감히 '대충 하라'고 한단 말인가.

서울에서 나고 자란 나는 대학, 직장까지 편하게 집에서 다니면서 집안일에는 거의 손대지 않았다. 엄마는 상견례 자리에서 "우리 애가 아무것도 할 줄 몰라요"라는 의례적인 인사를 진심으로 했고 시어머니는 "요즘 다 그렇죠. 같이 살아가며 배우면 되죠"라고 하셨다.

다행인 건 남편이 나보다 '집안일 지능'이 높다는 것이었다. 스무 살에 상경해 오랫동안 자취를 한 남편은 김치찌개와 떡볶이를 만들 줄 아는 남자였다. 결혼 전 떡볶이를 얻어먹으면서 중·고등학교 시절 청소와 설거지를 '아들의 일'로 규정했다는 당시의 예비 시어머니께 감사했다. 워킹맘이었던 시어머니는 아들이 집안일을 하는 걸 당연하게 생각해, 남편은 학교를 마치고 혼자 라면을 끓여 먹고 설거지를 해놓거나 가끔은 청소기도 돌렸다고 한다. 남편의 집안일 지능은 시어머니의 교육 덕분에 어릴 때부터 자연스럽게 형성된 것이었다. 이것만 봐도 집안일 지능이 여자에게만 있는 것은 아닐 테다. 시어머니는 지금도 내게 "경상이랑 같이 해라"라고 말씀하신다.

내 아이들은 나처럼 뒤늦게 깨닫지 않도록 어릴 때부터 집 안일이 소중하다는 사실을 가르치며 '집안일 지능'을 길러주려 한다.

집안일이 느니 일이 내게 몰리기 시작했다

결혼 전 집안일 지능을 제대로 기르지 못해 잘 못 했던 나도 결혼 후 반복하니 집안일이 늘기 시작했다. 원래 손 이 빠른 편이라 어느 순간 남편의 집안일 지능을 넘어선 것일 까. 두 번의 육아휴직을 거치면서 집안일이 급속히 내게 쏠리 기 시작했다.

부인이 볼일 보러 나가며 "감자 좀 올려놔"라고 했더니 남편 이 감자를 냄비 뚜껑 위에 올려뒀다는 일화가 사진과 함께 인 터넷에서 화제가 된 적이 있다. 감자를 삶아놓으라는 뜻이었는 데 말 그대로 올려놓다니. 엄마들이 모이면 집안일 못하는 남 편들에 대한 성토대회가 열린다. 한 아빠는 아이 약을 타는데 용기에 가루약을 먼저 넣는 바람에 물약의 용량을 정확히 잴 수 없었다고 한다. 아이들의 약은 가루약과 물약을 섞어 먹이 는 경우가 보통인데, 물약을 2밀리리터 타야 한다면 당연히 용기에 물약을 먼저 넣어야 눈금을 보고 용량을 알 수 있다. 그런데 봉기에 가루약을 먼저 넣는 바람에 물약의 용량을 잴 수 없게 만든 것이다. 그 모습을 보고 "다시 타!"라고 소리를 질렀다는 얘기를 들으며 아내의 심정이 너무 이해가 됐다.

내 집안일 실력이 일취월장하자 습관이 된 말이 있다. "차라리 시키는 일만 해." 남편은 꼼꼼한 대신 어떤 일을 해도 오래 걸린다. 너무 많이 생각하기 때문에 일의 시작이 잘 안 된다. 반면에 나는 추진력이 좋고 일을 진행시키는 속도가 빠르지만 참을성이 부족해 마무리에 약하다. 우리는 서로가 항상 답답하다. 성격 급한 나는 너무 꼼꼼해서 일을 진행시키지 못하는 남편을 보는 게 답답하고, 남편은 추진력이 좋지만 항상 서두르는 나를 보는 게 답답할 것이다.

집안일이 점차 내게 몰리는 건 서로의 성격이 달라서 벌어지는 일이기도 하지만, 성별에 따른 사회의 고정관념을 벗어나는 게 어려워서이기도 했다. 일 처리가 느린 남편 대신 내가 하나둘씩 하다 보면 내가 매니저인가, 집사인가 싶어 불쾌했다. 집안일을 회사 부서처럼 총무부, 재무부 등으로 분류한다면 나는 총무부장, 재무부장을 다 맡고 있는 셈이었다. 나가서는 똑같이 일도 하는데, 그렇다면 내 인생만 점점 더 고달파진다는 얘기였다.

"당신이 집안일을 적극적으로 나누려고 하지 않으면 내가 점점 더 고립되는 거야. 그럴수록 난 힘들어질 거고 그렇게 힘들어지는 만큼 당신을 미워하게 되겠지."

남편에게는 그렇게 말했다.

'사랑꾼'보다 걸레질 잘하는 남편이 최고

2017년 2~3월에 방영된 tvN 프로그램 〈신혼일기〉에 출연한 구혜선, 안재현 부부도 가사노동 문제로 다투는 모습을 보여줬다. 아내는 남편이 적극적으로 집안일을 하기 바라지만 남편은 잘 이해하지 못한다. 이에 대해 아내가 냉정하게 말하면 남편은 '왜 내 마음을 몰라주느냐'고 대답한다. 신혼 초 가사노동을 분담하면서 벌이는 한국 부부의 전형적인 말다툼을 연예인들도 하는 모습을 보면서 그런 생각이 들었다. '사랑꾼보다는 걸레질 잘하는 남편이 최고지.'

회사의 동료들은 가끔 내게 말한다.

"경상 씨는 집안일 잘 도와주잖아~"

그때마다 속이 부글부글했다. 남편과 나는 같은 회사에서 같은 일을 하는데 왜 집안일은 내가 주도적으로 해야 한다고 생각할까. 그나마 집안일 지능이 있는 남편과 사는 걸 다행이라고 생각해야 하는 사회.

결론은 이거다. 아들들을 잘 키우자. 집안일이 얼마나 중요한지 어릴 때부터 가르치자. 아들만 둘 낳은 내가 귀담아 실천해야 할 말이다. 걸레질이 얼마나 '쿨한' 일인지 어릴 때부터 알려줘야겠다. 두진이는 여섯 살 때부터 빨래는 빨래통에, 다 먹은 그릇은 설거지통에 가져다놓는 집안일을 시작했다.

남편과
아이들이
추억 만들
시간을
빼앗지 말아달라

아빠와 나의 추억은 누가 빼앗아갔나

친정아빠에게 농담을 건넸다.

"아빠, 삼십 대는 하고 싶은 것, 해야 할 것이 많아 늘 시간이 부족하고 육아에 집중할 수가 없네요."

아빠는 이렇게 대답하셨다.

"너희들 어릴 때는 주 6일제라 얼마나 바빴는지. 일주일 내내 일하고, 일요일에는 늦잠 좀 자고 싶은데 너희들이 깨워서 정말 괴로웠다."

그 말을 듣고 "맞다. 왜 애들은 새벽같이 일어나지" 하며 두 아들을 떠올렸다가 이내 어린 시절의 내가 떠올랐다. 여느 일요일 아침, 아빠랑 놀고 싶은데 아빠는 일어날 줄을 모르고 동생과 둘이서 일요 만화, 일요 드라마 〈짝〉, 〈대추나무 사랑 걸렸네〉를 보던 기억. 침대도 쓰지 않던 시절, 요를 깔고 네 식구가 누워 도란도란 텔레비전을 보고 늦잠을 자던 풍경. '아, 그립다' 생각했다가 떠오른 아빠의 삶. 주말밖에 볼 수 없었던, 일요일의 늦잠이나 낮잠으로 겨우 피곤을 해소했을 아빠의 삶.

은행원이었던 아빠는 늘 바빴다. 내가 잠들기 전에 아빠가 퇴근했던 기억은 손에 꼽는다. 어릴 때는 늘 궁금했다. 은행은 3시면 닫는데 아빠는 왜 밤늦게야 올까. 은행 문이 닫히면 아빠는 뭘 할까. 은행 업무는 창구 문을 닫고 나서 본격적으로 시작된다는 사실을 초등학교 고학년이 되어서야 알았다.

평일에 없는 사람. 아빠는 내가 잠든 뒤에야 집에 돌아왔으니 주말에만 볼 수 있는 사람이었다. 그래도 좋았던 기억이 없지 않다. 주말에는 가족이 같이 등산도 했고 점심에 라면도 끓여 나눠 먹었고 다 같이 목욕탕에 가서 동생과 아빠는 남탕에, 엄마와 나는 여탕에 들어갔던 기억도 생생하다. 그러나 특별한 몇 장면을 제외하고 주로 남아 있는 기억은 엄마, 동생과 지내던 기억이다.

그걸 원망한 적은 없었다. 그때는 그게 당연한 삶이었으니까. 주 6일 회사에 투신하고 토요일 오후에야 가정으로 돌아갈 수 있었던 삶. 내가 회사원이 되고 나서야 아빠의 삶을 많이 생각하게 됐다. 일에 지쳐 소진된다고 느낄 때면 내가 왜 일을 하는지 돌아봤고, 그때마다 아빠의 얼굴이 떠올랐다. 아빠는 어떤 마음으로 일을 했을까. 야근이 끝나고 지하철역을 나와 집으로 향하는 길, 저벅저벅 각자의 집으로 걸어가는 수많은 남자들의 지친 등을 보며 생각하기도 했다. 우리 아빠는 어떤 마음으로 퇴근했을까.

사회부 사건팀에 있을 때는 징그러울 정도로 술을 많이 마셨다. 주요 취재원인 경찰들과의 술자리도 잦았다. 회식 자리에 앉아 있다 보면 저절로 그런 생각이 들었다. 이것도 다 일이라는 명목으로 술 마시며 영업도 해야 하고 인간관계도 유지하려 고민하고 애썼을 아빠의 삶에 대한 생각이. 내 앞에 앉아 있는 경찰을 보며 '저 분은 이 자리가 즐거울까' 생각하다가 집에 돌아가 아빠에게 말한 적이 있다.

"아빠도 술을 마시고 싶어서 마신 건 아니었구먼요? 고생하셨네요…."

아빠는 은행에서 대출 심사를 오래 하셨다. 그 시절의 많은 회사원들이 그랬듯 영업을 핑계 삼은 수많은 회식 자리가 있었을 것이다. 아빠가 술에 취해서 들어온 날도 기억이 많이 난다. 잠든 나와 동생의 머리카락을 쓸어 넘기던 아빠의 손. 내 볼에 뽀뽀하는 아빠의 수염을 느끼면 잠든 채로 '아빠 왔구나' 생각했던 어린 나.

어떤 하루는 오래도록 잊히지 않는다. 아빠가 며칠째 연달아 회식을 하고 집에 돌아온 날이었다. 웩! 화장실에서 토한 피. 초등학교 3학년인가, 4학년 때였다. 그 소란에 깨서 화장실 바닥에 흥건한 피를 보고 놀랐던 어린 나. 과도한 노동, 과한 회식 문화, 과로가 겹친 탓이었을 것이다. 그 장면은 어른이 된 뒤로도 너무 생생해서 내가 소진된다고 느낄 때마다 떠오르곤 했다. 더 슬픈 건 그렇게 소진되도록 직원을 부려먹었던 회사 가 아빠를 버린 게 사십 대 중반이었다는 사실이다. IMF 때 명 예퇴직한 아빠는 그 뒤로 20년 이상을 계약직으로 사셨다. 아 빠가 어떤 마음으로 일했을까 생각하다 보면 자본주의 사회에 서 밥벌이를 한다는 것에 대한 서글픔이 몰려온다. 아빠는 25 년이 넘는 시간을 조직에 투신했지만 버려졌다. 회사에서 자유 로워지고(?) 돌아보니 자식들은 이미 다 커버린 뒤였다.

"아빠, 왜 나랑은 그렇게 안 놀아줬어요?"

두진이, 이준이가 태어난 뒤 아빠가 변했다. 나에 게는 그렇게도 엄하고, 늘 강하게 커야 한다며 '일체유심조一切 唯心造'를 강조하던 사람. 열한 살 딸에게 아파도 참아야 한다며 학교에 보냈다가 결국 병원에 실려 갈 뻔한 나를 데리러 와서 는 누구보다 놀랐던 아빠. 그렇게도 엄했던 아빠가 손주들과는 얼마나 잘 놀아주는지 모른다. 할아버지가 잘 놀아주니 두진이는 할아버지랑 하는 도둑놀이, 책 읽기, 뒷산 가기를 참 좋아한다.

"아빠, 왜 나랑은 그렇게 안 놀아줬어요?"

한번은 농담을 던지니 민망한 듯 웃으신다.

"너희 어렸을 때 이렇게 놀아줬으면 오죽 좋았겠니." 엄마도 거든다.

첫째 육아휴직 후 복직했을 때, 아빠가 이런 말을 하셨다.

"종종거리고 퇴근해서 집에 돌아오는 너를 보면 20여 년 전 같이 일하던 후배 여직원이 생각난다. 그때는 그 직원이 칼퇴근하는 게 참 싫었는데 그 직원도 니처럼 아이 재우리 종종걸음으로 눈치 보며 퇴근했을 것 같구나. 그 직원에게 알게 모르게 눈치 줬을 게 이제 와서 참 미안하다는 생각이 드네."

"그때는 그런 시절이었으니까요."

나는 아무렇지 않은 듯 답했지만 아빠가 그런 말을 한다는 게 놀라웠다. 아빠도 만약 일하는 딸을 두지 않았다면 그런 생각을 못 했을 것이다.

명예퇴직 이후 일과 회사에 대한 아빠의 생각은 많이 바뀐 것처럼 보인다. 회사에 투신했지만 결과를 보답받지 못했다는 생각은 안 들었을까. 시간은 흘러버렸고 아빠와 어린 내가 추억을 쌓을 시간도 사라져버렸다. 아빠와 나의 추억은 누가 빼앗아갔나. 요즘 아빠가 손주들과 놀아주는 모습을 보며 새삼

울적하다. 더 울적한 것은 그때로부터 20여 년이 지난 요즘의
아빠들도 마찬가지라는 점이다.

아빠도 산후 우울증을 겪을 수 있다

한 출입처에서 일할 때였다. 친해진 직원이 해준
이야기가 충격적이었다.

"부장님이 여직원들 퇴근하고 나면 남직원들만 데리고 술을
마시러 가요. 거기까진 좋은데 그 자리에서 중요 의사결정을
해서 다음 날 출근하면 여직원들만 '어 이게 뭐지' 하게 되는
경우가 여러 번인 거예요. 그래놓고 술자리에 빠졌다는 식으로
뒤에서 여직원들 험담하고…."

그 얘기를 듣는데 어찌나 화가 나던지. 그 간부는 진보적이
라고 알려진 사람으로 목소리 높여 인권을 외치는 사람이었다.
그 직원은 이런 말도 덧붙였다.

"아빠들이 그렇게 회사에 매여 있으니 엄마들이라도 일찍
집에 가는 거 아니에요. 진보는 무슨 진보예요. '가부장 진보'
가 너무 많아요."

그때 또 한 가지 들었던 생각. 그 술자리에 끌려간(?) 남직원
들은 좋았을까? 왜 우린 회사 직원들과 지내는 시간이 가족과

지내는 시간보다 긴 걸까. 노동시간 단축은커녕 퇴근할까 말까 눈치 보는 시간만 없어져도 삶의 질이 나아질 것 같다. 그리고 제발 쓸데없는 주말 근무나 주말 등산과 같은 이벤트도 없애자. 이렇게 소모되는 시간이 많고 어차피 야근이라고 생각하니 대강대강 일하게 되어 생산성이 OECD 평균 이하인 것이다.

결혼한 이후 남편에게 장난스럽게 늘 말했다.

"남편의 목표는 유럽 남자니까 한국 남자들을 기준으로 잡아서 이야기하지 마."

육아에도 별로 신경 쓰지 않고 집안일도 '도와주는' 일이라고 생각하는 가부장적인 남자들을 들먹이면서 집안일과 육아를 대충 할 생각은 엄두도 내지 말라는 선전포고였다. 남편은 과연 한국 사회에서 '유럽 아빠'가 될 수 있을까. 한국의 현실은 그대로인데 유럽 아빠가 되기를 강요하는 게 맞는 걸까.

둘째를 낳고 보건소에서 산후 우울증, 아기 건강 등을 체크해주고 아기 돌보는 법을 알려주겠다고 전화가 왔다. 요즘 구청에 새로 생긴 주민 서비스였다. 출장 나온 선생님은 이것저것 체크해보더니 '양호'한 상태라면서 "남편이 잘해주나 봐요?"라고 말했다. 뭐라 답해야 할지 몰라서 주저하고 있는데 선생님이 덧붙였다.

"아빠도 산후 우울증을 겪는 거 아세요?"

아빠들도 아기가 태어나는 거대한 변화를 겪으면서 우울증이 온다는 얘기였다. 아기가 태어나는 건 축복이지만 그 아기를 건사하기 위해 일상은 크게 변한다. 아기를 재우기 위해서 부모가 잠을 포기해야 하며 아기를 먹이기 위해 하지 않던 노동을 해야 한다. 기저귀를 갈고 목욕을 시키고 재우고 그 밖에 수많은 노동, 노동, 노동…. 그 노동의 양은 아이를 낳기 전에는 예상하기 어렵다. 그리고 책임감. 아빠들의 산후 우울증은 한국 사회 특유의 '가장으로서의 책임감' 때문에 오는 것이 아닐까.

고용 유지만으로도 벅찬 삶

유치원 학부모 연수에서 어느 강연자가 말했다. "한국 사회에서 아빠에게 동일한 양의 육아 참여를 요구하지 마세요." 순간 대부분의 청중이 엄마들이었던 강연장이 웅성거렸다. '무슨 헛소리를 하는 거야'라는 반응들.

"한국 사회에서 아빠들은 고용을 유지하는 것만으로도 힘든 삶이잖아요."

강연장의 웅성거림이 한꺼번에 사라졌다.

"가장이 회사를 그만두면 가정의 존립 자체가 힘들어집니다. 그걸 유지하기 위해 애쓰는 사람을 너무 밀어붙이진 마세요. 다만 저는 아빠들에게 항상 부탁합니다. 잠든 아이라도 와서 안아줘야 한다고요."

강연자의 이야기가 100퍼센트 맞는 말이라고 생각하진 않는다. 고용 안정성과 별개로 아빠들이 육아 참여를 등한시하는 구조가 분명히 있다. 가부장적 문화에서 자란 아빠들이 육아를 자신의 일이 아니라 도와줘야 하는 일로 생각하는 것도 사실이다. 그러나 한편, 아빠들이 고용을 유지하는 것만도 벅찬 일상이라는 말을 부정할 순 없었다.

내가 만난 한 취재원은 다섯 살, 두 살 된 아이가 있다고 했다. 토요일이 아내 생일이었는데 전날인 금요일 저녁에 약속이 생겨 갈까 말까 하다가 갔다고 한다. "그 자리에 가지 않으면 혹시나 먼 훗날 후회하지 않을까, 아니 그 자리에 나가면 조금이라도 도움이 되는 게 있지 않을까 하는 생각이 들더라고요. 아내 생일인데도 새벽에 들어갔어요. 집에 들어갔을 때, '이게 뭔가' 싶었죠."

주말에는 체력이 소진되어 누워만 있는 걸 아빠 탓만 할 수 있을까. 그럼에도 정말 안타깝다. 아이들과 몸으로 함께할 수 있는 시간은 짧다. 아이들은 금방 자란다. 그리고 지나간 시간은 돌아오지 않는다.

육아는 고통과 행복이 함께 오는 특별한 경험이다. 아기에 맞춰 모든 일상을 변화시켜야 하지만 아기가 한 번 웃으면 그 괴로움을 잊고 마는 특별한 순간들이 있다.

"아이들이 크는 게 아쉽고 아까워."

남편은 자주 말한다. 그렇다. 아이들은 열 살만 되어도 지금만큼 우리를 필요로 하지는 않을 것이다. 이 귀여운 꼬마들이 금방 굵은 목소리로 "아빠 밥 줘, 엄마 돈 줘" 할 테지.

그러니까 이 특별한 순간들을 엄마 아빠가 함께해야 한다. 추억을 함께 만들어가야 한다. 아이들은 열 살까지의 경험으로 부모와의 관계를 형성한다고 온갖 육아서들은 말한다. 아이들이 어릴 때 함께 시간을 많이 보내라고 말이다. 그런데 왜 이 사회는 그 시간을 주지 않나.

어느 후배는 말했다.

"선배, 전 '일-가정 양립'이라는 말도 이상해요. 가정이 더 중요하지 않은가요?"

아… 그러게 말이다.

아빠들의 시간을 돌려달라

남편이 우리 아빠처럼 아이들과 시간을 많이 못 보냈다고 후회하지 않았으면 한다. 나는 아빠와의 추억 쌓을 시간을 빼앗겼지만 우리 아이들은 아빠와 다채로운 추억을 쌓기를 바란다. 문제는 간단하다. 쓸데없는 야근, 회식, 주말 근무, 주말 등산, 이런 거 안 하면 된다. 그리고 근무시간에 효율적으로 일하면 된다. 주 6일 일하던 시대에 주 5일제 도입하면 세상이 망할 것처럼 말하는 사람들 많았다. 하지만 망하지 않았다.

"우리 아이들은 나한테 안 와요"라고 말하지 말자. 그건 아이들과 시간을 보내지 않아서 그런 것이다. 두진이와 이준이는 신기하게도 월요일에는 아빠를 많이 부른다. 주말에 함께 시간을 보내서다. 특히 이준이는 남편이 전담해서인지 아빠를 정말 많이 찾는다. 울면서 엄마가 아니라 아빠를 찾을 때도 많다. 함께 오랜 시간을 보내는 만큼 관계가 사까워지는 것은 부모 자식 간에도 당연히 적용되는 진리 아닐까.

한 남자 선배는 내게 딸과의 갈등을 털어놓은 적이 있다. 고등학생인 딸이 자신과 대화를 하고 싶어 하지 않고, 말을 걸려고 해도 거부한다고. 마음이 좋지 않았다. 그 선배의 젊은 날이 어땠을지 예상됐기 때문이었다. 일에 파묻혀 회사에서 살았을 것이다. 한창 아이와 시간을 보내야 할 때, 취재하고 기사 쓰고 취재원과 만나느라 아이와는 시간을 보내지 못했을 것이다. 딸의 거부는 결국 어릴 적 충분한 시간을 함께 보내지 못한 결과일 텐데 이제 와서 내가 해줄 수 있는 말이 없었다. 시간을 되돌리라고 할 순 없지 않은가.

우리 아빠도 내게 말씀하신다. 회사에 '올인'하지 말라고. 아이들은 금방 자란다고. 내가 어릴 때 회사에서 시간을 보낸 아빠가 해주는 말이기에 그 누구의 말보다 와닿는다.

부모가 많이 일할수록 득을 보는 사람들이 누구일까? 육아와 가사노동 문제를 놓고 남녀가 싸울 일이 아니다. 누가 집안일을 더 하고 육아를 담당하느냐의 문제가 아니라 아이들과 보내야 하는 시간, 집에서 쉬는 시간을 더 많이 확보해야 하는 문제이다. 회사에서 보내는 시간을 줄이고 집에서 보내는 시간을 늘려야 하는 싸움이다.

많이 일할수록 득을 보는 사람들을 향해 말해야 한다. 우리는 왜 북유럽처럼 오후 4~5시에 퇴근해 아이를 돌보는 일상을 꿈꾸지 못하나. 왜 아이들과 저녁을 먹으며 그날 하루를 이야기하고 웃을 수 있는 시간을 확보하지 못하나. 가사노동과 육아를 떠맡은 엄마들도 피해자지만 회사의 노예가 되고 만 아빠들 또한 피해자다. 나는 이제 아빠가 육아의 구경꾼이 되게 만드는 구조를 방치하지 않고, 아빠와 엄마 모두 아이와 오래 시간을 보낼 수 있는 삶을 위해 목소리를 내기로 했다.

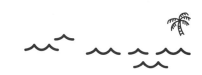

100조 원을
쏟아부어도
출산율이
오르지 않는
이유

아픈 아이를 어린이집에 보내야 할 때

일하면서 가장 힘들 때는 아이가 아플 때다. 첫 번째 복직 후 얼마 지나지 않았을 때였다. 어느 날 밤, 아이의 온몸이 달아올랐다. 열이 39.8도를 넘어서며 곧 40도까지 오를 기세였다. 아침이 될 때까지 열이 떨어지기만을 간절히 바랐다. 그래야 회사에 갈 수 있으니까. 부장에게 아이가 아파서 늦는다거나 못 나간다는 말은 하고 싶지 않았다. 가뜩이나 아이 때문에 대충 한다는 말을 들을까 봐 전전긍긍해왔는데 그 편견을 강화하고 싶지 않았다. 그렇게 밤새 아이를 돌보다 아침이 되었다.

아이의 열은 떨어지지 않았다. 친정엄마한테 아이를 맡기고 출근하려는데 아이가 서럽게 울었다. 16개월이 지난, 이제 겨우 걸을 수 있을 뿐 말도 못하는 작은 아이. 출근하는 내내 지하철에서 울었다. 왜 나는 아픈 아이를 두고 이렇게 악착같이 출근해야 하는가. 회사를 다니며 도대체 뭘 얻고 싶은 거지? 월급? 상사들의 인정? 아니면 자아실현? 그 어떤 것도 마음에 와닿지 않았다.

이 삶은 도대체 누굴 위한 것인가. 아이가 아플 때면 그런 질문이 떠올라 속을 꽉 눌렀다. 사방이 막혀 있는 곳에 서 있는 것처럼 아찔했다. 그 이후로도 아이는 자주 아팠다. 아직 면역력이 약한 아이는 자주 감기에 걸렸고, 그때마다 열이 안 나는 걸 다행이라고 생각하며 콧물을 흘리는 아이를 어린이집에 보냈다. 어린이집에 다녀온 아이의 감기가 더 심해지는 것 같으면 죄책감을 느꼈지만 어쩔 수 없다고 스스로를 위안했다. '내가 할 수 있는 게 없잖아.' 슬픈 합리화.

한번은 친정엄마에게 일이 있어 미열이 나는 아이를 어린이집에 맡기려 한 적이 있다. 유치원 선생님은 말했다.

"열나는 아이는 등원하기 힘듭니다. 경련이 올 수도 있고요."

'그럼 저보고 어떡하라고요'라는 말이 목구멍까지 올라왔지만 그대로 발길을 돌렸다. 아이를 데리고 회사에 갈 수도, 아이를 어린이집에 맡길 수도 없는 상황. 하지만 어린이집의 잘못도, 내 잘못도, 그 누구의 잘못도 아니었다. 누구의 잘못이 아니니 도대체 이 분노와 답답함이 어디를 향해야 하는지도 알수 없나.

왜 다들 아이보다 내 일을 걱정하나요

1년의 육아휴직을 쓸 수 있는 직장에 다닌 덕분에 첫째는 14개월이 지나고 어린이집에 다니기 시작했다. 처음에 친정엄마는 두 돌까지 아이를 돌보겠다고 하셨다. 그 말에 갈등도 했다. 아이를 위해서는 그게 맞는데, 엄마를 생각하면 그래서는 안 됐다. 몸도 제대로 가누지 못하는 미약한 존재를 돌보는 일은 젊은 엄마인 나도 힘든 일이다. 내 의지대로 할 수 있는 건 하나도 없고 아이의 시계에 맞춰 움직여야 하는 썩 유쾌하지만은 않은 경험. 아이가 있어 행복하지만 하루 종일 아이에게 매여 있어야 해서 때론 지옥 같다고 생각했던 일을 어떻게 할머니 혼자서 감당하라고.

육아는 장기전이기도 하다. '초등학교 고학년이 되기 전까진 어차피 할머니가 봐줘야 하는데' 생각하며 엄마가 체력을 아끼길 바라는 이기적인 마음도 있었다. 엄마는 결국 그렇게 어린아이가 낯선 어린이집에 가 있는 게 안됐다며 두 돌이 넘어서까지 오전에만 잠시 맡겼다가 데려오셨다. 무릎이 약한 엄마는 빼먹지 않고 운동을 해야 하는데, 오전에 잠시 운동할 시간만 확보하신 것이다. 두 돌이 지난 뒤에 아이는 내가 출근하고 오전 9시 30분에 할머니와 함께 어린이집에 등원해 오후 3시 30분에 하원했다. 그때부터 내가 퇴근하는 8~9시까지 할머니와 지냈다.

그러던 어느 날, 야근을 하다가 아이가 잘 있는지 궁금해 집에 전화를 걸었더니 엄마가 "저기, 두진이가 어린이집에서 손을 살짝 다쳤네" 하셨다. 낮잠을 자는데 다른 아이가 두진이의 손을 물었다는 것이었다. 처음 그 얘기를 듣고 전화를 끊었을 땐 그냥 멍했다. 5분이 지났을까. 화가 나기 시작했다. '왜 난 이제야 알게 된 거지.' 전화를 한 건 오후 8시가 넘은 시간이었다. 엄마는 "네 일에 방해될까 봐 말 안 했지"라고 하셨다. 어린이집 원장님께 전화를 걸어 상황을 물었더니 원장님은 연신 미안하다고 하셨다. 그리고 이어지는 말.

"직장맘들에게는 퇴근 후에 전화를 드려서요."

말문이 막혔다. 왜 다들 아이보다 내 일을 걱정하지? 힘이 쭉 빠졌다. '살짝 물린 것 정도로 이러면 유난스러운 엄마잖아. 그냥 사고였을 뿐이야. 왜 화를 내?'라고 생각했다가도 '아냐, 아이는 고작 21개월이잖아. 엄마를 부르면서 엉엉 울었을 거야'라는 생각으로 이어져 속이 상했다. 나는 왜 8시간이나 지나서야 아이가 다친 걸 알았을까.

그날은 밤 11시가 넘어서야 집에 도착할 수 있었다. 아이가 쌜까 봐 물을 켜지 않은 채 휴대전화 플래시를 비춰 상처를 살폈다. 눈으로 확인하니 더 울컥하는 마음. 작은 손등에 잇자국이 선명했다.

다음 날은 휴무여서 아침부터 병원으로 달려갔다. 의사 선생님은 왜 바로 오지 않았느냐고 물었다. 바로 드레싱을 했어야 한다고. 옆에 있던 친정엄마는 자책을 하고, 난 더 화가 났다. 어린이집에서는 왜 곧장 병원에 데려가야 한다고 생각하지 않았을까. 일단 이성을 찾고 진단서를 발급했다.

집으로 돌아와 어린이집에 전화를 걸었다. 마음을 가다듬고 차분하게 이야기했다.

"선생님, 두진이를 문 아이 부모님에게 항의할 일은 아닌 것 같아요. 그 아이도 돌이 갓 지난 아기인데 뭘 알겠어요. 아이들끼리 사고 안 나게 어른들이 잘 돌봐주는 게 중요한 것 같아요. '아차' 하는 순간에 일어난 일이라는 걸 알지만… 그래도 두진이 안 다치게 잘 부탁드립니다."

아이가 다친 게 선생님들 부주의 때문이라고 직접적으로 말하는 꼴이 될까 봐 '어른들'이 잘 돌봐줘야 한다고 돌려 말했다. 사실 아이들을 제대로 봐달라는 말을 하고 싶었지만 선생님들을 탓했다가 괜히 아이가 미움을 받지는 않을까 걱정이 앞섰다.

전화를 끊고 나서 아이를 품에 꼭 안으니 눈물이 핑 돌았다. 두 돌도 안 된 아기를 어린이집에 보냈다는 게 한없이 미안하기만 했다. 워킹맘은 돌발 상황에 대처가 늦을 수밖에 없다는 사실을 다시 한 번 절감했다.

0세 아이 3명을
선생님 1명이 돌보는 게 가능할까

그때는 초보 엄마라 어린이집 구조까지는 눈에 들어오지 않았다. 어린이집 선생님들이 얼마나 열악한 환경에서 아이들을 돌보는지도 잘 모를 때였다.

2015년, 인천의 한 어린이집에서 아이가 반찬을 남겼다는 이유로 선생님에게 따귀를 맞는 영상이 보도됐다. 영상 속에서 옆에 있던 아이들은 무릎을 꿇고 있었다. 분노가 치미는 동시에 무서웠다. 잊을 만하면 터지는 어린이집 폭행 사건, 사망 사건, 어린이 버스 사고…. 아이를 어린이집에 맡기고 출근하는 부모들은 어떻게 하면 안심하고 일할 수 있을까.

당시 여당은 '아동학대근절특위'를 구성하고, 야당은 '영유아 학대 근절을 위한 대책 TF 회의'를 연다고 밝혔다. 보건복지부는 CCTV 설치 의무화, 보육교사 자격취득 기준 강화, 아동학대 발생 시 어린이집 즉시 폐쇄 등의 대책을 내놓았다. 그러나 이는 우리 사회에서 어떤 사건이 터질 때마다 우왕좌왕 반복되는 사후약방문식의 대책이라 기시감마저 느껴졌다. 결국 그 사건 이후, 어린이집에는 CCTV 설치가 의무화됐다. 그러나 과연 CCTV를 설치한다고 해서 정말 학대가 줄어들까?

보건복지부는 「영유아보육법」 시행규칙에서 보육교사 1명이 돌볼 수 있는 아이의 숫자를 0세는 3명, 1세는 5명, 2세는 7명으로 정해놓았다. 교사 1명이 돌이 안 된 아이 3명을 돌보는 일은 가능할까? 엄마들은 알 것이다. 돌 전 아이 1명만 돌보기도 얼마나 힘든지. 마침 나는 2015년 8월부터 교육 분야 취재를 담당하게 되면서 어린이집과 유치원 문제를 파고들었다. 교육부와 지역 교육청이 누리과정 지원금을 누가 부담하느냐는 문제를 놓고 서로 미루며 계속 갈등할 때였다. 그때 어린이집과 유치원 문제를 취재하며 한국의 보육 시스템이 얼마나 엉망인지 알게 됐다.

문제의 핵심은 보육교사 1명이 돌봐야 하는 아이 숫자가 너무 많다는 것이다. 그렇다고 보육교사에게 월급을 많이 주지도 않는다. 전형적인 저임금의 열악한 노동환경이다. 선생님이 힘들면 가장 피해를 보는 사람이 누구일까? 바로 아이들이다. 두진이가 옆에 누워 있던 다른 아이에게 손이 물렸을 때는 이 구조가 잘 보이지 않았다. 그때는 그저 선생님이 원망스러웠다.

나는 뒤늦게야 열악한 조건에서 일하는 선생님의 노동환경을 모른 채 원망만 했다는 사실이 미안해졌다.

핵심은 역시 노동시간이다. 노동시간을 건드리지 않고서는 보육 문제도 풀 수 없다. 보건복지부는 보육 정책의 모토를 건전한 보육환경 조성과 일-가정 양립에 둔다고 말한다. 그러나 노동 정책에서 일-가정 양립 문제가 해결되지 않는 상황에서 보육 정책만으로 문제를 풀 수는 없다. 엄마 아빠가 육아휴직을 1년씩만 할 수 있어도 아이는 두 돌이 지날 때까지 부모의 돌봄을 받는다. 두 돌이 지나서만 보육시설에 가도 어린이집에서 발생하는 많은 문제는 해결될 수 있을 것이다. 두 돌 전까지는 어른 1명이 아이 1명을 돌보는 것도 쉽지 않을 정도로 하루 종일 보살핌이 필요한 때다. 아이에게 부모를 돌려주면 보육교사를 착취하지 않을 수 있다. 유연근무제, 시차출퇴근제 등만 현실화되어도 12시간 종일반 같은 말도 안 되는 정책은 필요 없어진다. 왜 아이들이 하루 종일 현관문만 바라보며 밤늦게 퇴근하는 엄마 아빠를 기다려야 하나.

육아라는 '빡센' 육체노동을 조부모나 시설의 보육교사에게 떠넘겨야 하는 환경. 부모는 어린이집에 아이를 맡겨놓고 종종거릴 수밖에 없는 구조. 아이를 키울수록, 보육 시스템의 문제를 알게 될수록 사회에 대한 분노는 커져갔다.

100조 원을 썼다는데
왜 출산율은 오르지 않을까

    출산율이 1.12명을 기록하며 저출산 문제가 불거
진 지 10년이 지났다. 10년간 정부는 100조 원을 썼다는데 왜
출산율은 오르지 않을까.

    2016년 가을, 첫째가 다니는 병설유치원에서는 아침부터 부
모들의 서명을 받았다. 서울 동쪽의 한 구에 단설유치원을 만
들려고 하는데 사립유치원들의 반대가 심해서 '만들어달라는
서명'이 필요하다는 것이었다. 그 말에 나도 모르게 한숨을 푹
내쉬었다.

    육아휴직 1년을 감지덕지해야 하는 사회에서 생후 1년이 된
아이들은 민간어린이집에 간다. 이유는 간단하다. 국공립어린
이집에 가기가 너무 힘들어서다. 만 3세(우리 나이 5세)가 되
면 유치원에 가는데, 이때도 사립유치원에 간다. 국공립유치원
에 들어가기가 힘들어서다. 국공립유치원에 못 보내면 만 5세
(우리 나이 7세)까지 입학을 허용하는 국공립어린이집에라도
보내고 싶지만 그러지도 못한다. 이 또한 대기가 너무 밀려 있
어서다. 한국 사회에서 일하며 아이 키우는 일은 말 그대로 전
쟁이다. 부모는 일터에서 대부분의 시간을 보내니 아이를 기관
에 맡겨야 하는데, 믿을 만한 기관은 적고 정보도 불투명하다.

그런데 아이를 낳으라고?

취재를 하면서 늘 궁금했다. 이 간단한 이유를 정부는, 정치인들은 정말 모를까? 2017년 장미 대선을 앞두고 안철수 국민의당 대선 후보가 사립유치원장들 앞에서 '대형 단설유치원 설립을 자제하겠다'고 발표하며 기립 박수를 받을 때 알았다. 정치인들도 알고 있구나. 안철수 후보는 사립유치원장들이 모인 자리에 가서 그들이 원하는 이야기를 했다. '대형 단설유치원 안 만들게. 그리고 사립유치원 맘대로 운영하게 해줄게.' 그는 그 이야기를 이렇게 했다.

"지금 저는 유치원 과정에 대해서는 대형 단설유치원 신설은 자제하고, 지금 현재 사립유치원에 대해서는 독립 운영 보장하고, 시설 특성과 그에 따른 운영 인정할 겁니다."*

이 발언에 여론이 시끄러워지자 그는 "단설유치원이 아니라 병설유치원"이라는 말로 해명했다. 그 해명에 또 한 번 분노가 치솟았다. 아이를 키워보지 않은 사람들은 병설과 단설의 차이를 잘 모른다. 그러니 대충 얼버무리면 넘어갈 수 있다고 생각한 것인가. 간단하게 말하자면, 병설은 학교에 딸려 있는 유치원이고 단설은 독립적인 유치원이다. 단설은 유아교육 전공자가 원장을 맡지만 병설은 초등학교 교장 선생님이 원장을 맡는다.

* '2017 사립유치원 유아교육자 대회'에 참석한 안철수는 유치원 관련 공약을 이와 같이 밝혔다.

부모들은 당연히 좀 더 전문적인 단설유치원을 선호한다. 그런데 단설유치원은 찾아보기 힘들다. 설립을 위해 서명을 받으러 다녀야 할 정도로 만들기가 힘들어서다. 단설유치원이 커서 위험하다고? 정말 코웃음이 나온다. 그렇다면 대형 사립유치원들도 다 위험하니 사라져야 하는 것 아닌가. 왜 병설유치원 등원 시간에 단설유치원 설립 청원 서명을 받아야 하는 지경이 되었을까? 왜 우리 사회는 국공립유치원 하나 만드는 게 이렇게까지 힘든 사회가 되었을까?

보육 전쟁을 취재하면서 들은 말이 생각난다.

"지역에 국공립유치원이 하나 생기면 사립유지원 4개가 없어진대요. 그러니까 사립유치원들은 목숨 걸고 국공립유치원 설립을 막을 수밖에요."

누리과정 예산을 두고 중앙정부와 시·도 교육청이 갈등을 겪을 때 결국 민간어린이집연합회, 사립유치원연합회 등 이익집단의 목소리에 힘이 실리는 것을 여러 번 지켜봤다. 이익집단들에게 정책이 휘둘리는 사회에서 과연 아이들을 위한 시설이 제대로 만들어질 수 있을까?

'아동가족복지 지출'이라는 게 있다. 이는 국가가 아동이 있는 가족을 위해 현금 급여나 현물 서비스에 지출하는 재정을 말한다. 아동가족복지 지출에는 출산휴가·육아휴직 급여, 보육 서비스 지원, 아동수당 등이 포함되며 이 재정에 투입되는 총액을 GDP 대비 비율로 평가해 각 나라의 아동가족복지 수준을 어느 정도 파악할 수 있다. 2013년 OECD 회원국 중 영국은 GDP 대비 3.8퍼센트, 스웨덴은 3.64퍼센트, 프랑스는 2.91퍼센트를 아동가족복지 지출에 썼다. 그렇다면 한국은? 1.13퍼센트로 영국의 3분의 1에 못 미치는 수준이다. 2014년부터는 외국 통계가 집계되지 않아 국가 간 비교가 어려워졌지만 한국만 봤을 때 2014년 1.11퍼센트에서 2015년 1.07퍼센트로 감소했다.

이 아동가족복지 지출의 예산 대부분은 무상보육에 쏠려 있다. 2013년 저출산 극복 예산 중 78퍼센트에 해당하는 12조 5천 9백억 원이 보육·돌봄 서비스에 사용됐다. 2012년 만 0~2세와 만 5세 전 계층 무상보육이 도입되고, 2013년에 그 대상 연령이 만 0~5세로 전격 확대되면서 보육·돌봄 서비스는 다른 나라들의 GDP 대비 보육·돌봄 서비스 평균 비중(0.91퍼센트)과 비슷한 수준이 되었다.

그러나 출산휴가와 육아휴직을 지원하는 예산은 GDP 대비 0.05퍼센트에 불과하다. 우리가 왜 육아휴직이 어려운지 알 수 있게 해주는 숫자다. 실제로 한국에서는 육아휴직 소득대체율이 너무 낮아서 일하는 경우도 적지 않다. 특히 아빠들의 경우, 육아휴직을 하려고 해도 통상임금의 40퍼센트(최대 100만 원)를 주는 육아휴직 급여로는 휴직을 결심하기가 쉽지 않다. 정부에서도 남성의 육아휴직 급여를 계속 올리려고 노력은 하고 있다. 박근혜 정부 때는 부인의 출산일로부터 90일 이내에 30일을 남성 근로자가 출산휴가로 쓸 수 있도록 하는 '아빠의 달' 제도가 생겼다. 문재인 정부는 '아빠의 달' 제도를 확대하기 위해 소득대체율을 높이고 있다. 3개월간 최대 250만 원을 준다는 계획이다.*

하지만 안타깝게도 3개월로는 부족하다. 3개월만 쉬는 아빠들은 늘어나겠지만 3개월 동안 아이를 키운다고 아이들이 훌쩍 크지는 않는다. 엄마 아빠가 각각 1년씩을 쉬어도 아이는 고작 24개월이다. 그런데 3개월이라니.

한편 무상보육을 위해서 저렇게나 예산을 쓰는데도 왜 부모들은 아이를 맡길 만한 시설이 없다고 아우성일까. 정부는 서비스를 양적으로만 늘리는 데 급급해 민간에 책임을 떠넘기는 방식으로 보육시설을 확대해왔다. 그 결과 가정·민간 어린이집의 숫자는 급속히 증가했지만 정부는 그러한 시설들을 적극적으로 관리하거나 감독하지 않았다. 그러니 결국 '밑 빠진 독에 물 붓기'가 돼버렸다.

* 2018년 7월, 대통령직속 저출산고령사회위원회는 '일하며 아이 키우기 행복한 나라를 위한 핵심 과제'를 발표하면서 부모 중 한 명이 육아휴직을 쓴 뒤 다른 한 명이 육아휴직을 쓸 때 급여를 지원하는, 이른바 '아빠 육아휴직 보너스'의 상한액을 현행 200만 원에서 250만 원으로 높이겠다고 밝혔다.

어린이집, 유치원 보내기는 '전쟁'

보육 이야기를 시작하면 다들 한 보따리씩 꺼내놓을 이야기가 많을 것이다. 나도 마찬가지다. 큰아이를 낳고 집 근처 구립어린이집에 대기를 걸었지만 순위는 400번대에서 좀처럼 줄어들지 않았다. 둘째를 낳고는 '맞벌이에 둘째니까 구립어린이집에 보낼 수 있겠지' 하며 전화를 걸었다. 순위는 120번대. 선생님은 미안해하며 말씀하셨다.

"어머님, 여기는 거의 셋째까지 있는 집에서 와요."

첫째는 결국 가정 어린이집에 보냈다. 다행히 좋은 원장 선생님을 만나 큰 어려움 없이 어린이집을 다녔다. 어린이집에서 발생한 폭행 같은 나쁜 뉴스가 뜰 때마다 좋은 선생님을 만난 행운을 고마워했다. 그러면서도 그걸 행운이라고 여겨야 한다는 게 늘 씁쓸했다.

가정 어린이집은 만 2세(우리 나이 4세)까지만 갈 수 있으므로 2015년, 첫째는 어린이집을 졸업하고 유치원에 지원했다. 유치원 입학은 추첨 시스템이기 때문에 나, 남편, 친정엄마, 친정아버지까지 온 가족이 구에 있는 국공립유치원에 제각기 흩어져 추첨을 하러 갔다. 내가 갔던 유치원에서는 만 3세 반에 지원자 141명이 몰렸고, 그중 17명을 뽑는다고 했다. 법정 저소득층 자녀 1명, 재원생 형제자매 5명을 제외하면 추첨 몫은

11명. 12.8 대 1. 대한민국에서 만 3세 아이가 처음 맞이한 경쟁이었다. 100명이 넘는 사람들이 유치원 시청각실에 모여 앉아 추첨 번호가 하나씩 불릴 때마다 탄식하던 풍경이 잊히지 않는다. 유치원 떨어지는 게 이렇게나 속상한 사회라니.

그런데 살면서 당첨 운이라곤 없던 내가 그동안 운을 아꼈던 모양인지 '병설유치원 로또'를 손에 거머쥐었다. 아이는 3년째 병설유치원에 다니고 있다. 만족도를 어떻게 표현해야 할까. 일단 선생님들이 너무 좋은데, 그 이유가 아이들에 대한 사랑이 넘쳐서만은 아니다. 공무원인 선생님들은 직업적으로 매우 안정돼 보인다. 아이들에 대한 애정은 공립과 사립을 구분할 수 없겠지만 직장의 고용 안정성은 선생님들의 불안을 줄인다. 불안이 줄어든 만큼 선생님들은 아이들에게 더 집중할 수 있을 것이다.

유치원 하면 빼놓을 수 없는 게 하나 더 있다. 바로 영어유치원이다. 왜 그 어린애들을 영어유치원에 보내느냐고? 사립유치원이 비싸서다. 비싼 경우 매달 70~100만 원이 드는 사립유치원(물론 유치원마다 천차만별이다)에 보낼 바엔 좀 더 보태 영어유치원을 보내는 게 덜 손해인 것처럼 느껴져서다. 도대체 사립유치원은 왜 이렇게 비쌀까? 유치원은 매월 원아당 정부지원금 22만 원도 받는다는데, 그럼 지금 내가 내는 돈에 20만 원이 더 붙는다는 건데 이렇게까지 비싼 게 맞는 건가.

그 와중에 사립유치원·민간어린이집 감사 결과 뉴스를 보면 정말 속이 터진다. 2017년 2월, 국무조정실 부패척결추진단은 2016년 10월부터 2017년 1월까지 사립유치원과 어린이집 95곳을 점검한 결과 총 609건의 지침 위반 사례를 적발했다. 정부지원 예산의 부당사용액은 54개 유치원에서 182억 원, 37개 어린이집에서 23억 원 등 총 205억 원으로 나타났다. 한 유치원장은 자신의 자녀 등록금과 연기 아카데미 수업료에 3천 9백만 원, 노래방 등에 847차례 3천만 원, 개인 차량 할부금 2천 5백만 원을 쓰고, 교직원에게 선물을 준다며 유치원 운영비로 250만 원 상당의 루이비통 가방을 사기도 했다. 이 유치원장의 부당사용액은 무려 11억 1천만 원에 이르는 것으로 밝혀졌다.

상황이 이렇다 보니 사립유치원·어린이집 운영에 세금이 제대로 쓰일 거라고 믿을 수가 없다. 이에 비해 공립유치원은 모든 게 투명하다. 학부모 운영위원회도 정기적으로 열려 예·결산 내역부터 급식 등 유치원 운영에 관한 안건까지 다양한 안건을 심의한다.

안철수 후보는 단설유치원 설립을 자제하겠다며 사립유치원장들 편에 섰다가 30대 유권자들의 지지율에 치명타를 입었다. 초등학교 취학 전 아이들을 돌보는 어린이집, 유치원의 운영 체계는 전면 개혁되어야 한다. 공공성을 확보해야 하고 부모들이 운영을 함께할 수 있는 구조가 되어야 한다. 시작은 국공립어린이집·유치원 확대부터다. 부모들은 국공립어린이집·유치원을 늘려달라고 끊임없이 목소리를 높여왔지만 정치권의 노력은 부모들의 기대치에 항상 못 미쳤다.

학부모들이 참여하는 운영위원회의 확대는 물론 그 운영위원회에 실질적인 권한도 주어져야 한다. 현재 공립유치원은 운영위가 심의 기능까지 갖지만, 사립유치원은 자문 기능에 머무르고 있다. 어린이집의 경우 운영위원회 활동이 활발하지 않다.

엄마로서 할 수 있는 일을 고민하던 나는 2017년부터 유치원 운영위원을 지원했다. 그리고 꿈꾼다. 전국의 어린이집, 유치원 운영위원회가 연결돼 전국 어린이집·유치원 운영위원회 협의체가 꾸려지는 날을 말이다. 학부모들의 목소리가 연결되어 모인다면 정책에도 반영될 수 있을 것이다. 그러다 보면 언젠가 전국 어린이집·유치원 운영위원회 협의체의 대표가 직접 정책을 설계하는 테이블에도 앉게 될 것이다. 요즘 시민들의 힘이 조직적으로 모여 시민을 직접 대표하는 것만큼 무서운 게 없다는 생각이 부쩍 든다. 어렵고 돌아가야 한다고 가만히 있으면 하나도 바뀌지 않겠지만, 이렇게 뭐라도 시작한다면 조금씩이라도 나아지지 않을까.

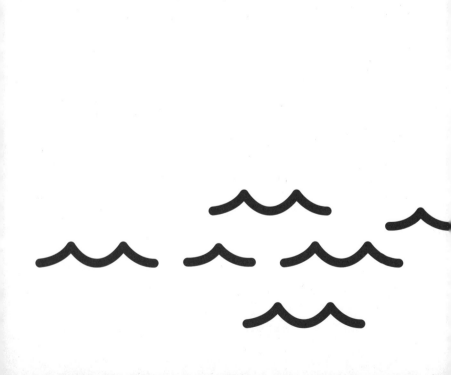

3부

회사에 다니지 않아도 워킹맘입니다

육아는
노는 일이
아니다

— 아이를 키우는데
'집에서 논다'고 말하는 사람들에게

누가 가정주부가 집에서 논다고 말하나

어릴 때 엄마가 '직장맘'이었으면 좋겠다는 생각을 한 적이 있다. 엄마가 정장을 입고 출퇴근하는 친구가 부러웠던 적도 있었고. 왜 그랬을까? 아마 우리 엄마보다 친구의 엄마가 '능력 있는 엄마'처럼 보여서가 아니었을까. 지금은 엄마가 '주부'여서 얼마나 다행인지를 자주 생각한다. 엄마가 '두진이를 키워주겠다'고 흔쾌히 말해주는 게 얼마나 고마운지. 직장 어린이집이 드문 한국 사회에서 '친정 엄마'가 없다면 직장맘들은 어떻게 회사를 다닐까.

우리 엄마는 스물네 살에 결혼해 스물다섯 살에 나를 낳았다. 그로부터 2년 4개월 뒤 동생을 낳고 평생 주부로 살았다.

그러나 평생 주부로만 살았다고 할 수도 없는 게, 1998년 IMF 외환 위기와 함께 아빠가 은행에서 명예퇴직한 후에는 경제활동도 했다. 단지 '풀타임 정규직'으로 일한 적이 없을 뿐이다. 그런데도 엄마는 스스로를 '솥뚜껑 운전수' 또는 '집에서 노는 사람'으로 묘사한다. 엄마는 내 또래의 젊은 엄마들이 유치원에 아이를 데리러 오는 걸 보면 "저 엄마는 젊은데 왜 놀까"라고 말한다. 한때는 "엄마, 가사노동도 하고 육아도 하는데 그게 왜 노는 거야?"라고 되묻기도 했지만 그렇게 생각하는 걸 엄마 탓만 할 수도 없다는 생각이 들었다.

이 사회는 어째서 가사노동과 육아를 귀하게 대하지 않을까? 가사노동이라면 보통 청소, 빨래, 요리 및 설거지 정도를 생각하지만 재무 계획에서 실행, 생활에 필요한 물품 구입, 집안의 각종 대소사 챙기기까지 작은 규모의 회사를 운영하는 일과 크게 다르지 않다. 나도 이 사실을 결혼하고서야 알게 됐다. 신혼 땐 수건을 접을 때마다 왜 그리 울컥하던지. 그 작은 일들 하나하나 엄마가 해줬다는 것을 그제야 깨달았다. 그리고 그 작은 일들을 누군가 해주지 않으면 우리의 생활은 엉망이 될 거라는 사실도. 그런데 이 중요한 일들을 왜 그렇게 하찮게 여길까. 귀하다고 인정하는 순간 사회적 비용을 지불해야 하기 때문은 아닐까.

난 요리를 못한다. 아니 음식하기가 귀찮고 싫다. 이건 적성의 문제다. 11년 자취 후 결혼한 남편이 30년 엄마 음식만 먹어온 입맛 까다로운 나보다 음식을 훨씬 잘한다. 임신 기간에 남편은 평일 아침에는 고구마를 삶아주고 주말에는 밥을 해줬다. 나는 육아휴직 중에도 딱히 남편 밥을 하지 않았다. 사위에게 밥을 차려주지 않는 딸에게 엄마는 가끔 잔소리한다. 그러다가도 "그래, 너는 반찬 만들고 국 끓이는 거 잘 못해도 된다. 엄마 세대 여자들처럼 살지 말어" 하고 말한다.

엄마는 내가 '워킹맘'으로서 '사회적 성취'를 이루길 바란다. 난 대단한 '사회적 성취'를 꿈꾸진 않지만 일은 계속할 것이다. 그러나 아이가 커나가는 모습을 보면 볼수록, 이게 보통 일이 아니라는 생각이 든다. 육아휴직으로 자리를 비우는 여성을 짐이라고 생각하는 회사들이 여전히 수없이 많고, 직장 어린이집 있는 회사는 드물며, 자신의 엄마(혹은 시엄마)를 볼모로 잡아두어야 아이를 키울 수 있는 게 현실이다.

한때 착각했었다. 엄마처럼 집에만 있지 않아도 되고 '자아실현'을 할 수 있으니 내 삶이 '진보'한 것이라고. 그런데 일과 육아를 병행하며 혼란스러워졌다. 엄마의 도움 없이 아이를 키울 수 없는 내 상황이 과연 '진보'인가? 뭔가 잘못된 것 아닌가?

우리 엄마는 어린 내게 늘 말씀하셨다. "아영아, 너는 최선을 다해야 한다." 그렇게 말하는 엄마의 목소리는 종종 쓸쓸하게 느껴졌다. 엄마에게 온전한 엄마의 것은 없었던 게 아닐까. 사춘기 때는 내 미래가 엄마의 꿈이 투사된 것이면 어쩌나 걱정한 적도 있었다. 나를 지원해주는 엄마의 기대에 부응하고 싶었지만 엄마의 뜻대로 사는 게 죽을 만큼 싫기도 했다. 이 이중적인 감정을 무사히 지나서 이십 대도 통과하고 결혼을 하고 나서야 엄마의 삶을 다시 생각해보게 됐다.

엄마가 만약 일을 했다면 어땠을까. 김치 하나를 담글 때도 홍시 하나까지 꼼꼼히 챙겨 넣어야 하는 치밀한 성격의 우리 엄마가 일을 했다면 어땠을까. 나보다 사회생활도 잘했을 것 같은데. 그런 생각을 하다 깨달았다. 엄마가 살아온 인생을 있는 그대로 인정하는 일이 더 중요한 것은 아닐까. 사회에서 한자리를 차지한 삶만 의미가 있는가. 자식 둘을 잘 키우고 일평생 일상을 유지하기 위한 노동, 아무도 알아주지 않았던 노동을 묵묵히 해온 엄마의 인생이 그 자체로도 충분히 아름다운 것 아닐까. 왜 우리는 이런 삶의 아름다움을 마음속에 새기면서 살지 못했는가.

육아는 육체노동,
육아만큼 '빡센' 일을 해본 적이 없다

나도 엄마처럼 아이 둘을 낳았다. 아이를 낳고 키

우면서 엄마가 나와 동생을 길렀던 순간을 되새겼다. 엄마도 혼자서 힘들었을 텐데. 늦은 밤 별 보며 퇴근하는 남편을 기다리던 엄마의 삶은 어땠을까. 아이를 키우면서 '이렇게 힘든 적은 처음'이라는 말을 수백 번 했다. 육체적으로 힘들었다. 육아는 내 몸을 아이에게 내주는 일이었다. 배가 부르고 진통을 겪은 뒤에 아이를 세상에 내보냈다. 먹이기 위해서는 내 젖을 내줘야 했고 재우려면 몸으로 안아주고 업어주며 달래야 했다.

둘째를 낳고 육아휴직을 했을 때다. 한 선배랑 통화를 하는데 그가 이렇게 말했다.

"그래도 집에서 쉬면 좋겠다."

쉬는 게 아니라고 말하고 싶었지만 그렇게 반박하는 일도 짜증이 나 관두었다. 다만 육아가 엄청난 육체노동이라는 사실을 알리기 위해 휴직 중 이런 일기를 썼었다. 두진이가 방학이던 겨울, 하루 종일 8개월, 여섯 살 아이 둘을 돌보는 내 하루를 소개하는 일기.

오전 8시 기상. 남편과 내가 먹을 주스를 급히 갈아 마시고 여섯 살 첫째가 먹을 아침을 차리고 8개월 둘째가 먹을 이유식을 데운다. 그사이 둘째는 칭얼대고 첫째는 이것 좀 해줘, 저것 좀 해주세요, 요구 사항을 외친다.

오전 8시 30분 애들 아침 먹이기. 내 아침인 주스는 순식간에 마시지만 애들 밥 먹이는 데는 30분이 넘게 걸린다. 밥상에 앉혀놓은 첫째는 둘째에게 이유식을 먹이는 사이에 어딘가로 사라진다. "어디 갔어! 밥 먹을 때는 밥 먹는 자리에 앉아야 한다고 그랬지!" 1차 샤우팅. 첫째는 늘 놀고 싶어서 밥 먹는 일에 집중하지 못한다. 둘째도 그사이 부스터(아기용 의자)에서 탈출하고 싶다며 칭얼댄다. 새로운 장난감을 부스터에 놓아줘야 할 타이밍. 급히 주변에 있는 장난감을 아무거나(그러나 둘째의 호기심을 끌 수 있는) 하나 집어 놔주면서 입을 벌리는 틈을 놓치지 않고 이유식을 먹인다(아니, 집어넣는다). 그러는 사이 첫째는 입안의 밥을 씹지 않고 물고만 있다. "물고 있지 말고 씹으라고 했지!" 2차 샤우팅. 어찌어찌 밥을 다 먹이고 설거지통에 밥그릇을 가져다 놓는다. 설거짓거리가 쌓이기 시작한다.

오전 9시 이유식을 만들어야 하는 날이다. 고구마브로콜리치즈죽을 만들기로 했다. 고구마와 브로콜리를 계량해서 준비하고 편수 냄비에 물을 데운다. 준비한 브로콜리를 데치고 고구마를 삶는다. 그러는 동안 첫째가 쌓아 올린 장난감 블록을 둘째가 다 무너뜨렸다. 화가 난 첫째가 둘째 머리를 밀어 넘어뜨린다. "동생 밀지 말라 그랬지!" 3차 샤우팅. 첫째를 붙잡고 왜 동생을 밀면 안 되는지 설명하는데 편수 냄비 속 고구마가 담긴 물이 끓는다. 부엌으로 달려가 고구마를 꺼내 브로콜리와 함께 믹서에 간다(원래 조리법에 따라 칼로 다지는 건 도저히 못하겠다). 브로콜리 삶은 물을 컵에 부어놓고, 불려놓은 중기 이유식 쌀을 냄비에 살짝 끓인다. 쌀이 끓으면 갈아놓은 고구마와 브로콜리를 넣고, 따로 컵에 따라놓았던 브로콜리 삶은 물을 마저 부어 끓인다. 그동안 첫째와 둘째의 장난감 쟁탈전은 계속된다. 샤우팅은 포기하고 가끔씩 노려본다. 둘째는 아직 모르지만 첫째는 그 눈빛을 감지하고 잠시 잠잠해진다. 냄비 속 재료들이 끓으면 불을 줄이고 5분 동안 더 끓인다. 1분 남았을 때 치즈를 넣어 섞는다. 이를 210밀리리터 유리 용기 4개에 나눠 담으면 이유식 4일 치 완성.

오전 10시 소아과 갈 준비. 둘째가 모세기관지염이다. 첫째 목감기에 옮았는데 어려서인지 기관지염까지 왔다. 목에서 쇳소리가 나는데 너무 짠하다. 그러나 그만큼 보채니까 짠하면서도 힘들다. 소아과에 가려면 먼저 애들 옷을 입혀야 한다. "언제쯤 혼자 옷 입을래"라는 말이 튀어나오지만 아무도 대꾸해주지 않는다. 그래도 속 타면 혼잣말이라도 해야 한다.

애들 옷 입힐 때는 순서가 중요하다. 첫째를 먼저 입혀야 둘째를 입힌 후 바로 유모차에 태울 수 있다. 둘째를 먼저 입혀놓고 방치하면 울어버린다. 둘째는 손발이 나오지 않는 우주복을 입기 때문에 옷을 답답해한다. 내복만 입은 첫째에게 양말부터 신긴다. 양말을 신긴 뒤에 바지를 입혀야 내복이 속에서 말려

올라가지 않는다. 첫째에게 양말을 신으라고 던져(?)주고 나부터 옷을 입는다. 그나마 첫째가 혼자서 양말을 신고 바지를 입을 수 있다는 게 얼마나 다행인가. 그러나… 그 와중에 첫째는 바지가 맘에 안 든다고 타박한다. 아! 혈압이 오르지만 화내봤자 소용없다. 자기 스타일을 고집할 수 있을 만큼 컸다는 얘기다. 아이의 말을 잘 들어주는 민주적인 부모가 되어야 한다. 그렇지만 화가 난다, 화가 난다. 그사이 둘째는 칭얼댄다. 요즘 아파서 칭얼대는 주기가 부쩍 짧아졌다. 그러나 다 받아줄 수가 없다. 첫째에게 윗옷을 대충 입혀준 뒤 패딩 점퍼를 입힌다. 아이들은 보온이 중요하니 목도리, 마스크, 모자까지 챙겨주고 장갑은 스스로 하라고 준다. 이제 둘째 차례. 아직 걷지 못하는 8개월 둘째의 양말을 후다닥 신기고 우주복을 입혀 유모차까지 태웠다. 10분도 안 걸리는 일이지만 외출 준비만으로 벌써 하루 에너지가 다 소진된 느낌.

오전 10시 10분 집을 나선다. 눈이 온 뒤로 이면도로는 길이 미끄러워서 유모차가 미끄러지지 않게 조심해야 한다. 첫째에게는 넘어지지 않도록 계속 주의를 준다. "그쪽은 얼음이 얼었으니까 이쪽으로 와, 두진아." 그 말을 열 번쯤 하면 10분 거리의 소아과에 도착한다. 소아과에 도착할 때까지 첫째는 엄마가 자기 손을 잡아주지 않는다고 딱 한 번 칭얼댔다. 오늘은 매우 양호하다. 게다가 웬일인지 소아과에 사람이 별로 없어서 기다리지 않고 바로 진료를 봤다. 선생님은 두진이부터 먼저 진료를 보자고 하는데 "이준이부터 하기로 했잖아"라며 두진이가 갑자기 떼를 쓴다. 언제 이준이부터 하기로 했지. 그런 적이 없는데. 황당하지만 참는다. 어차피 아이하고는 싸움이 되지 않는다. 의견이 다르다고 논쟁하고 협상하는 건 애초부터 불가능하다. 둘째부터 진료를 본다. 아이는 청진기가 배에 닿자마자 울기 시작한다. 버둥대는 아이의 두 손을 꼭 잡고 의사 선생님이 목과 귀를 잘 살펴볼 수 있도록 힘을 준다. 첫째는 옆에서 "이준아, 병원에서는 울면 안 돼" 하고 참견한다. 너도 얼마나 울었었다고. 말하고 싶지만 참는다. 둘째 진료를 마치고 첫째를 앉힌다. 두진이는 금방 진료를 마쳤다. 여섯 살까지 키운 보람을 살짝 느낀다. 그런데 둘째 모세기관지염이 아직 다 낫지 않아 호흡기 치료를 해야 한다고 한다. 아… 호흡기 치료는 5분 동안 둥그런 기구로 코와 입을 가리고 있어야 하는 치료다. 시작 전부터 머리가 띵. 이제 8개월이 된 아기는 5분 내내 버둥 댄다. "이준아, 호흡기 치료 잘하라 그랬지." 어느새 병원에는 사람들이 많아졌는데 첫째가 내 말을 따라 한다. 창피하다. 겨우겨우 치료를 끝내고 처방전을 받아 1층에 있는 약국으로 내려간다. 약을 기다리며 시계를 보니 이제 겨우 10시 40분. 하지만 하루 에너지를 다 썼다. 소아과만 안 갔어도 30퍼센트는 남았을 거다. 아이가 아프면 그만큼 더 체력이 소모된다.

<u>오전 11시</u> 집에 돌아왔다. 거실과 작은방은 장난감에 뒤덮여 있고 부엌도 엉망이다. 웬만하면 청소를 미루고 싶지만 청소기만 대충 돌린 게 벌써 며칠째다. 둘째 기관지염을 생각하니 더욱 미루기가 힘들다. 게다가 둘째가 집으로 돌아오는 유모차 안에서 잠이 들었다. 이때야 말로 청소 적기다. 놓칠 수 없다. 얼른 거실 매트 위에 널브러진 장난감을 정리한다. 작은방을 뒤덮은 레고도 정리함에 담는다. "어지르는 사람 따로 있고 치우는 사람 따로 있나!" 4차 샤우팅. 나의 어린 시절 엄마의 레퍼토리를 똑같이 한다. 첫째는 듣는 둥 마는 둥 옆에서 더 어지른다. 포기다. 어지르는 것보다 더 빨리 치우면 된다. 대충 장난감을 한쪽으로 다 밀어놓고 청소기를 돌리기 시작한다. 청소기 소리가 나자 첫째가 본인의 장난감 청소기를 들고 온다. 도와주는 건 바라지도 않으니 방해만 하지 마, 라고 말하고 싶지만 이렇게라도 집안일을 해봐야 나중에 시킬 수 있지 싶어서 호응해준다. "와, 우리 두진이 잘하네~" 안방, 거실, 작은방, 부엌에 청소기를 돌린다. 다음은 물걸레질. 일주일에 한 번 정도 하는 물걸레질. 안 하고 싶다. 그러나 이미 걸레를 잡았다. '기관지염이잖아' 생각하며. 물에 적셨다. 그리고 짠다. 하나만 가지고 나오니 첫째가 자기 것도 달라고 야단이다. 그냥 하지 말라고 하고 싶지만⋯ 하나 더 적셔서 준다. 안방, 거실, 부엌, 작은방 순서로 걸레질을 한다. 집이 좁아서 정말 다행이다. 둘째

가 깼다, 운다.

　오전 11시 30분 둘째 수유를 하고 아기띠로 업었다. 내려놓으면 또 첫째랑 장난감 다툼을 하고 중재를 해야 하니 이럴 땐 분리를 시키는 게 낫다. 둘째를 업고서 식탁을 정리하고 설거지를 한다. 9킬로그램의 무게를 계속 업고 있자니 허리가 아파 온다. 그 와중에 "엄마, 레고 기차 만들고 싶어"라고 말하는 첫째의 요청을 "엄마 설거지해야 하니까 조금만 기다려"라고 말하며 무마한다. 부엌 정리를 끝내니 정오가 됐다. 텔레비전 뉴스를 튼다. 드디어 소파에 앉았다.

　오후 12시 30분 금방 점심시간이다. 첫째가 유치원 방학이라 세 끼 챙겨 먹이는 게 일이다. 엄마가 동생과 내 방학을 왜 힘들어했는지 이제야 알게 되다니. "뭐 먹을래? 계란밥, 치킨너겟, 주먹주먹." 선택지를 주면 첫째는 80퍼센트의 확률로 계란밥을 선택한다. 달걀 프라이를 하면서 치킨너겟도 튀긴다. 간장과 참기름, 달걀 프라이를 밥에 비벼서 치킨너겟과 김치, 밑반찬과 함께 먹인다. 벌써 혼자 서기 시작한 둘째는 열심히 기어 화장실, 작은방, 안방, 베란다 등등을 넘본다. 첫째 밥을 먹이면서 집 안의 열려 있는 문들을 닫는다. 문을 닫을 때마다 둘째가 칭얼댄다. "어쩔 수 없어. 지금은 형 밥을 먹여야 해." 그러나 첫째는 또 밥을 삼키지 않고 물고만 있는다. "엄마가 밥 물고 있지 말라 그랬지!" 5차 샤우팅….

오후 2시 밥 먹고 잠시 쉬었으나 빨래를 해야 하는 날이다. 아기가 어리면 빨래 양도 많다. 아직 대소변을 못 가리니 옷을 버릴 때도 많고(양이 많아서 기저귀가 새기도 한다) 체온 조절이 잘 안 되니 땀이 많이 나 자주 갈아입히기도 해야 한다. 빨래는 거의 이틀에 한 번은 하는 것 같다. 그래도 빨래는 세탁기가 한다. 빨래가 돌아가기 시작하고 소파에 잠시 앉자 생각했지만 이제부터 '같이 놀자' 시간이다. 책 읽어달라고 가져오는 첫째, 레고 만들어달라고 가져오는 첫째, 블록 같이 만들자는 첫째. 둘째 때문에 육아휴직을 했는데 둘째는 모유 수유만 하고 있는 느낌이고 하루의 80퍼센트를 첫째를 위해 쓰는 것 같다. 놀이에 집중하고 싶지만 둘째는 계속 사고를 친다. 두진이랑 책을 읽고 있으면 부엌으로 기어가 놀다가 뒤로 벌러덩 넘어져 울고, 블록을 만들고 있으면 옆에서 방해하다가 두진이한테 한 대 맞아서 울고. 그러면 둘째는 토닥토닥하고, 첫째는 훈육해야 한다. 중재와 훈육, 협박의 연속이다.

오후 3시 빨래가 다 됐다. 다리에 매달리는 둘째와 '같이 놀자' 공격을 펼치는 첫째를 어찌어찌 막아내며 빨래를 다 널었다. 그런데 둘째가 운다. 졸린가 보다. 귀를 긁는다. 아기띠로 업었다. 아니 근데 소파에 이건 뭐지. 점심 먹다가 흘린 건가. 아, 똥이다! 기저귀가 또 샜나 보다. 아니 무슨 똥을 이렇게 많이 눴어, 하는 찰나 '아기띠!' 아기띠에도 묻었을 텐데…. 바로 애를 내려놓으니 역시나 범벅이 돼 있다. 정말 울고 싶다. 울고 싶은 건 나인데 내려놨다고 둘째가 운다. 얼른 옷을 다 벗기고 기저귀를 갈았다. 안아주지 않고 옷을 입힌다고 계속 버둥대며 운다. "옷을 입어야 안아주지!" 6차 샤우팅…. 겨우 옷을 다 입히고 안았다. 그때 갑자기 기침을 하는 둘째. 기관지염 때문이겠지 하는데 기침 끝에 먹은 모유를 다 뱉어냈다. 나와 둘째의 옷이 다 젖었다. "토하면 어떡해!" 7차 샤우팅…. 이제 정말 눈물이 나온다. 옷을 다시 갈아입혀야 한다. 내 옷 먼저 갈아입고 울면서 버둥대는 둘째 옷을 갈아입힌다. 소리소리 크게도 운다. 그래, 옷을 갈아입어야 안아주지. 이제 포기 상태다. 포대기랑 소파 패드를 빨아야 하는데, 하는데….

'빡센' 육아를 귀한 일로 인정하기

　　겨우 반나절이다. 3시까지밖에 적지 않았는데도 양이 이 정도다. 저녁에는 이유식과 밥을 또다시 먹였고 목욕도 시켰으며 잠도 재웠다. 혼자 먹지도, 자지도, 씻지도, 입지도 못하는 아이들과 하루하루를 보내는 일은 전쟁이다.

　아이를 낳고 난 뒤 내 시간은 사라졌다. 모든 일과가 아이를 중심으로 돌아간다. 그건 당연한 일이다. 인간의 아이는 24시간 돌봐야 하며 그 기간도 매우 길다. 초등학교 저학년 때까지도 아이 혼자 거리를 걸을 수 없는 '위험 사회'에서는 어른이 돌봐야 하는 시기가 더 길어진다.

옛말에도 '애 보느니 파밭 매겠다'는 말이 있다. 그만큼 어린 아이를 돌보는 일은 체력을 소모하는 일이다. 복직한 엄마들은 말한다. 육아보다 일이 덜 힘들다고. 일은 육아보다 내 의지로 할 수 있는 영역이 크기 때문이다. 육아는 내 의지로 되지 않는 부분이 너무 많다. 최근 복직한 한 엄마는 이런 말을 했다.

"내 맘대로 밥 먹고 내 맘대로 커피 마시는데 정말 너무너무 행복했어요."

그렇다. 육아는 식사, 수면, 휴식과 같은 기본 욕구를 제약한다. 그래서 일보다 더 힘들다고 느껴지는 것일 테다. 특히 24개월 이하의 아이를 돌보는 일은 무한 육체노동이다. 자는 시간도 완전하게 확보되지 않는 시기니까. 그런데 왜 우리 사회는 이 '빡센' 육아를 엄마들에게 떠넘길까. 가사노동과 육아를 여성들의 영역에 가둬놔야 비용을 치르지 않을 수 있다고 착각하는 걸까. 그 결과가 무엇인가. '출산 파업'이다. 바로 저출산.

육아 문제의 적은 '노동시간'이다. 물론 가부장제를 빼놓을 수 없지만 실질적으로 노동시간이 줄어야 부모가 아이를 돌볼 수 있다. 긴 노동시간 때문에 육아와 일을 병행하느라 절절매는 엄마도 불쌍하지만 긴 노동시간을 당연하게 생각하는 회사에 당연하게 적응해야 하는 아빠도 가엾다. 자기 자식을 돌보며 느끼는 기쁨을 누가 감히 빼앗아갔는가. 그건 엄마, 아빠 모두에게 적용되는 말이다. 물론 일부 남성은 가부장의 논리로 육아가 여자의 일인 것처럼 말하는 사람도 있을 거다. 그러나 그러한 남성조차 아이를 자기 손으로 기르며 재롱을 지켜보는 일이 얼마나 행복한 일인지 교육받지 못한 불쌍한 사람일지도 모르겠다. 우리 사회는 아이는 엄마가 기르는 것이 좋다고 가르쳐왔으니까.

그나마 엄마가 나를 기르던 시대에는 남자 혼자 돈을 벌어도 4인 가족이 살 수 있는 시대였다. 엄마들은 혼자 아이를 기르는 삶을 감내했다. 다행히 그 시절에는 동네가 살아남아 있어 엄마들끼리 모여 함께 아이들을 돌봤다. IMF 외환 위기를 거치며 소득불평등은 심화됐고 이제 여자들도 일터에 나가 일해야 하는 시대가 됐다. 그리고 동네는 사라졌다. 부모 모두 일터에 나가니 당연하게도 아이를 기를 사람이 없어졌다. 그래서 다들 아이를 낳지 않는 것이다.

여성이 사회에 진출해서 저출산이 심화된다고? 그렇다고 치자. '82년생 김지영 세대'는 여자도 남자처럼 공부하고 일할 수 있다고 배웠다. 다만, 남자처럼 일하면서도 엄마 세대가 하던 가사노동과 육아는 그대로 자신이 감내해야 한다는 사실은 잘 몰랐을 뿐이다. 그건 가능하지 않다. 일만 하는 남성들과 가사노동과 육아까지 전담하며 일하는 여성들이 경쟁하는 것은 너무나도 불공정하지 않은가.

아이를 낳고 맞닥뜨린 내 현실은 너무 긴 노동시간을 줄이기 위해 자본주의와 싸우고, 육아는 엄마 몫이라는 시선을 바꾸기 위해 가부장제와도 싸우는 일이었다. 사회는 내게 적당히 일하는 '2등 사원'이 되라며 집 안에서 가사노동과 육아를 전담하라고 말하고 있었다. 뭔가 잘못돼도 한참 잘못됐다는 생각이 들었다. 가랑이가 찢어지는 기분으로 일-가정-육아를 감당하기엔 체력이 달렸다. 여성이 일터로 나가는 만큼 집 안의 일을 남성이 분담하지 않으면서 여성의 삶이 '진보'했다고 말하는 것은 사기였다. 그래서 결과는 어떤가. 부모는 긴 노동시간에 시달리고 그사이 아이들은 방치됐으며 이렇게는 기를 수 없으니 더 이상 아이를 낳지 않기 시작했다.

'모두의 아이'를 기르는 일

어느 날 신호등 앞에 서 있는데 맞은편 사람들을 물끄러미 바라보다 갑자기 가슴이 뭉클해졌다. 저 사람들도 내 아이들과 같이 누군가의 보살핌으로 어린 시절을 지나 어른이 됐을 거라는 생각 때문이었다. 우리 모두가 한때 작은 아이였다는 사실. 아이를 기르는 일은 얼마나 위대한가. 작은 아이가 자라 자신을 책임질 수 있을 때까지 돌보는 일은 얼마나 귀한가.

"자기 애 기른다고 회사 일은 내팽개치는 거지."

아이를 낳기 전, 회사에서 종종 그런 말을 들었다. 아이를 키우는 여자 동료들을 향한 적대적인 시선이 담긴 말이었다. 나 또한 아이를 낳고 나서야 부랴부랴 퇴근하던 여자 선배를 비난하는 그 말이 얼마나 모순덩어리인지 깨달았다. 아니, 그럼 아이를 돌보지 말고 회사 일을 하라는 거예요? 비난하던 선배들에게 이제야 물어보고 싶다. 부모가 아이를 돌보지 않는 게 더 이상하지 않은가요? 가정이 있는 남자 선배들이 일에 집중할 수 있는 거, 집에서 가사노동하고 아이들 돌봐주는 부인 덕분 아닌가요? 복직하기 전, 괜히 혼자서 준비한 말도 있다. 일찍 퇴근한다고 누가 지적하거나 놀리면 꼭 해줘야지 했던 말.

"지금 선배 국민연금 내줄 아기 키우러 가는데요?"

꼭 '쿨하게' 말하리라 연습했던 그 말(다행인지 한 번도 해보지 못했다).

아이를 낳고 나서 이 아이가 내 아이이기만 한 것이 아님을 알게 됐다. 이 아이는 우리 모두의 아이다. 다른 아이도 내 아이고 우리 아이다. 우리 모두가 모두의 아이를 기른다는 생각으로 다음 세대를 길러야 한다. 내 아이만 잘 키워서는 아무 소용이 없다. 우리 모두 아이들을 잘 길러야 아이들이 사는 세상이 행복해진다. 아이들이 행복한 세상이어야 따뜻한 어른으로 자랄 수 있다. 우리 어른들이 서로의 마을이 되어 아이를 길러야 하는 이유다.

그 시작은 부모를 아이에게 돌려주는 일이 되어야 한다. 지금처럼 부모를 회사에 잡아둬서는 아이가 행복해질 수 없다. 맞벌이 가정의 아이들이 부모와 함께할 수 있는 절대적 시간이 부족한데도 질적으로 잘 보살피면 잘 자랄 수 있다는 식의 말은 근본적 문제를 회피하는 이야기다. 아이들이 자라는 동안 부모가 아이들 옆에 오래 있을 수 있어야 한다. 아이들의 말에 귀 기울이며 아이들이 자기의 삶을 이끌어갈 수 있도록 도와줘야 한다. 이게 어른의 책무가 아니면 도대체 무엇이 어른의 책무란 말인가.

우리 사회에서 좋은 직업을 가지라는 말은 결국 자본주의의 충실한 일꾼이 되라는 말은 아니었을까. 아이를 낳고서야 내가 꿈꿨던 '워킹맘'이 결국 누구를 위한 일을 하기 위해서였는가 생각해보게 된다. 이제라도 나는 아이 옆에 충실히 있는 엄마가 되려고 한다. 많은 시간을 확보하지는 못해도 '많은 시간을 확보하는 것이 중요하다'고 말할 수 있는 어른 말이다. 내 아이는 아이들 옆에 오래 머물 수 있는 어른이 되길 바라면서. 모두의 아이를 함께 기르는 일이 당연한 사회가 되길 바라면서.

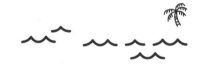

누가
엄마들의
죄책감을
부추기나

"엄마는 원래 그런 거예요.
참아야 되는 거예요."

첫째 두진이를 자연주의분만으로 낳고 싶었다. 병원의 모든 처치를 거부하려는 것은 아니었다. 다만 의사가 아이를 꺼내기(?) 쉬운 자세로 누워서 다리를 벌리고 아이를 낳는, 엄마가 주체가 아니라 객체가 되는 그 이상한 자세가 싫었다. '부모'가, 나와 남편이 함께 아이를 낳고 싶었다. 깜깜한 배 속에 있던 아이가 태어나자마자 형광등 불빛을 맞대는 것도 싫었다. 그래서 알아보다가 아빠와 엄마가 함께 물에 들어가 수중분만을 하는 병원을 찾아냈고, 분만 준비를 했다. 물속에 살던 아이가 물속으로 나와 우선 어둠에 적응한 뒤 엄마의 심장 소리를 듣고 안심할 수 있다고 했다.

하지만 분만은 뜻대로 되지 않았다. 아이가 위험해져 응급 수술을 해야 했기 때문이다. 아이도 갑작스럽게 세상을 만났으니 예민했다. 모자동실*을 권유하는 병원이었다. 남편이 아이를 달래다가 잘되지 않으면 신생아실에 데려다주고, 그러다 괜찮아지면 다시 데려오기를 반복했다. 둘째 날부터는 본격적인 모유 수유가 시작됐다. 아이가 빠는 힘은 예상 외로 무척 셌다. 엄마도 서툴고 자신도 서툴러 만족스럽지 않은 아이는 더 울기만 했다. 셋째 날에 유두에서 피가 흐르기 시작했다. 연약한 피부는 아이가 빠는 힘에 벗겨졌다. 간호사 선생님들은 계속 우는 아이를 데려왔다.

모든 상황이 끔찍했다. 수술해서 낳았다는 게 나에게도, 아이에게도 좋지 않다는 생각을 떨치지 못했다. 출산 이후의 고통을 참는 것도 힘들었다. 몸조리도 잘해야 하고 아이도 잘 돌봐야 한다며 병행이 불가능한 것만 같은 목표를 제공하는 병원생활이 괴로웠다. 그러다 결국 폭발했다. 도저히 수유를 못하겠다고 고개를 절레절레 흔들었던가. 아이를 데려온 간호사 선생님이 말했다.

"엄마는 원래 그런 거예요. 참아야 되는 거예요."

* 엄마와 아이가 모두 건강한 경우, 분만 직후부터 한방에 있게 하는 방법이다.

머리를 얻어맞은 기분이었다. 나도 엄마가 된 지 사흘밖에 되지 않았는데 무조건 참아야 한다고? 나도 엄마는 처음인데 내가 다 감내해야 한다고? 하지만 그때는 아무 대꾸도 하지 못했다. 그저 멍했다. '엄마는 그래야 하는 건가?' 머릿속에서 그런 질문이 떠나지 않았지만 그때는 알지 못했다. '엄마는 원래 그런 것'이 아니라 '부모는 원래 그런 것'이라 말했어야 한다는 것을. 그렇게 엄마로서의 죄책감이 시작됐다.

왜 다들 엄마한테만 그래요

두진이를 키울 때 '내가 뭔가 잘못하는 거 아닐까' 하는 생각을 자주 했다. 가까스로 잠이 들어 간신히 눕히기만 하면 깨는 아이를 볼 때면 내가 잘 재우지 못해서 깨는 건가 고민했고, 이유식을 거부할 땐 내가 이유식을 못 만들어서 그런 건가 고민했다. 그 고민은 둘째 이준이를 낳고 나서야 해결됐다. 두진이는 조금 예민한 아기였을 뿐이다. 이준이는 형보다는 잘 잤고 이유식도 무던히 잘 먹었다.

왜 그렇게 늘 내 탓을 했을까. 지금 생각해보면 그때의 '초보 엄마'가 너무 짠하다. 최선을 다해 아기를 키우려고 노력하면서도 왜 스스로를 대견하다고 토닥토닥해주지 못했을까. 지금 모습으로 충분해. 최선을 다하고 있잖아. 그 말을 왜 나 자신에게 해주지 못했을까.

'좋은 엄마' '좋은 아내'라는 가부장적 압력은 생각보다 힘이 셌다. 남편은 내게 한 번도 '현명한 아내'나 '어진 엄마'를 강요하지 않았다. 그러한 가부장적 압력에서 자유롭지 못한 것은 오히려 나였다.

가부장적 문화의 사회에서 나 혼자 동떨어져 자유롭게 산다는 건 말처럼 쉬운 일이 아니었다. '좋은 엄마'에 부합하지 못한다는 죄책감도 비슷했다. 아이가 어딘가 만족하지 못하면 그게 곧 '엄마 탓'이 되는 사회의 통념에서 자유롭지 못했다.

한 선배는 내게 말했다.

"딸은 워킹맘인 엄마를 역할 모델로 삼아 더 열심히 공부하기도 하지만 아들에게는 그냥 엄마가 없을 뿐이야."

뼈아픈 농담이었다. 가사와 육아가 엄마에게 쏠려 있는 사회에서 엄마가 일하며 아이를 기르는 건 엄마 역할을 제대로 할 수 없다는 얘기였다. 아이가 학령기에 접어들면 도대체 엄마가 어떤 역할까지 맡아야 하기에 저런 농담이 있을까. 두려웠다.

회사에서는 남편이 육아에 적극적으로 동참한다며 "아영 씨는 좋겠네, 경상 씨는 좋은 아빠잖아"라는 말을 자주 들었다. 요즘에도 그런 말을 들으면 참 억울하다. 한국 사회에서 아빠는 기본만 해도 '좋은 아빠'가 된다. 학부모 모임에 엄마가 참석하는 건 당연한 일이지만 아빠가 참석하는 건 칭찬받을 일이다. 엄마들은 아이와 관련된 일이라면 뭐든지 기본은 해야 하고, 플러스알파를 해도 '좋은 엄마'가 되기는 쉽지 않다. 은연중에 다들 그렇게 엄마가, 아니 엄마만 잘해야 한다고 말한다. 그 안에서 '이 정도면 난 충분히 좋은 엄마야'라고 스스로를 납득시키는 건 쉬운 일이 아니었다.

"어머님이 복직하지 않으시면
문제가 아니에요."

두진이가 자라면서 내 손길이 더 많이 필요해졌다. 아이의 사회생활이 시작되자 유치원 상담, 유치원 참관 수업 등 엄마가 해야 할 일이 더 많아졌기 때문이다. 그즈음 제일 무서운 말은 '보육은 할머니가 대신해줄 수 있지만 교육은 엄마가 해야 한다'는 말이었다. 아이가 학교생활을 시작하면 과연 일하며 아이를 키울 수 있을까. 두려웠지만 그래도 균형을 잡기 위해 노력해보자고 스스로를 북돋았다. 남편과 내가 힘을 합치면 할 수 있을 거라고.

그러나 한 번의 상담으로 그 모든 다짐이 무너져 내렸다. 6세가 된 두진이의 유치원 봄 상담. 담임 선생님은 내게 두진이의 발달 및 지능 검사를 받아보는 게 어떻겠느냐고 권유했다. 생각지도 못한 제안. 선생님은 아이가 '특이하다'고 설명했다. '특이하다는 게 무슨 뜻일까' 생각하는데 선생님이 상담카드에 함께 꽂아둔 두진이의 미술 활동물을 보여주었다. 나비 모양의 테두리에 바늘로 구멍을 뚫고 실을 이용해 그 구멍을 연결하는 활동이었다. 두진이는 나비 모양의 선을 따라 연결하지 않고 대각선으로 여러 개를 이어놓았다.

"이렇게 할 수도 있어요, 어머님. 그런데 세 번이나 설명해줬는데도 계속 이렇게 하는 거예요. 아이가 설명을 못 알아들은 것 같지는 않은데 말이에요."

아이들 손바닥만 한 작은 책을 만드는 활동에서는 책 페이지를 풀로 다 붙여놨다고 했다.

"아이가 특이하다고 느껴져요. 어머님, 배우 톰 크루즈가 난독증이잖아요. 근데 연기를 정말 잘하잖아요. 두진이를 보면 그 생각이 들어서요."

선생님의 얘기를 듣는 내 표정은 점점 더 심각해졌다. 난독증, 특이하다…. 물론 좋은 말도 있었다.

"아이가 반짝반짝할 때가 있어요. 집중하면 눈에서 레이저가 나올 것처럼 빠져들어요. 근데 안 듣는 건지, 못 듣는 건지 대답을 안 할 때도 많아요. 저도 그 분야의 전문가는 아니니까 전문 기관의 도움을 받으셨으면 좋겠다는 뜻이에요."

만 15개월부터 어린이집을 다니기 시작한 두진이에 대한 선생님들의 평가는 비슷했다. 집중력이 좋다, 그런데 집중하는 만큼 행동 전환이 느리다. 남편과 나는 12월생이라 그런 것 아니겠느냐고 대수롭지 않게 생각해왔다. 집중을 잘하는 건 장점 아니냐고 생각하기도 했다. 사람들은 다 다르니 아이들도 다 다르지 않겠느냐는 생각도 함께였다.

　그러니 날 좌절하게 했던 건 담임 선생님의 전문 기관 상담 권유 때문은 아니었다. 밥을 잘 먹지 않는 두진이에 대해 얘기하던 선생님은 이렇게 말씀하셨다.

　"어머니가 곧 복직하시잖아요. 복직하지 않으시면 문제가 아니에요."

　두진이는 '아이가 식탐이 이렇게 없을 수가 있나' 하는 생각이 들 정도로 밥에 관심이 없다. 밥을 먹으면서도 놀고 싶어서 한자리에 잘 앉아 있지 못한다. 물론 부모인 남편과 내가 버릇을 잘 길러주지 못한 탓도 있을 것이다. 유치원에서도 집에서와 같은 모습을 보였겠지 싶어서 그 부분은 마음의 준비를 하고 상담을 가기도 했다. 그러나 거기서 내 복직이 문제가 될 수 있다는 생각은 하지 못했다.

　선생님의 의도는 간명했다. 밥을 안 먹는 아이를 할머니가 돌보기는 더 힘들다는 것. 충분히 이해가 되는 말이다. 이미 지금도 내 말이 할머니 말보다 더 잘 먹히고, 앞으로 점점 더 할머니 말을 안 들으리라는 것도 예상 가능하다. 선생님은 나의 퇴근 시간도 물으셨다. 내 대답에 선생님의 표정은 어두워졌다. 화가 났다. 왜 내 복직만 문제가 될까? 남편이 회사에 다니는 건 왜 문제가 되지 않는가. 왜 한국 사회에서 주 양육자는 당연히 엄마인가. 복직이 문제가 된다고 생각해본 적이 없던 나는 발달 및 지능 검사 제안과는 별개로 또 다른 충격을 받았다.

그날 이후, 결국 두진이의 발달 및 지능 검사를 위한 상담센터를 예약했다. 엄마가 먼저 80분 동안 면담을 하고 난 뒤, 아이의 검사 종류를 결정한다고 했다. 상담센터마저 엄마만을 찾았다. 나만 아이에 대해 잘 알고 있는 게 아닌데. 엄마만의 관점이 아이의 특징을 과장하거나 왜곡할 수도 있지 않은가.

좋은 엄마가 될 줄 알았는데

이제 생각은 '나는 과연 내 일을 지속할 수 있는가'로 옮겨갔다. 아이의 발달이 늦다는 이야기를 듣고 직장을 옮겨 파트타임으로 일하고 있는 동네 친구는 말했다.

"반푼이로 살아야 한대요. 회사에서도 반푼이, 집에서도 반푼이. 아니면 견뎌내질 못한대요."

다들 이렇게 버티다가 아이에게서 무언가 이상한 점이 발견

되면 회사를 그만두기로 결심했겠구나, 하는 생각이 처음으로 들었다. 아이를 낳기 전, 한 선배는 아내가 파마를 했는데 아이가 엄마를 못 알아보자 일을 그만뒀다는 이야기를 해준 적이 있었다. 그때는 어떻게 엄마를 못 알아보냐며 웃어넘겼는데 심각한 이야기였다. 만약 검사에서 두진이에게 무슨 문제라도 발견된다면 얼마큼이나 좌절감을 느끼게 될까.

아무리 '쿨'해지려고 노력해도 '엄마 죄책감'은 자꾸만 마음을 파고들었다. 아이가 밥을 잘 먹지 않는다는 이야기를 들었을 땐 밥 먹는 방법을 제대로 가르치지 못했다는 자책이 들었는데, 이번엔 발달이 늦을 수도 있다니. 두진이 담임 선생님은 아이와 함께 요리를 해보면 어떻겠느냐고 제안했다. 그 제안을 받고도 살짝 죄책감을 느꼈는데 내가 요리를 못하는 엄마이기 때문이었다. 그래도 그날은 그냥 지나칠 수 없어 두진이와 함께 달걀찜을 만들었다. 결과는 역시나 실패. 물이 너무 많아 싱거운 달걀찜을 먹고 두진이는 말했다.

"엄마가 만든 달걀찜은 맛이 없어. 할머니가 만든 게 맛있어."

좋은 엄마가 될 수 있을 줄 알았다. '이 정도면 제법 괜찮은 거 아냐?'라고 생각한 적도 많았다. 타인에게 적당히 손 내밀고 거리 두기를 안정적으로 할 수 있게 됐다며 뿌듯해했던 삼십 대 초반, 내 아이와도 적당한 거리를 두며 안정적으로 대할 수 있을 것이라 자신했다. 그러나 한국 사회에서 '좋은 엄마'는 좋은 타인이 되는 것이 아니었다. 무한 경쟁 체제에서 엄마는 아이의 능력을 보완하고 업그레이드시켜줄 수 있는 존재가 되어야 했다. 아이에게 문제가 생기면 전적으로 엄마 탓이 되는 사회에서 내가 생각한 좋은 엄마는 허상이었다.

'엄마표 한글' '엄마표 영어'는 있지만 '아빠표 독서' '아빠표 체육'은 없다. 왜 이렇게 엄마들이 해야 하는 일이 많을까. 가사노동에 돌봄노동까지 전문가가 되어야 한다는데 그러면서 일을 해서 돈을 벌라는 압박도 적지 않다. 결국은 슈퍼우먼이 되라는 요구다. '워킹맘'들은 엄마가 집안일을 다 챙기고 나아가 매니저처럼 아이의 일과까지 챙겨야 한다는 이야기를 들으면 기가 질린다. '전업맘'들은 육아의 전문성을 더 많이 요구받으면서도 돈을 벌지 않는다는 이유로 '논다'는 인식에서 자유롭지 못하다.

양육 관련 연구 결과들은 아빠가 육아에 시간을 많이 쏟을수록 아이 정서 등에 좋다고 말하지만, 사회는 여전히 모든 걸 엄마의 몫으로 치환한다. "엄마가 옆에 있어주는 게 최고다"라는 말을 들을 때의 당황스러움. 왜 엄마 아빠가 아니라 엄마만 옆에 있어줘야 하는가?

한국 사회에서 엄마들은 육아의 전문가이자 아이의 매니저가 되어야 한다. 아이의 성장을 지켜보고 도와주는 존재가 아니라 아이의 성장을 지원하고 보완해야 하는 존재. 두 역할의 차이는 너무 크다. 아이의 성장을 보완하라는 요구는 아이의 성과를 곧 엄마의 성과로 만들기 때문이다. 그런 요구로 엄마들을 압박하면서도 엄마들이 아이에 매여 있으면 아이에게 쩔쩔매는 엄마, 아이밖에 모르는 엄마, 심하면 '돼지 엄마'*로 매도한다. 반대로 '좋은 엄마'가 되라는 압박에서 자유로워지려고 하면 아이를 방치하는 엄마, 자기밖에 모르는 엄마가 된다. 도대체 엄마들에게 뭘 어쩌라는 말인가.

'좋은 엄마'가 되라는 압박에서 벗어나기

오랜 고민 끝에 두진이의 본격적인 상담은 받지 않기로 했다. 아이의 기질을 믿어주고 싶었다. 상담을 권유했던 선생님도 2학기가 되어서는 두진이가 잘 지내고 있다고 내 불안을 덜어주었다. 문제가 될 수 있다던 복직도 했다. 아이는 생각보다 잘 적응하고 있다.

그런데도 여전히 '좋은 엄마'가 되라는 압박에서 자유로워지기는 어렵다. 엄마 혼자서는 힘들다고, 부모가 함께 아이 육

---

* 어미 돼지가 새끼를 데리고 다니듯 주로 학원가에서 다른 엄마들을 거느리고 다니는 엄마를 가리킨다. 뜨거운 교육열로 자식을 대학 입시에 성공시키기 위해 사교육에 투자를 아끼지 않는 엄마들을 일컫는다.

아를 분담해야 한다는 이야기는 한국 사회에서 아직까지도 교과서에나 나올 법한 말이니까. 그럼에도 부모가 함께, 서로 번갈아가며 아이를 업고 가는 것이 바람직한 육아라고 계속해서 말하고 싶다. 그래야 조금이라도 '좋은 엄마'가 되라는 사회의 압박이 줄어들 수 있을 테니. 그래야 '엄마들의 죄책감' 또한 조금이라도 줄어들 수 있을 테니.

육아 전문가들이 쓴 수많은 육아서는 한결같이 말한다. 죄책감을 가지지 말라고. 개인을 억압하는 사회 구조는 그대로인데, 다만 개인에게 억압을 느끼지 말라고 말하는 것은 짓눌려 있는 엄마들을 또 한 번 몰아붙이는 일이 아닐까. 구조의 부당한 모순을 해결하기 위해 힘을 합치는 쪽이 엄마들의 죄책감을 덜어줄 수 있는 보다 근본적인 방향이 아닐까.

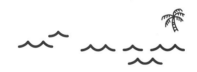

'남의 편'을
바꿀 수
있을까

갈등의 시작

돌이켜보면 시작은 결혼이었다. 이십 대 후반이 되면서 결혼에 대한 압박이 점점 커졌다. 엄마는 "결혼은 해야지, 아이도 둘은 있어야지"라고 늘 말씀하셨고 나는 그 '가부장적 질서'를 의심 없이 수용했다. 다만 나를 이해하지 못하는 남자와 결혼했다가는 옴팡 뒤집어쓸 수 있다는 것 정도는 어설프게나마 알고는 있었다. 평생 일을 하며 내 길을 만들어가는데 결혼이 장애물이 될 수 있다는 것 또한 눈치채고 있었다. 그래서 이십 대 후반에는 '나와 맞는 남자'를 열심히 찾았다. 그러나 소개팅과 선 자리에서 내가 아닌 척 '코스프레'를 해야 했다. 한국의 가부장적 여성상에서 지나치게 벗어나 있다면 결혼

제도 자체에 진입하기가 쉽지 않다는 걸 알 정도의 눈치 또한 있었기 때문이었다.

돌아보면 그때의 나는 사회가 원하는 여성상과 내가 원하는 여성상 사이에서 끊임없이 갈등했다. 더 오래전을 더듬어보면 이십 대에 연애를 할 때도 마찬가지였다. 나는 내가 되고자 하는 모습과 남자친구가 원하는 여성상 사이에서 늘 혼란스러워했다. 있는 그대로의 나를, 있는 그대로의 내 '여성성'을 이해해줄 남자는 없을까. 내가 아닌 척 소개팅 코스프레를 마치고 짜증이 날 때면 입사 동기였던 남편에게 전화를 걸어 같이 술을 마셨다. 그러다 나를 있는 그대로 이해해줄 수 있는 남자가 바로 코앞에 있다는 걸 깨닫고는 연애를 하고 결혼도 했다.

요즘도 남편은 말한다.

"아영이가 행복하지 않으면 아이들도 행복할 수 없어. 스스로를 믿어."

일하느라 아이들을 놓치고 있는 것 같다고 우울함을 토로하면 남편은 항상 '너의 행복이 가장 중요하다'고 말해주는 사람이다. 남편과 결혼할 수 있었던 것은 어쩌면 큰 행운인지도 모르겠다. 그렇게 신혼 때는 거의 문제가 없었다. 그러나 그런 남편과도 아이를 임신하면서부터는 문제가 벌어지기 시작했다.

맞벌이를 하는 여느 부부들처럼 아침을 잘 챙겨 먹지 못하던 우리 부부에게 아침밥이 문제가 된 건 아이를 임신하고 나서였다. 배 속에 아이가 있으니 뭐라도 먹어야 했다. 매일 아침을 사 먹을 순 없었고, 아침을 거르고 출근한 날에는 배가 고파 일을 제대로 할 수 없었다. 배 속에 아이가 있는 삶과 없는 삶은 너무나도 달랐다.

첫째를 임신하고 5개월쯤이었을까. 남편에게 몹시 화가 났다. "나는 임신하고 이렇게 힘든데 남편이 하는 게 뭐야?" 남편은 당황했다. 나는 배가 불러오고 잠이 쏟아지고 빨리 걸을 수도 없는데 남편은 모든 게 그대로였다. 그런데 임신한 아내를 위해서 아침밥도 챙겨주지 않는다는 항의였다. 엄마가 될 사람은 온몸으로 엄마가 될 준비를 하는데, 아빠가 될 사람은 왜 아무것도 하지 않느냐는 문제 제기였다. 선배들은 '아내 입덧할 때 잘 대해줘야 한다'며 남편에게 한두 마디씩 건넸지만 그 선배들도 아침밥을 챙겨줘야 한다는 생각까지는 못했을 것이다. 남편은 내 항의 이후로 아침마다 고구마와 단호박을 쪘다.

아이가 태어나고부터는 문제가 더 벌어졌다. 아이는 나를 더 많이 찾았고 수유도 나밖에 할 수 없었다. 몸조리도 제대로 못하고 아기를 돌보다 서러워지면 자고 있는 남편이 그렇게 얄미웠다. 물론 남편도 아이를 돌보느라 잠을 설쳤고 회사에도 가야 했으나 늘 잠이 더 부족한 쪽은 나였다. 나보다 많이 자면서 더 많이 자려고 하는 것을 보면 또 얄미웠다. 자꾸 남편에게 짜증을 내게 됐다.

첫째를 낳고 맞이한 결혼기념일에는 남편과 다퉜다. 지방 순회 출장으로 피곤한 남편이 잠들어버렸던 어느 토요일이 지난 일요일, 멍하니 텔레비전을 보는 남편을 보다가 아이도 돌보지 않고 텔레비전을 보고 있느냐고 소리쳤다. 남편은 텔레비전을 본 게 아니라 생각 중이었다며 왜 뭐든 재촉하느냐고 화를 냈다. 그런 식으로 갈등이 쌓여갔다. 굳게 믿었던 우리의 관계가 벌어지기 시작했다.

내가 "다음 생에는 남자로 태어나고 말거야"라고 토로하면 남편은 "나는 다음 생에는 돌로 태어나야지" 하며 자신의 일상도 힘들다고 받아쳤다. 설명할 수 없었다. 결혼과 출산으로 가부장제에 제대로 들어온 이 불쾌한 기분이 어떤 건지. 남편의 입장에서 보는 가부장제와 내 입장에서 보는 가부장제가 얼마나 다른지.

이렇게까지 불공평한 줄 알았으면 아이를 낳았을까? 결혼, 임신, 출산 모두 가부장적 질서를 수용하는 과정이라는 뒤늦은 깨달음. 여성을 착취하지 않으면 이 구조는 제대로 돌아갈 수 없다는 사실을 아무도 알려주지 않았다. 속았다는 분노가 들끓었다. 그러면서도 꽃보다 예쁜 아이를 두고 그런 생각을 하는 스스로가 싫었다.

"아니, 당신이 그렇다는 게 아니라⋯."

둘째도 아들이라는 사실을 알았을 때 가장 먼저 들었던 생각은 '둘 다 군대를 보내야 하는구나. 어쩌나'였다. 그다음에 바로 따라온 생각은 '그래도 범죄에서는 덜 위험하겠구나'였다. 그 생각에 이르니 아들이라는 사실이 별로 아쉽지 않게 느껴졌다. 부모에게 가장 중요한 것은 자식의 안전일 테니. 그다음엔 내가 여자라서 겪어야 했던 불합리한 일들을 이 아이들은 겪지 않아도 된다는 생각에 안심이 됐다. 그리고 곧 스스로에게 놀랐다. 아들들이 살기에 유리하고 딸들이 살기에 불리한 이 구조를 긍정하고 심지어 안심까지 하다니.

강남역이 '살아남았다'라는 포스트잇으로 뒤덮이던 때, 퇴근길의 남편과 나는 강남역 살인 사건에 대해 이야기하다 결국 크게 싸웠다. 나는 내가 여자로 살면서 겪어야 했던 억울한 일들을 토로하다 이렇게 말했다.

"나처럼 센 여자도 살기 힘들다고."

고3, 독서실이 문을 닫는 새벽 1시까지 공부를 하던 날들, 그런 날은 아빠가 데리러 오곤 했는데 하루는 잠드셨는지 오시지 않았다. 잠든 아빠를 깨우긴 미안해서 집까지 10분 정도 되는 거리를 뛰어갔다. 현관 앞에서 안도하며 뒤를 돌아보는데 그 10분이 얼마나 무서웠던지 눈물이 절로 났다. 늘 조심해야 한다는 어른들의 조언을 들으며 자랐다. 어두운 골목길을 지나가야 할 때 엄습하는 공포는 삼십 대가 된 지금도 다르지 않다. 이십 대가 되고서 겪어야 했던 일상적인 성희롱들과, 성폭력 사건이 벌어져도 피해자의 잘못을 따지는 사회의 시선에 얼마나 억울하고 분노했는지도 얘기했다.

그런 내 말에 남편은 어떤 표정을 지어야 하는지 모르는 얼굴이었다. 그러면서 자신은 가해자가 아니라고 항변했다. 강남역 살인 사건을 '여성혐오 사건'이라고 규정하는 것에 대해서도 생각이 달랐다. 과격한 페미니스트들이 선량한 남성들까지 적으로 규정하고 있다는 얘기에는 기어이 감정이 격해졌다.

"당신이 가해자라는 게 아니잖아. 여자들이 이런 심정으로 살고 있다고. 그런데 그렇게 이야기하면 남편도 방관하는 거야. 가해자랑 다를 바가 없다고!"

가장 답답했던 건 '나를 이해해주리라 믿었던 유일한 남자'였던 남편조차 나를 전부 이해하지는 못한다는 절망감이었다. 남자로 태어나면 군대를 가야 하는 한국 사회의 특수성 때문일까, 가부장제의 왜곡된 시선은 더 꼬인다. 아들만 둘을 낳고 보니 군대 문제에서 나도 자유로워질 수 없게 됐다. 휴전 상태인 국가에서 남성에게만 병역의 의무를 강요하는 국가. 그리고 병역의 의무에 대한 적절한 보상을 하지 않는 국가. 그러다 보니 그 보상을 기업이 대신 해주는 이상한 시스템의 국가. 남편과 입사 동기인 나는 남편보다 급여가 약간 적다. 남편은 군대에 다녀온 기간을 호봉으로 쳐주기 때문이다. 국가가 해야 할 보상을 왜 기업이 하는가.

강남역 살인 사건 기사에 달린 '여성가족부를 없애면 해결된다'는 댓글을 보고 이 뿌리 깊은 혐오와 분노를 과연 풀어갈수 있을까 두려워졌다. 시간이 지나 남편은 내게 고백했다. '다 이해할 수는 없었다'고. 그 솔직함에 고맙기도 했지만 그래서 어쩐지 더 절망적이었다. 절대적으로 내 편이라고 믿었던 존재도 나를 전부 이해할 수 없다는 데서 오는 절망감. 지금도 이따금 성차별이나 성폭력에 대해 남편과 이야기하다 보면 내 목소리는 한없이 높아진다. 그럼 남편은 어쩔 줄 모르는 표정을 짓는다. 나는 "아니, 남편이 그렇다는 게 아니라…"라며 이야기를 마무리한다.

가부장제의 정점, 며느리

내가 어릴 때 우리 부모님은 단 한 가지 이유로만 크게 싸웠다. 엄마의 시댁, 나의 친가, 아빠의 가족 문제 때문이었다. 결혼을 하지 않은 큰아버지로 인해 큰아들 역할을 맡게 된 둘째 아들 아버지, 그리고 큰며느리 역할을 맡을 줄 모르고 결혼했다가 큰며느리 역할을 하게 된 엄마의 갈등. 스무 살이 넘고 가부장제 안에서 엄마가 겪었을 스트레스를 깨닫게 되면서 난 늘 소망했다. 스트레스 없는 시가를 만나고 싶다고.

소원이 이뤄진 걸까. 남편의 부모님, 나의 시부모님은 좋은 분들이다. 어릴 때부터 설거지와 청소를 시키며 남편의 집안일 지능을 키운 시어머니는 늘 "똑같이 하라"고 말씀하신다. 아버님도 내게 항상 "일하느라 고생한다"고 하신다. 시가에 갈 때면 어머니는 늘 쉬라고 하셨고, 늦잠 자는 습관을 못 바꾼 나는 시가에 가서도 늦게까지 자며 집에서 하던 대로 했다. 명절에 차례를 지내지 않아 그것도 참 다행이라고 생각했다. 그래도 설거지는 열심히 했다. 남편은 설거지도 하지 않았지만, '설거지 정도야' 생각하면서. 내가 하지 않은 일들, 즉 음식을 하고 상을 차리고 식구를 챙기는 모든 일은 시어머니 몫이었다. 어쨌거나 결국은 여자 몫이 되는 신기한 구조다.

아무리 편하게 대해주셔도 시가가 편할 수만은 없다. 처음 인사드리러 갔을 때부터 내 안에 세뇌된 '며느리 역할'을 깨닫고 나조차 깜짝 놀랐을 정도였으니. 아무리 잘난 척하며 남자와 여자가 뭐가 다르냐고 목소리를 높이던 나도 시가에 가서는 뭘 해야 하는지 안절부절못하고 고민했다. 그건 시부모님이 잘해주는 것과는 관계없는 문제였다.

처음에는 명절에 시가에 한 번 다녀오면 두통이 생겼다. 잠

자리가 불편해서이기도 했겠지만 아마도 가부장제를 가장 극적으로 느껴야 하는 자리이기 때문이었을 거다. 엄마는 평생 명절날 친정인 군산에 가지 못했다. 어느 명절에는 그 생각에 울적해져 아빠에게 전화를 걸었다. 외할아버지 살아 계실 때 엄마를 군산에 보내달라고. 그 뒷말까지는 하지 못했다. 엄마가 외할머니 살아계신 명절에 친정에 한 번도 가지 못했다는 게 너무 안쓰럽다고. 한 번이라도 보내주지 그랬느냐고.

나는 친정에 가까이 살고 남편이 본가에 자주 가지 못하기 때문에 명절이나 휴가 때라도 시부모님과 시간을 보내려고 노력한다. 남편이 평소에 보기 힘든 부모님과 시간을 좀 더 보내길 바라는 마음으로 휴가 때도 꼭 시가에 가려 한다. 그러다 보니 명절에도, 휴가에도 제대로 쉴 수가 없다.

입사 초, 여자 선배들이 농반진반으로 명절 당직을 서고 싶다는 얘기를 하면 그냥 웃었다. 그때는 결혼 전이라 그게 무슨 의미였는지 정확하게 몰랐다. 그냥 가기 싫은가 보다 했다.

"아니 왜들 그렇게 명절에 시댁 가는 걸 싫어해?"

얼마 전, 한 남자 선배의 질문에 뭐라고 대답해야 하나 고민하다가 번뜩 떠오른 생각에 이렇게 대답했다.

"며느리들은 시댁에 가면 을이 되지만 사위는 처가에 가도 을이 되진 않잖아요."

선배는 내 말을 완전히 이해하진 못한 것 같았다. "요즘은 사위도 을 아니야?" 하고 물은 걸 보면 말이다. 지금 생각하면 거기에 한마디 더 덧붙였어야 했다.

"며느리들은 시댁에 가면 집안일을 더 열심히 해야 하니까 싫은 거예요. 요즘은 다들 일하느라 집안일은 다 기계에 의존하고 밥도 사 먹는 일이 많은데 명절이라고 전 부치고 설거지하고…. 그런데 남자들은 그런 부담 없죠. 그냥 누워서 마음 편히 쉬어도 되니 다르게 느껴지는 거죠."

시부모님이 아무리 좋아도 이 권력 구조는 쉽게 바꿀 수 없다. 대학 때 외쳤던 여성주의는 저 멀리 있다. 아니, 저 멀리 어딘가에 있기는 한 걸까. 세상이 조금씩 나아지고는 있는 걸까.

가부장제의 화신은 가까운 곳에 있다

가부장제 안에서는 내가 아무리 발버둥을 쳐도 반 발짝씩 정도밖에 나아갈 수 없었다. 나아가기는커녕 뒷걸음치고 있다고 느낄 때도 있었다. 결혼을 하지 말았어야 했어, 라며 좌절할 때. 때로 시부모님보다 친정부모님이 더 가부장적 질서를 강요하는 모순을 마주할 때면 상처는 배가되기도 했다.

시가에 가면 내가 설거지를 하니까 친정에 가면 남편이 설거지를 했으면 했다. 시어머님이 밥을 다 해주시니 젊은 내가 설거지를 하는 게 별일인가 싶었던 만큼 남편도 친정에서 설거지 정도는 했으면 한 것이다. 젊은 우리가 부모님을 돕는 건 당연하지 않은가. 며느리는 돕고 사위는 손님처럼 쉰다는 게 문제니까 그냥 함께하면 간단하지 않은가. 그러나 장벽은 의외로 예상치 못한 곳에 있었다.

엄마와 아빠는 사위의 설거지를 극구 반대하셨다. 사위한테 그런 일(?)을 시킬 수 없다는 것. 가부장제의 화신은 먼 곳에 있지 않았다. 바로 우리 엄마 아빠가 사위는 집안일을 하면 안 되고, 며느리는 시댁에서 일을 도와야 한다고 말하고 있었다. 그 생각을 바꾸는 데 3년이 넘게 걸렸다. 그나미도 아빠와 엄마는 남동생이 결혼을 하면, 그때 사위와 아들을 같이 설거지 시키겠다고 약속했다. 설거지 하나가 별거라고. 유난스러운가. 그러나 관습은 인간이 만들어온 규칙일 뿐이다. 태초부터 정해진 게 아니다. 누군가 괴로운 관습은 바꾸는 게 마땅하다. 시대가 바뀌었으면 관습도 바뀌어야 한다. 그 관습을 바꾸는 것은 결국 관습을 만들어가는 사람들이다.

올케와 나

2017년 9월, 드디어 동생이 결혼을 했다. 이제는

남편도 공식적으로(?) 설거지를 할 수 있게 됐다. 동생이 결혼하니 새로운 숙제도 생겼다. 내가 시누이가 된 것이다. 나를 '형님'이라고 부르는 사람이 생겼다. '형님'이라니. 동생의 여자 친구 입에서 '형님'이라는 단어가 나오자 순간 놀랐다. 왜 '언니'가 아니고 '형님'일까. 이처럼 호칭도 문제다. '도련님' '형님'처럼 시가의 식구들을 부르는 호칭에는 왜 '님'이 붙을까. 이 불평등한 권력이 일상에서 작동하는 모습은 시가에 갔을 때 극대화된다. 며느리들이 시가, 그리고 명절을 싫어하는 건 그 이유다.

올케와 조금 더 친해지면 꼭 말하고 싶다. 우리 서로 '올케' '형님'이라고 부르지 말자고. 그냥 이름을 부르거나 '언니'라고 부르면 좋겠다고. 불합리한 호칭과 질서에 얽매이지 않는 사이가 됐으면 좋겠다. 호칭보다 더 중요한 것은 예의다. 며느리는 딸이 아니다. 며느리는 그냥 며느리다. 며느리를 딸처럼 대한다면서 아들한테 시키지 않는 집안일을 시키지 말고 며느리는 며느리로, 시어머니는 시어머니로 서로 예의를 지키면 된다. 나도 올케에게 그러고 싶다. 서로 예의를 지키고 시간이 지나는 만큼 가까워지면서 자연스레 친해지면 좋겠다. 가족이 되었다고 갑자기 친해질 수는 없으며 가족이 되었으니 서로 편하게 대해도 된다고(주로 윗사람이 아랫사람에게 그럴 텐데) 생각하는 것도 문제다. 사람이 가까워지는 데는 시간이 필요하다.

또한 친해지는 만큼 서로 평등했으면 좋겠다. 거창한 건 아니고, 내 발언권만큼 올케에게도 발언권이 있으면 좋겠다. 올케의 발언권이 집에서 꼴찌가 되지 않게 하고 싶다. 시가에서 내가 정말 가족이 되었다고 느낀 것도 이 '발언권'이 있다고 느낀 순간이었다. 내가 내 생각을, 자유롭게까지는 아니어도 꽤 많이 말할 수 있게 되었다고 느꼈을 때.

지난 촛불 정국 때 시아버님과 얘기를 나누다가 "아버님, 종편 너무 많이 보지 마세요"라고 말했다. 아버님은 하하 웃으시며 "투표권은 나한테 있다"라고 말씀하셨는데, 묘하게도 그 순간 가족이 된 것 같다고 느꼈다. 아버님이 만약 아무 말도 안 하셨으면 꽤나 민망했을 거다. 서로가 자연스럽게 자기 생각을 이야기하는 것만으로도 정말 가족이 된 것 같았다.

선량한 가부장은 세상을 바꿀 수 없다

시대가 달라졌다고들 한다. 여자들이 장관도 되고 대통령도 되는데 어디에 성차별이 있냐고 말하는 사람들도 많다. 그러나 잘 들어보면 깨알같이 가부장제와 남성중심주의가 남아 있다. 어떤 가부장들은 착하고 따뜻해서 가부장인지도 헷갈린다.

이런 사회에서 나를 이해해준 유일한 남자였던 남편. 결혼 전, 회사 일이 남편에게 몰리는 바람에 가뜩이나 여자가 해야 하는 일이 많은 결혼 준비를 나 혼자 하느라 남편과 싸운 적이 있다. 광화문의 한 식당에서 나는 결연하게 요구했다.

"집에서 집안일하고 아이를 기르면서 늙기는 정말 싫어. 그리고 지금 내 일이 좋아. 평생 일을 그만둘 생각이 없다는 뜻이야. 그러니까 집안일이나 육아를 내가 더 많이 할 생각도 없어. 사회에서 '여성의 역할'이라고 규정한 틀에는 정말이지 간힐 생각이 전혀 없다고. 내가 간히고 싶지 않으니 남편이 될 당신도 '남성의 역할'이라는 틀에 가두지 않을 거야. 나는 평생 남편을 돈 벌어오는 기계처럼 괴롭힐 생각이 전혀 없어. 돈이 필요한 상황이면 내가 더 벌 수도 있으니까. 남편이 일을 그만두고 아이를 돌보며 다른 일을 도모하고 싶다면 내가 돈을 벌면서 시간을 줄 수도 있어. 그러니까, 당신이 만약 집안일과 육아를 내가 더 부담해야 한다고 생각한다면 지금이라도 결혼을 다시 생각하자."

결혼 후에도 마찬가지였다. 가사일과 육아가 내 몫으로 기울 때마다 조정을 요구하는 것은 언제나 나였다. 그 말은 남편에게는 나보다 집안일이 더 몰리지 않는다는 뜻이기도 했다. 백일잔치를 준비하면서도 내가 해야 할 일이 훨씬 더 많고, 음식을 시작하면서도 요리와 설거지가 온통 내 차지가 되고 있음을 깨달았을 때. 싱크대에 혼자 서 있는 시간이 어찌나 울적하던지. 가끔 나와 남편이 육아를 하는 게 아니라 '나와 우리 엄마와 아빠'가 육아를 하고 남편은 뒷머리를 긁적거리고 있다는 생각이 들 때면 "긁적거리지 말고 앞으로 나와!" 하고 소리라도 지르고 싶었다.

그래도 내가 불만을 토로하며 상황을 조정하자고 하면 그 제안을 흔쾌히 받아들이는 고마운 한국 남자. "그래도 나는 열심히 하잖아"라는 남편의 불평에 "아니, 남편의 목표는 유럽 남자. 한국 남자랑 비교해서 우월감 느끼지 말자"라고 하면 가만히 고개를 끄덕이는 착한 사람. 하지만 역시나 구조는 그대로인 채 남편 하나만 잘 고른다고 해서 문제가 해결되지는 않는다. 이토록 척박한 한국 사회에서 '북유럽 라떼파파'를 목표로 삼으라고 말하는 것 또한 남편에겐 가혹한 일이다.

착한 남편에게 닦달을 해야 겨우 일상의 중심을 잡을 수 있다고 느낄 때면, 그저 착한 남편을 만났다는 사실만으로도 스스로를 위로해야 하는 순간이 찾아올 때면 외로웠다. 그 외로움을 가장 가까운 사람인 남편도 이해할 수 없다는 게 서글펐고 남편이 아무리 잘해줘도 이 구조는 그대로라는 사실이 끔찍했다. 앞으로도 나의 희생이 더 클 것이라면 난 그 사실을 차분히 받아들일 수 있을까. 그 상황에서 유리한 고지에 서 있는 남편에게 화를 내지 않을 수 있을까.

남편은 갈등을 적극적으로 해결하려고 하지 않았다. 항상 무언가 개선을 요구하는 것은 나였으니, 당연히 싸워야 하는 것도 나였다. 결혼 이후 나는 '착한 가부장'의 세계를 바꾸지 않고서는 내가 해방될 수 없다는 사실을 알게 됐다. 그래서 남편에게 늘 말한다.

"당신은 늘 선의지. 그러나 이 구조가 내게 불리하게 작용한다는 걸 모르는 척, 단지 당신은 선의라고만 말한다면 그건 방관이야. 이 구조가 내게 불리하게 작용하는 부분을 당신이 적극적으로 나서서 나눠야 해. 그러지 않으면 나는 점점 더 힘들어질 거고 결국 불행해질 거야. 결혼 때문에 내가 불행해지길 원해?"

'착한 가부장'들의 관습을 바꿔야 모두가 행복해질 수 있다. 착한 가부장의 전형인 우리 아빠는 지난 명절부터는 차례를 지내지 않고 산소에만 다녀오기로 했다. 늦은 감이 없진 않지만 아빠의 결정을 응원하고 싶다. 엄마와 아빠는 결혼한 지 38년 만에 할아버지, 할머니 산소에 갔다가 외할아버지가 계신 요양병원에 가셨다. 엄마가 명절에 귀향한 첫 번째 명절이다. 엄마는 이제 환갑이다. 그게 참 마음이 아프다. 일평생 시가 차례를 지내느라 친정에 못 갔는데, 이제야 친정에 갈 수 있게 됐는데, 아버지는 요양병원에 계시고 엄마는 돌아가셨다. 나는 엄마의 인생을 닮고 싶지 않다.

왜 여자들이
절반을
차지해야
하는가

그들이 없었다면

결혼 전, 여자 선배들을 이렇게 묘사하는 이야기를 종종 들었다.

"그 선배 애 낳고 변하더라고. 그렇게 열심히 일하던 사람도 애 낳으면 어쩔 수 없나 봐."

'애 낳으면 어쩔 수 없다'는 이야기는 '애 낳으면 일을 대충한다'로 이어져 '애 낳은 여자들은 쓰면 안 돼'를 지나 '애를 낳을 수 있는 여자들은 쓰면 안 돼'로까지 연결된다. 결혼 전 그런 이야기를 들었을 땐 '결혼을 하면 안 되겠구나'부터 '다 그런 건 아닐 거야' '나는 그러지 말아야지' 정도에서 생각이 그치곤 했다.

하지만 애를 낳으니 알게 됐다. 가사노동과 육아를 여성에게 떠넘기는 사회에서 회사생활을 버틴 것만도 대단한 일이라는 걸. 그러니 아이를 대신 맡아줄 사람(친정엄마나 시엄마, 아니면 베이비시터 이모님)이 없는 여자 선배들은 진작에 회사를 그만두었다는 것을. 또 그 숫자가 적지 않았다는 것까지도. 게다가 그 선배들이 아이를 낳았던 시절은 출산휴가를 2개월밖에 주지 않던 때였다. 아직 제 몸을 뒤집지도 못하는 아기를 떼놓고 출근하게 했던, 야만의 시절이었다.

내가 첫 번째로 복직했던 부서의 부장은 여성이었다. 그 선배는 복직 후 면담 때 이렇게 말했다.

"아이가 어릴 땐 일을 살살 해도 괜찮아. 오래 버티는 게 중요한 거야. 여섯 시 되면 칼퇴근해."

하지만 일이 많아서 칼퇴근은 어려웠다. 그래도 그때 부장의 그 말은 늘 고맙고 힘이 됐다. 적어도 눈치는 보지 않을 수 있었으니까. 그처럼 복직 후 나를 응원해준 사람들은 대부분 여자 선배들이었다. "힘들지. 지금 정말 힘들 때야. 시간 지나면 점점 나아져"에서부터 "근데 정말 힘드니까 둘째는 낳지 마"까지….

물론 나이가 열 살 이상 차이 나는 선배들과는 같은 여성이더라도 생각이 다를 때가 있었다. 그러나 그 선배들이 없었다면… 과연 내가 이곳에 있을 수 있었을까? 복직 후에는 그 생각을 많이 했다. '저 선배들 덕분에 내가 여기 있다.' 표현한 적은 없지만, 그저 그들이 그만두지 않고 끝까지 다녔다는 것만으로도 고마웠다.

여자가 늘어나면 화장실이 생긴다

여기자가 없던 시절부터 지금까지 회사는, 그리고 우리 사회는 어떻게 달라졌을까. 가끔 '바지 입은 여자'를 묘사하는 글을 읽는다. 직장 내 여성 비율이 늘었다 해도 그 여성들이 '바지 입은 여자'라 남자 상사들과 다를 바가 없다는 이야기다. 정말 그럴까?

SNS 친구의 추천으로 페이스북 COO인 셰릴 샌드버그의 『린 인』을 읽는데, 무릎을 치며 웃은 부분이 있다. 셰릴은 첫째 아이를 임신했을 때 구글에서 일하고 있었다. 임신 3개월이면 끝난다는 입덧이 9개월 내내 계속됐다는 셰릴은 어느 날 어쩔 수 없이 사무실에서 멀리 떨어진 곳에 주차한 후 산처럼 부푼 배를 안고 한참을 걸어 겨우 회의실에 들어갔다고 한다. 그날 밤 야후에서 일하는 남편에게 이 이야기를 했더니 야후에는 각 건물 앞에 임산부 전용 주차 공간이 있다는 얘기를 듣게 된다. 셰릴은 다음 날 구글의 설립자인 래리 페이지와 세르게

이 브린의 사무실로 쳐들어가 회사에 임산부 전용 주차 공간을 가능한 한 빨리 마련해달라고 건의했다. 세르게이는 그 문제를 한 번도 생각해보지 못했다며 곧장 사과하고 바로 조치를 취할 것을 약속했다고 한다.

셰릴은 말한다.

나 또한 내가 임신해서 발이 부어올라 쩔쩔맬 때까지 회사에 임신부 전용 주차 공간이 필요하다는 생각을 하지 못했다. 구글에서 최고참 여성 중역이었으니 당연히 생각했어야 할 문제 아닌가? 하지만 세르게이와 마찬가지로 나 역시 그런 생각을 해본 적이 없었다. 그동안 다른 임신부 직원들은 배려해달라고 요청하지 못하고 묵묵히 불편함을 참았을 것이다. 아마도 자신감이 없거나 직위가 낮은 탓에 문제를 해결해달라고 당당하게 요구하지 못한 것이리라.*

이 부분을 읽으며 새삼 회사 화장실이 생각났다. 입사 초 편집국 화장실은 남자 화장실보다 여자 화장실이 더 좁았다. 기자가 남자만 있던 시절에는 회사에 남자 화장실밖에 없었던 터라 그 공간을 쪼개 여자 화장실로 만들었기 때문이다. 이후

* 셰릴 샌드버그, 안기순 옮김, 『린 인』, 와이즈베리, 2013, 15~16쪽.

시간이 흘러 2011년쯤 편집국 리모델링을 거치고 나서야 여자 화장실이 넓어졌다. 직원들의 불만과 민원이 더해진 결과였을 것이다.

여자가 늘어나면 뭐가 바뀌느냐고? 화장실이 생긴다. 편집국에 남기자만 있던 시절 처음 입사한 여기자는 화장실을 어떻게 다녔을까. 참 단순한 사실이지만 그 선배 덕분에 여자 화장실이 생겼을 것이고 또 여기자가 늘어나니 화장실도 커졌을 것이다.

영화 〈히든 피겨스〉에서 캐서린 존슨은 수학에 천부적인 재능을 지녀 NASA 최초의 우주궤도 비행 프로젝트에 선발된다. 그러나 흑인이라는 이유로 800미터 떨어진 유색인종 전용 화장실을 이용해야 하고, 여성이라는 이유로 회의에서도 배제된다. 사무실에 마련된 공용 커피포트조차 쓸 수 없는 분위기에서도 그는 굴하지 않고 연구에 매진한다. 그러다 어느 비 오는 날, 평소처럼 멀리 떨어진 화장실에 다녀오던 그에게 뭐하다 늦게 오느냐고 상사가 따져 묻는다. 비에 잔뜩 젖은 모습으로 화장실에 다녀오느라 그랬다고 울부짖는 그의 모습에 울컥하고 아득했다.

꼭 그 영화처럼 내가 있는 이 회사에서도 여자 선배들이 있었기에 여자 화장실이 만들어질 수 있었다. 그렇다면 나는 무얼 해야 하나? 임산부 전용 주차장을 만들어야지.

남자에게 "밥은 해줬냐"라고
묻기 시작한다면

호랑이 담배 피우던 시절, 그러니까 남기자가 압도적으로(99퍼센트쯤 되려나) 많았던 시절 편집국에서는 담배도 피웠다고 한다. 요즘은 엄두도 내지 못할 풍경이다.

첫째를 임신했던 때, 회식 날이었다. 남자 선배와 남자 동기가 회식 자리에서 담배를 피웠다. 임신 중이라고 말할까, 말까, 말할까, 말까, 하다가 결국⋯ 말하지 못했다. 그들은 내가 임신 중이라는 걸 몰랐으니 평소대로 담배를 피울 뿐이었다. 당시에는 괜히 분위기를 싸늘하게 만들기 싫다고 생각했지만 지금 생각하면 멍청한 거였다. 그날 그 자리에서는 결국 나와 만만한 남자 동기에게만 말했다. "나 임신했어." 쩔쩔매며 미안해하는 그를 보며 괜찮다고 했지만 이후 그 사건이 떠오를 때면 '왜 그 자리에서 말하지 못했나' 후회가 됐다.

에피소드 하나 더. 결혼 직후였다. 나와 남편은 10여 년 만의 사내 커플이라 사람들의 장난스러운 시선을 꽤 받았다. 남편과 내가 한 엘리베이터에 타자 함께 탄 한 선배가 내게 물었다.

"밥은 해줬냐?"

어떻게 대응해야 하나 고민했지만 이미 내 얼굴엔 기분 나쁘다는 표가 다 난 뒤였다.

"제가 왜 밥을 해줘야 되죠?"

선배는 당황스러워하는 얼굴이었다. 결혼한 지 만 5년이 지
난 지금이라면 그보다는 좀 더 세련되게 받아쳤겠지만 그때는
대뜸 정색을 하고 말았다. 선배의 기분도 좋았을 리는 없는데
다행히도 웃는 얼굴이었다. 그 뒤로 선배는 남편을 볼 때마다
"밥은 해줬냐?"를 장난스럽게 묻기 시작했다.

여자들은 조직의 풍경을 얼마나 바꿨을까. 별것 아니지만
남자에게 '밥은 해줬느냐'고 묻게 하는 것. 거기서부터 시작이
아닐까. 셰릴은 『린 인』에서 이렇게 말한다.

문제를 일으켜봤자 시끄러운 페미니스트라는 소리만 들을 터
였다. 그런 소리는 듣고 싶지 않았다. 여성이 직장에서 겪는 불이
익을 지적하는 것이 푸념하거나 특별대우를 요구하는 행동으로
잘못 해석될까 봐 걱정스러웠다. 그래서 사람들의 말을 무시하고
고개를 숙이고 열심히 일했다.

해가 지나면서 여성 친구들과 동료들이 하나둘씩 직장을 그만
두기 시작했다. 스스로 선택해서 떠나는 여성도 있었고 융통성을
허용하지 않는 회사에 떠밀리거나, 집안일과 육아를 분담하지 않
는 배우자의 요구로 낭패감에 휩싸여 떠나는 여성도 있었다. 직
장에 남아 있더라도 주변의 대단한 기대를 충족시키겠다는 야망
을 줄였다. 여성 리더가 출현하리라는 우리 세대의 희망도 점차

빛을 잃어갔다. 구글에서 근무한 지 몇 년이 지났을 무렵, 이러한 문제가 사라지지 않았다는 사실을 깨달았다.*

내가 성 문제에 관심을 쏟는 이유는 현재 상황을 바꿔야 하기 때문이다. 비즈니스 세계에 진입한 첫 세대 여성들은 문제를 일으키지 않고 조용히 지내며 자신을 조직에 맞춰야 했는지 모른다. 어떤 때는 그것이 가장 안전한 길일 수 있다. 하지만 이러한 전략은 집단으로서의 여성에게는 도움이 되지 않는다. 여성은 자기 목소리를 내야 하고, 자신을 뒷걸음치게 만드는 장애물이 무엇인지 알아야 하고, 해결책을 찾아야 한다.**

사직서를 품고 다니는 여직원들

"우리는 늘 사표를 품고 다니잖아." 비슷한 시기에 아이를 둘 낳은 선배가 말했다. 부정할 수가 없어 같이 웃으며 씁쓸해했다. 일을 좋아하는 것과 일과 육아를 병행하는 것은 다른 문제였는데.

어느 날이었다. 나와 똑같이 아이를 둘 낳은 선배가 회사를 그만둘 수도 있다는 연락을 받았다. 광화문을 걷는 길에 그 연

* 같은 책, 220쪽.
** 같은 책, 223~224쪽.

락을 받은 나는 그 자리에 멈춰 섰다. 내 미래 같아서 아득해졌기 때문일까. 선배를 만나 설득했다.

"왜 그만두려고 해요. 조금만 버텨요."

선배는 울먹이는 목소리로 지쳤다고 말했다. 남의 가족 일에 왈가왈부할 자격이 없다고 생각하면서도 선배에게 말했다

"회사 그만두고 남편 미워하지 않을 자신이 있어요?"

선배는 고개를 가로저었다. 사실 그건 내게 하는 질문이었다. 일-아이-친정엄마의 균형이 무너지면 언제든 일을 그만둬야 할지도 모른다는 두려움을 안고 사는 내게 던지는 질문. 그날 집으로 돌아오는 길은 유난히 발걸음이 무거웠다.

"여성이 국가와 기업의 반을 운영하고
남성이 가정의 반을 꾸려나가야 한다."

남편이 정치부에서 국방부를 담당하고, 내가 문화부에서 문화재를 담당할 때 남편은 회사에서 남자로서의 성역할을 요구받는 걸 힘들어했고, 나는 일-육아를 병행하느라 힘들어했다. 남편을 보면 딱 목수나 기계공학자가 어울리는데 기자를 하며 스트레스를 받는 것처럼 보일 때면 안쓰러웠다. 난 밖을 돌아다니고 네트워크를 넓히는 데 관심이 지대한 사람인

데 사회에서는 남편과 내게 반대의 역할을 강요하니 답답하고 억울했다.

회사를 다니는 게 힘들어도 그만둘 수 없는 남자와 회사를 다니고 싶어도 아이 때문에 다닐 수 없는 여자, 누가 더 불행한가. 아니, 그 불행의 양을 재는 게 의미가 있는가.

2017년 5월 대선을 앞두고 이뤄진 후보 배우자들의 인터뷰 중 기억에 남는 건 단연 정의당 심상정 후보의 남편 이승배 씨의 인터뷰였다.*

'심상정 남편' 역할이 섭섭하진 않았나, 라는 질문에 그는 "심상정 남편? 한마디로 '그게 뭐 어때서? 영광이지!' 하는 생각"이라고 답했다. "제 처가 세상에 긍정적 기여를 하도록 옆에서 돕는 게, 저의 존재 이유의 핵심"이라는 답변은 정말 멋졌다. 그리고 통쾌했다. 여성 정치인과 내조하는 남편이 보여주는 평등한 결합. 심상정 후보가 내세웠던 '슈퍼우먼 방지법'에 대한 설명을 그의 남편에게서 듣는 것은 짜릿한 일이었다.

남녀가 조화롭게 어울리는 것이 조직, 나아가 이 사회의 건강에 좋다. 그게 회사에서도, 국회에서도, 고위 공직자의 세계에서도 여자들이 절반을 차지해야 하는 이유다. 선배들이 버틴 덕분에 나는 둘째까지 육아휴직 1년씩, 총 2년을 썼다. 내 여자

---

* 김혜영, "심상정 남편으로 불리는 것? 영광이죠!", 〈한국일보〉, 2017년 3월 20일.

후배들은 더 나아가 남편과 함께 육아휴직을 쓸 수 있기를 바란다. 또 내 남자 후배들은 육아휴직 기간 동안 직접 아이를 키우는 기쁨을 누리길 바란다. 내가 팀장급 선배가 되면 남자 후배들에게 말하고 싶다. "얼른 집에 들어가서 애 봐!"

선배 세대의 서사는 '버티는 것이 이긴다'였다. 그러나 우리 세대의 서사는 버텨내는 것으로 끝나서는 안 된다. 손을 잡고 연대하고 말하면서 해결 방법을 찾아야 한다. 『린 인』에 담긴 메시지는 간명하다. 여성은 집 밖에서 '린 인(도전)'하고 남성은 집 안에서 '린 인'하며 적성을 찾아 행복하게 살라는 말이다. 나는 평생 바깥일을 하며 실 것이고 내 부족한 부분은 남편이 메꿔줄 것이다. 나도 남편의 부족한 부분을 메워주며 살면 되는 일이다. 그리고 내 아들들이 행복하게 살 수 있도록 관심을 기울이고 그게 성역할로 고정되지 않도록 도와줄 것이다. 풀타임 육아가 아들의 적성이라면 응원하는 엄마, 그런 엄마가 되고 싶다.

『린 인』의 문장들을 좀 더 옮겨 적어본다.

정말 평등한 사회라면 여성이 국가와 기업의 반을 운영하고 남성이 가정의 반을 꾸려나가야 한다. 이것이 내가 좀 더 바람직하다고 생각하는 사회의 모습이다.*

아이를 데리러 학교에 오는 아버지가 늘어나고 직장에서 일하느라 바쁜 어머니의 모습을 보고 자라는 아이들이 늘어날수록 아이들은 자신에게 주어진 더욱 많은 선택 사항에 대해 생각할 수 있을 것이다. 이러한 세상은 여성에게 성을 근거로 기대하지 않고 개인적인 열정과 재능, 흥미를 기준으로 기대할 것이다.**

내 아들이 풀타임으로 자녀를 키우는 중요한 일을 하고 싶어 하더라도 그 뜻을 존중받고 도움받을 수 있기를 희망한다. 내 딸이 집 밖에서 풀타임으로 일하기를 원하더라도 그 뜻을 존중받고 도움받을 뿐 아니라, 딸이 성취한 일들에 대해 타인의 사랑을 받을 수 있기를 희망한다.***

* 같은 책, 20쪽.
** 같은 책, 254쪽.
*** 같은 책, 259쪽.

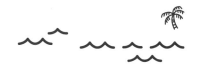

워킹맘,
전업맘,
경단녀는
같은 이름이다

워킹맘도 수만 가지, 전업맘도 수만 가지

둘째 출산을 3주쯤 남겨두고 출산휴가에 들어갔을 때는 만삭의 몸으로 유치원에 첫째를 데리러 갔다. 두진이는 엄마가 온다며 매일 신나했지만 난 매일 우울했다. 유치원 현관 앞에는 10명이 넘는 엄마들이 아이 하원을 위해 대기하고 있었다. 할머니는 몇 명 보이지 않았다. 병설유치원에 다닌 두진이는 오후 1시 30분이면 일정이 끝났다. 처음 하원할 때는 두진이를 기다리면서 '아니, 도대체 이 시간에 어떻게 엄마들이 이렇게 많지. 목동 집값을 버티면서 외벌이로 사는 사람들이 이렇게나 많단 말인가. 다 금수저인가' 별의별 생각이 다 들었다. 게다가 아는 엄마들이 없으니 '워킹맘은 소외당하는 건가' 하는 생각까지 들어 더 울적했다.

여름방학을 하던 날, 두진이와 같은 반인 친구가 "두진아 같이 놀자. 우리 집에 초대할게"라고 했다. 두진이는 신나서 친구들을 따라갔는데, 내가 다른 엄마들과 잘 몰라서 민망했던 순간도 있다. 엄마들이 초대해주지 않는 이상 난 갈 수 없는데. "두진아 어디 가~" 하며 집에 데려오는 동안 아이는 친구 집에 가고 싶다며 투정을 부렸다. 과연 내가 아이 둘을 기를 수 있을까 또 우울해졌다. 나는 무슨 배짱으로 둘이나 낳았는가.

그러나 시간이 흐르면서 두진이의 친구 엄마들과도 자연스레 친해졌다. 매일 얼굴을 보다 보면 자연스럽게 친해질 수 있는 것을 괜히 걱정한 셈이었다. 알고 보니 다들 '전업맘'도 아니었다. 지난번에 두진이를 자기 집에 초대한다며 날 곤란하게 했던 아이의 엄마도 나와 같은 '육아휴직자'였다. 주말 근무가 많아 평일에 휴무가 많은 직종에서 일하는 엄마, 오전에만 일하는 엄마 등 엄마들의 상황은 다양했다.

그때 깨달았다. 정책을 설계하는 정부와 언론이 뭉뚱그려 지칭하는 '전업맘' '워킹맘'은 잘못된 구분이라는 걸. 5시면 퇴근하는 초등학교 선생님과 8~9시(일 터지면 11~12시)에 겨우 퇴근하는 나, 자정 무렵 겨우 퇴근해 돌아오는 또 다른 누군가가 '워킹맘'이라는 하나의 이름으로 묶일 수는 없다. 워킹맘도 수만 가지 종류가 있다. 집에서 창업을 꿈꾸며 오전에만 일하는 엄마는 '전업맘'인가, '워킹맘'인가?

한때 내가 '전업맘'으로 오해했던 다른 엄마들은 선생님, 간호사, 한복 디자이너, 승무원 등 다양한 직업군에 속해 있었다. 요즘은 우리끼리 농담처럼 말한다.

"육아와 일을 병행하기가 이렇게 힘든데, 기댈 수 있는 친정 엄마나 시엄마 없으면 결국 '경단녀' 되는 거지."

"우리 언니는 그러던데요? 아직 애가 다섯 살이면 겨우겨우 회사에 붙어 있을 때라고. 초등학교 가면 떨어져나가는 사람 더 늘어난다고요. 그래서 우리 언니도 그만뒀잖아요."

전업맘도 알고 보면 다 경단녀

"큰애가 여섯 살이면 아직 버틸 때죠. 큰애 초등학교 가고 둘째까지 엄마를 찾기 시작하면 버티기 힘들어져요."

한 엄마는 그렇게 말했다. 양가 모두 육아를 도와줄 수 없었던 그 엄마는 결국 자신이 일을 그만뒀다고 했다.

"차라리 속 편해요. 일하면서 전전긍긍하는 게 너무 싫었어요. 아이 보러 가야 하는데 도와줄 사람은 없고 발만 동동 구르는 게 너무 힘들었어요. 지금은 아이들하고 오래 있을 수 있으니까 좋기도 하고요. 맨날 야근하던 삶에서 벗어나서 좋아요."

'전업맘'들도 처음부터 전업주부는 아니었다. 알고 보면 '경단녀'인 경우가 더 많다. 엄마들과 친해지면서 알게 된 건 다들 자기 일에 자부심이 대단하다는 거다. 무엇보다도 다들 자기 일을 좋아한다.

1970년대 후반~1980년대 초반에 (그리고 그 이후에) 태어난 내 주변의 여성들은 다들 비슷하게 자랐다. 남자랑 똑같이 공부하고, 경쟁하고, 전교 회장을 해본 사람도 있을 것이다. 대학 때까지는 똑같았다. 취직하면서부터 '성별'이 문제가 된다는 걸 깨달았지만 그래도 일하며 사는 삶을 꿈꿨다는 건 다들 비슷했을 것이다. 그게 한때는 '꿈'이라고 불리는 그것이었을 것이다.

그런데 아이를 낳고 보니 생각지도 못한 문제에 맞닥뜨린다. 육아와 일의 병행이 불가능에 가깝다. 이 사회가 여전히 여성에게 가사와 육아를 떠넘기며 남성 뒤로 한 발 물러나라고 말한다는 걸 뒤늦게 깨닫는다. 아니, 어렴풋이 알고는 있었는데 이 정도일 줄은 몰랐다. 하지만 그때는 이미 늦은 때다.

한 엄마는 또 말했다.

"이제 가늘고 길게 가야죠. 다행히 친정엄마가 도와주셔서 지금은 버티고 있지만… 언제까지 버틸 수 있을까요. 그래도 은행 빚 생각하면 일을 놓을 수가 없어요. 그사이 방치되는 우리 애 생각하면…."

'워킹맘'이라는 말의 숨겨진 의미

흔히 워킹맘은 일과 육아를 다 해낸다며 대단하다고들 하지만 그 말의 이면에는 돌봄노동을 '여성의 일'이라 생각하고 가치 있게 여기지 않는 사회의 시선이 숨어 있다. 이런 사회에서 그 일의 가치를 혼자서 드높이기는 쉽지 않다. 전업맘들은 그래서 워킹맘과는 또 다른 괴로움에 시달린다.

시어머니는 '회사 다니는 엄마'인 내게 "집에서 그냥 놀면 얼마나 좋을꼬?"라고 하신다. 그 말에 난 "어머니, 아이 돌보는 게 더 힘들어요. 일이 더 쉽죠"라고 답한다. 어머니가 나를 안쓰럽게 생각해서 하시는 말씀인 건 알지만 그 세대의 많은 여성들이 자신이 평생 해온 일을 '논다'고 말하는 게 서글프다.

정치하는엄마들 공동대표인 조성실 언니는 자신의 글에서 "워킹맘이라는 표현이 정말 싫다"라고 쓴 적이 있다. 그 문장을 읽었을 때 머리를 한 대 맞은 것 같은 기분이 들었다. 맞다. '밖에 나가 일하는 엄마'만 일하고 있는 것은 아닌데. 밖에서 일하는 엄마를 '워킹맘'이라고 하면 집에서 아이를 돌보는 엄마는 일을 안 하고 있다는 뜻 아닌가. 조성실 언니는 '워킹맘' 대신 '취업모'라는 단어를 썼다. 그렇다. 나도 그저 임금노동을 하고 있을 뿐이다. '워킹맘'이라는 말에 숨겨진 가사노동과 육아에 대한 경시를 몰랐던 건가.

두 번의 육아휴직 동안 주변 사람들에게서 "잘 쉬어" "쉬어서 좋겠다"라는 말을 들으면 분했다. '쉬긴 뭘 쉬어. 하루 종일 신생아랑 있어봐라' 속으로 생각하며 입술을 꼭 깨물 때 엄마 생각을 많이 했다. 전업주부로 평생을 산 스스로를 '놀았다'고 표현하는 우리 엄마. 그러나 나조차도 휴직하기 전 일기에 이런 말을 썼었다. "이제 내가 성취라 믿어온 것들은 잠시 멈추겠지만"이라고. 도대체 이 '성취'의 기준은 어디에서 오는 걸까. '좋은 회사 직원으로 살라'는 성취의 기준을 별생각 없이 받아들였던 십 대, 그리고 이십 대의 나를 돌아보는 요즘. 그 성취의 기준이 흔들리는 요즘. 나는 아이들에게 어떤 성취를 지향하라고 가르쳐야 하는지 헷갈린다.

엄마들을 전업맘, 워킹맘으로 구분하지 마세요

맞춤형 보육 논쟁 때, 아이를 어린이집에 보내는 전업맘을 이해할 수 없다고 말하는 사람들에게 물어보고 싶었다. 엄마는 하루 종일 아이만 돌봐야 하는가? 아이 때문에 어쩔 수 없이 집으로 돌아간 '경단녀'들은 아침부터 밤까지 아이만 돌봐야 하는가? 공부를 하든 취업 준비를 하든 자기 시간을 좀 가지면 안 되는가 말이다. 정말 답답할 때는 친구를 만나 커피숍에서 브런치 좀 먹으면 안 되나. 나 또한 육아휴직 중에는 치과 치료 한 번 받기가 힘들었다. 제 몸에 달라붙어 있는 작은 아기 때문에 치과 진료도 못 받는 게 '엄마의 신세'다.

기끔 '워킹맘의 성공 서사'를 읽는다. 대부분 '할머니 육아' 덕분에 성공까지 갈 수 있었던 얘기들이다. 어느 회보에서 워킹맘이 자식 대학 잘 보내는 방법을 알려주는 글을 읽었을 때는 울적했다. 구조의 문제는 건드리지 않은 채 개인이 치열하게 적응해 성공했다는, 당신도 성공할 수 있다는 메시지를 읽을 때면 답답했다. 이제 난 그런 성공 서사가 지겹다. 내 아이들에게 이 잘못된 구조 안에서 어떻게 살아야 유리할 수 있다고 가르치고 싶지 않다.

소설 『82년생 김지영』에서 주인공 김지영은 1,500원짜리 커피를 사 먹었다가 어떤 남자들이 자신을 '맘충'이라고 욕하는 목소리를 듣는다. 현실도 다르지 않다. 회사의 토요판 신문에 여성이 아이 키우다 소진된다고 기사를 썼더니 '외벌이하며 아껴 쓰라'는 댓글이 달렸다. 여자들은 일하러 나가면 '욕심 많은 여자'라고 비난받고 집에 있으면 '논다'고 비난받는다. 외부에서는 '맘충'이라고 비난하고 우리끼리는 '워킹맘' '전업맘' '경단녀' 구분해가며 상처받는다. 대체 왜 모든 비난은 엄마를 향하는가. 전업맘에게는 '논다'고 말하고 워킹맘에게는 '죄인'

의 굴레를 씌우는 세상이니 아이가 태어나지 않는 거다.

'전업맘' '워킹맘' '경단녀'는 같은 이름이다. 여자들도 좋아하는 일을 하며 살 수 있다고 가르쳤으나 실제 현실은 그렇지 않다는 모순 때문에 생긴 구분일 뿐이다. 친정엄마나 시엄마가 아이를 돌봐줄 수 있으면 '워킹맘', 돌봐줄 사람이 없으면 '전업맘', 버티다 버티다 떨어져나가면 '경단녀'가 된다.

두진이의 유치원 친구 엄마 중에는 출산 전에 했던 일을 놓지 않으려고 오전에 열심히 한복 디자인을 해서 인터넷으로 판매하는 엄마가 있다. 그가 블로그에 올려둔 한복 디자인이 얼마나 아름다운지 사진만 보고도 반할 정도다. 그가 그 일을 얼마나 좋아하는지, 얼마나 최선을 다해 디자인하고 바느질하는지 설명하는 표정을 보고는 두 번 반할 수밖에 없었다. 그런 그를 잘 모르는 사람들은 오후 1시 30분에 아이 둘을 데리러 온다는 이유로 그를 '전업맘'이라 생각하겠지만, 좋아하는 일을 말하는 그의 표정은 아침부터 밤까지 회사에 있는 나와 똑같다. '전업맘' '워킹맘' '경단녀'… 우리는 그렇게 손쉽게 구분되지 않는다.

4부

아이는 자라서 사회가 된다

아들을
잘 키워야
세상이
변한다

아들도 가정주부가 될 수 있다

딸을 낳고 싶었다. 임신 사실을 알았을 땐 딸을 낳는 꿈을 꾸기도 했다. 그래서 두진이가 아들이라는 걸 알았을 때는 아쉽기도 했다. 아들이라니. 아들이라니! 오랫동안 딸을 낳는 장면을 상상했는데…. (두진아 미안해. 엄마는 널 정말 사랑한단다!) 어쨌든 나는 현재 아들 둘 엄마다. 아들을 낳아보니 예뻐서 어쩔 줄 모르는 '아들 바보' 엄마가 됐다.

가끔 둘째를 왜 낳았느냐는 질문을 받는다. '헬조선'에서 첫째만으로도 충분히 힘들었을 텐데 어째서 둘째를 낳았느냐고. 정말 솔직하게 말하면 딸을 낳고 싶었다. 왜 그렇게 딸이 낳고 싶었냐고? 내 딸은 나와 다르게 살게 하고 싶어서. 대학에 다닐 때도 가끔 딸을 낳는 상상을 했었다. 소심하고 걱정 많고 두려움 많던 나와는 다르게 진취적으로 세상을 만나는 '여성'을 키우고 싶었다. 어쩌면 나 자신에 대한 아쉬움을 딸을 통해 해소하고 싶었는지도 모르겠다.

그런데 그 말을 뒤집어 생각해보면 아들을 '진취적'으로 키우고 싶다는 생각은 해보지 못했다는 뜻이기도 했다. 어느 글에서 이런 이야기를 읽은 적이 있다. 딸을 키우는 방법을 아무리 바꿔도 아들을 예전처럼 키우니 세상이 바뀌지 않는다고. 딸에게는 남성이 하는 일을 다 할 수 있다고 가르치지만 아들에게는 여성이 하는 일을 할 수 있다고 가르치지 않는다. 딸에게는 우주 비행사도, 정비공도 될 수 있다고 가르치지만 아들에게는 가정주부가 될 수 있다고 가르치지 않는다.

"치마는 여자가 입는 거잖아."

두진이와 그림책을 볼 때면 책 주인공을 두진이로 바꾸어 읽어줄 때가 있다. 하루는 여자 주인공을 두진이로 바꿔 읽어주는데 가만히 듣던 아이가 "아냐 엄마, 나는 남자잖아"라고 말했다. 뭐가 아니라는 건지 "응?" 하고 대답하니 아이가 말한다. "치마는 여자가 입는 거잖아."

순간 눈이 커졌다. 이제 여섯 살인데 벌써 성역할에 대해 알고 있는 건가? 여자는 치마를 입고 남자는 바지를 입는 걸로 아는 정도일까?

"아냐, 두진아. 남자가 치마 입을 수 있어. 유럽의 어느 나라는 남자도 치마 입거든."

일곱 살이 된 두진이는 어느 날 나와 목욕을 하다 물었다.

"엄마, 엄마는 왜 고추가 없어?"

드디어 이 어려운 질문을 맞대는 순간인가. 뭐라고 대답해야 할지 몰라 꾸물거리다 타이밍을 놓쳤다. 나중에서야 성교육 전문가 선생님의 설명을 듣고 알게 됐다. 그럴 땐 중립적인 언어를 사용해 답해줘야 한다는 걸. 다행히 두진이는 어느 날 같은 질문을 다시 해왔고 나는 답할 수 있었다.

"두진아, 엄마 고추는 음순이라고 부르는데 안 보이는 곳에 있어. 두진이 고추는 음경이라고 부르고. 음경이랑 음순은 아기씨가 있는 곳이니까 먼 훗날 아기를 낳을 때까지 소중하게 생각해야 하는 곳이야."

앞으로 이런 질문을 얼마나 더 많이 맞닥뜨려야 할까. 아득했다.

두진이를 키우면서 파란색 옷을 많이 입히고 싶지 않았다. 남녀 성역할을 구분 짓는 장난감도 많은데 아이에게 성에 대한 고정관념을 엄마인 나부터 주입하고 싶지 않았다. 그래서 일부러 분홍색, 보라색, 노란색 등 다양한 색의 옷을 많이 입혔다. 아이가 다양한 색을 접하면서 어느 색이든 자신의 색일 수 있음을 알았으면 하는 마음이었다.

하지만 내 마음처럼 키울 순 없었다. 이미 애니메이션에서부터 남녀의 성역할을 구분하기 때문이다. 〈뽀롱뽀롱 뽀로로〉만 봐도 뽀로로, 크롱, 에디, 포비, 로디 등 남성 캐릭터는 숫자도 많고 성격도 다양하지만 여성 캐릭터는 루피와 패티 둘뿐에다가 성격도 전형화돼 있다. 패티는 그나마 적극적인 성격으로 묘사되지만 루피는 매일 친구들에게 음식을 해주고 친구들이 맛있게 먹기를 기대하는 성격으로 묘사된다. 요리를 좋아하는 소녀인 만큼 친구들이 맛있게 먹어주지 않으면 삐치는 에피소드도 많다. 왜 친구한테 요리를 만들어줄까. 아니, 왜 요리를 만드는 건 항상 여성의 목소리로 묘사되는 캐릭터들일까. 〈로보카폴리〉도 마찬가지다. 주인공 폴리, 로이, 헬리, 엠버 중 남성 캐릭터는 셋, 여성 캐릭터는 하나다. 여성이 항상 보조적인 역할을 부여받는 것도 여전하다.

아이는 유치원이라는 사회에서 선생님의 교육, 아이들과의 교류를 통해서도 성역할을 배우기 시작했다. 대중매체, 또래집단, 학교 교육 등 부모 영역을 벗어나는 곳이 한두 군데인가. 치마는 여자가 입는 거라는 말은 어디서 배워왔을까. 난 가르친 적이 없는데. 갑자기 아득해졌다. 내가 아무리 성평등적으로 기르려고 해도 이 사회가 기울어져 있다면 아이는 기울어진 내용을 많이 배우겠구나. 부모가 할 수 있는 교육은 생각보다 많지 않겠구나.

"초등학교 때까지는 참 예쁘던 남자애들도 중학생만 되면 변하더라고요." 두 딸이 고등학생인 한 언니가 말했다.

"어떻게요?"

"성적으로 비하하는 욕은 기본이고요. 말도 못해요."

상상하고 싶지 않았다. 우리 아들들도 학교에 가면, 더 큰 사회에 나가면 똑같이 배우겠지. 인정하고 싶지 않지만 내 마음대로 키울 수 없다는 건 어느 정도 알고 있으니까.

아들 둔 엄마가 제일 경계해야 할 말
"네가 좋아서 그러는 거야."

성역할은 사회적으로 학습하는 게 크겠지만 아이를 낳아보니 남자와 여자는 다른 존재이긴 하다. 물론 개인차도 있겠지만 이것 하나는 확실히 말할 수 있다. 남자는 여자보다 몸을 더 많이 쓴다. 운동량이 훨씬 많고 부산하다. 그렇다보니 남자아이들은 몸으로 더 많이 놀고, 그렇게 노는 만큼 갈등도 잘 생긴다. 밀고 싸우고 넘어지고 등등. 여자애들보다 상대적으로 다칠 위험이 더 높다.

아들을 키우다 보니 학교 폭력이 남의 일 같지가 않다. 두진이는 여자애들에 비해서는 몸을 많이 쓰지만 활동적인 남자애들에 비해서는 정적인 편이다. 가만히 서서 기계의 운동 원리를 탐구하는 등 관찰하기를 좋아하는 아이라 몸을 쓰며 노는 아이들에게 밀릴 때도 많다. 그 때문에 힘쓰는 남자애들 사이에 있다가 두진이가 넘어지기라도 하는 모습을 보는 순간이면 내 마음에서 이런 소리가 들린다.

'밀리지 마, 두진아! 너도 밀어야지!'

부모가 되고 보니 자식이 약자가 되는 걸 보는 일은 정말 힘든 일이다.

아이가 다쳐서 돌아왔을 때, 혹여나 폭력을 당했을 때 나는 뭐라고 말해야 할까. "너도 똑같이 혼내줘"라고 해야 할까. 아이가 학교 폭력의 피해자가 된다면? 생각하고 싶지도 않지만 미리 연습해본다.

"네 잘못이 아니야. 네 잘못이 아니야. 폭력을 쓰는 사람이 나쁜 거지, 네 잘못으로 폭력을 당한 게 아니야. 너는 아무 잘못이 없어."

물론 내 아이가 가해자가 될 수도 있다. 이준이가 돌을 지나 본격적으로 몸을 쓰기 시작하니 형이 만들어놓은 레고나 블록을 망가뜨리기 일쑤였다. 그럴 때면 두 아들 사이에 전쟁이 벌어진다. 형은 동생의 머리통을 쥐어박고, 머리통을 맞은 동생은 울고, 나는 "형 장난감을 다 망가뜨리면 어떡해" 하고 이준이에게 말하고 "아무리 화가 나도 사람을 때리면 안 되는 거야" 두진이에게도 주의를 준다.

동생을 때리는 것은 걱정 축에도 안 들지만 동생을 때리는 습관이 들어 친구를 때리면 어떡하나 하는 걱정이 올라오기 시작했다. 두진이에게는 계속 주의를 준다. 때리는 것은 안 되는 일, 폭력은 나쁜 것이라고. 그리고 이야기한다. "엄마는 두진이가 이준이를 때려서 이준이가 아픈 것보다 두진이가 다른 사람을 때리는 나쁜 사람이 될까 봐 *그*게 더 무서워."

피해자든 가해자든 폭력에 대한 대처를 가르치는 일이 이렇게 어마어마한 일인지 몰랐다. 그러던 어느 날, 유치원 놀이터에서 문득 깨달았다. 남자애들에게 절대 해서는 안 되는 말을. 한 엄마가 자신의 아들이 친구에게 모래를 뿌리자 이렇게 말했다.

"○○이가 친구가 좋아서 그런 거야."

그 말을 듣고 아찔했다. 데이트 폭력, 가정 폭력의 가해자들은 말한다. "너를 사랑해서 그런 거야." 6세 아이 앞에서 너무 앞서 나가는 것 아니냐고? 아니다. 어릴 때부터 이런 인식이 쌓여서 아이들의 관념이 굳어진다. 아들을 키우는 엄마들은 이렇게 말해야 한다.

"다른 사람이 아프다고, 싫다고 하면 하지 않는 거야. 네가 좋더라도, 네가 즐겁더라도 다른 사람이 싫어하는 행동은 하지 않는 거야."

딸을 아무리 예전과 다르게 키운다고 해도 아들을 예전과 똑같이 키우면 세상은 달라지지 않는다. 왜 아들은 호방해야 하는가. 왜 아들이 친구를 괴롭히는 것은 그럴 수 있다고 말하는가. 아들의 폭력에 대한 감수성부터 키우자. 다른 사람이 싫어하면 멈추도록 하는 것, 다른 사람이 싫어하는 행동은 하지 않도록 교육하는 것. 거기서부터 시작이다.

그때와 똑같이 키우면 앞으로도 힘들다

한국 사회가 아들과 딸을 다르게 키우기 때문에 집안일 지능도 달라진다. 나와 비슷한 시기에 결혼한 친구들은 이구동성으로 말했다.

"도대체 남자들은 왜 집안일을 못한다는 거야? 나도 집안일 거의 안 해봤다고!"

한 친구는 남편이 도대체 왜 집안일을 못하는지를 결혼 후 6개월 동안 궁금해하다가, 시어머니를 관찰한 결과 그 이유를 알아냈다고 했다.

"형제가 싸우지 않았으면 하는 마음에 생선을 한 마리씩 따로 접시에 담아주고, 일일이 살을 다 발라줬다고 하시더라고. 그렇게 다른 사람이 해주는 걸 당연하게 여기면서 살아왔는데, 서른 넘어서 갑자기 집안일을 잘하게 되는 건 불가능한 일 아니겠어?"

우리 사회에서 성역할에 대한 인식은 아직도 남성은 바깥일을 해 돈을 벌어오고 여성은 집에서 살림을 하며 아이를 키우는 1980년대 이전에 머물러 있다. 그리고 대부분 그런 남성을 기른 것은 여성인 '엄마'다. 엄마들이 아들과 딸을 다르게 길렀기 때문에 아들이 집안일을 잘 못하는 것이다. 또한 같은 남성인 아버지가 집안일을 하는 모습을 보지 못하고 자랐는데, 결혼을 한다고 해서 갑자기 집안일을 할 수 있을까? 어려운 게 당연하다. 그러니 남자든 여자든 어릴 때부터 집안일을 할 수 있도록 키우는 게 중요하다.

우리 집도 마찬가지였다. 아빠는 밖에서 일을 했고 엄마는 살림을 하며 나와 동생을 키웠다. 엄마는 늘 말했다. "나는 평생 솥뚜껑 운전을 했지." 엄마는 가사노동을 귀하게 대하지 않는 사회에서 자신이 하는 일이 중요하다는 생각을 해보지 못했다. 하지만 엄마가 하는 귀한 일이 아니었다면 아빠는 어떻게 살 수 있었을까. 엄마의 노동이 귀하다는 걸 이 사회는 왜 애써 모른 척하고 있는 걸까.

나 또한 어릴 때 아빠가 집안일을 하는 모습을 거의 보지 못했다. 아빠가 집안일을 하지 않는 모습을 보고 자랐다면 그 일은 여성의 몫이라고 생각하는 게 당연하지 않을까. 그래도 나는 꽤 당돌한 어린이였나 보다. 내가 초등학교 6학년이고 동생이 초등학교 3학년이었을 때다. 엄마는 내게 말했다.

"밥상에 수저 좀 놔라."

그 말을 들은 나는 무언가 잘못됐다고 생각했다. 당시는 초등학생도 시험을 보던 시대. 나는 시험 준비를 하고, 시험을 보지 않는 동생은 텔레비전을 보며 놀고 있는데 왜 내가 그 일을 해야 하는가? 엄마에게 말했다.

"엄마, 영주는 놀고 나는 공부하는데 왜 내가 해야 돼?" 그 이후부터였을 것이다. 엄마는 동생에게 시키지 않는 일은 내게도 시키지 않았다. 어린 나는 다짐했다. 아들이 하지 않는 일은 나도 하지 않을 거야!

내게는 남동생뿐이라 어릴 때부터 성차별에 민감했다. 어른들의 성차별적 인식을 마주한 게 한두 번이 아니었기 때문일 것이다. 부모님이 나와 동생을 크게 차별한 기억은 없지만 할머니 할아버지에게서는 '남아 선호 사상'을 읽어내곤 했다. "아이고, 아들은 하나 있어야지" 같은 말. 그런 말을 옆에서 듣고 있으면 내 존재가 작아지는 것 같았고 여자인 내가 뭔가 부족한 존재인 것 같은 기분에 사로잡혔다. 동생 보고 "꼬추 좀 보자" 하는 어른들도 많았다. 명백히 성희롱이었지만 동생은 반강제로 바지를 내려야 했고 나는 내가 가지지 못한 것(?)에 대해 어떻게 생각해야 하나 혼란스러웠다.

엄마와 엄마 친구와 산부인과에 갔던 날도 기억한다. 엄마 친구는 이미 딸 둘을 낳아 셋째는 아들을 낳고 싶어 했다. 엄마 친구는 산부인과 의사에게 물었다.

"아들인가요?"

의사가 뭐라고 답했는지는 기억나지 않는다. 다만 어린 내가 '배 속의 저 아이가 여자애라면 죽을 수도 있겠구나' 하고 생각했던 게 기억난다. 낙태라는 게 무엇인지도 모르던 때의 일이다.

초등학교 3학년 때의 일도 기억한다. 내가 반에서 회장이 됐고 부회장은 남자애가 됐다. 어느 청소 시간, 부회장이 떠드는 사람 이름 적기를 하고 나는 청소를 하는데 무언가 잘못됐다는 생각에 담임 선생님께 물었다.

"제가 회장이고 ○○이는 부회장인데 왜 부회장이 이름 적기를 해요?" 지금 생각해도 당돌했다. 선생님은 당황했는지 대충 얼버무리며 넘어갔던 것 같다. 연세가 좀 많은 선생님이었는데, 남자가 회장을 하는 것이 반 분위기에 좋다고 생각하는 것 같았다. 어려도 그런 분위기쯤은 눈치챌 수 있었다.

그때는 그랬다. 그 아이들이 자라 지금 우리 사회를 이루고 있다. 그러니 그때처럼 아들과 딸을, 여자와 남자를 다르게 키우면 앞으로도 세상은 달라지기 어렵다. 변화는 여자아이들이 비행기 조종사가 될 수 있다고 생각하는 것에만 해당되지 않는다. 남자아이들도 살림과 육아가 자신의 적성에 맞는다고 말할 수 있어야만 세상은 변할 것이다.

일단 아빠가 집안일을 열심히 하는 모습을 보이는 것은 '디폴트'다. 적어도 우리 집에선!

아들들을 울게 하라, 아빠들이 모범을 보여야 한다

아들들을 낳고 생긴 새로운 고민은 '어떻게 징병제를 완화할 것인지'다. 폭력의 극단에 있는 군대를 꼭 가야 하는 사회. 아들들이 군대라는 공간에서 폭력을 맞대고 상명하복의 질서에 순응하게 된다는 게 나는 진정 끔찍하다. 전쟁을 준비해야 하는 세계관을 배워야 하는 공간, 상명하복의 세계를 남자라면 모두 다 겪어야 하는 사회가 옳은 걸까.

여성도 군대에 가야 한다는 주장에 대해서는 섣불리 말하기가 어렵다. 남자가 군대를 간다면 여자도 그만큼의 사회 복무가 필요하다는 의견에는 동의한다. 그렇지만 그 결론이 '남녀 모두 군대에 가야 공평하다'는 아니라고 생각한다. 궁극적으로는 모두가 군대에 가지 않아도 되는 평화로운 세계를 꿈꿔야 하지 않을까. 그런 세계가 단숨에 열리기 어렵다면 적어도 군대를 가는 것을 선택할 수 있는 사회가 되어야 하지 않을까.

나는 아들들에게 말해주고 싶다. 울고 싶을 때 우는 사람이 되라고. 믿을 만한 사람 앞에서 우는 건 나쁜 게 아니라고. 사람이 감정을 진솔하게 드러내고 살 수 있어야 행복해질 수 있는 것이라고. 우두머리에게 복종해야 하는 세계도 있지만 사람이 사람을 믿고 의지하며 서로 어깨를 내어주는 세계도 있으니 부디 그런 세계를 지향하는 사람이 되었으면 좋겠다고. 그러기 위해서는 많이 울어야 한다고. 자신의 감정을 숨기는 일이 멋있는 거라고 생각하지 않았으면 좋겠다고 말해주고 싶다. 동시에 여성의 시선으로 세상을 바라보게 하고 싶다. 약하고 아픈 것, 소외되고 슬픈 것들의 시선으로.

크고 작은 권력을 무기로 다른 사람에게 폭력을 휘두르지 않는 사회, 성별에 따라 고정된 삶을 살지 않는 사회를 꿈꾼다. 이런 삶이 해방시키는 것은 딸뿐만이 아니다. 쓸데없이 무거운 짐을 지고 살아야 했던 아들들의 해방이기도 하다. 모든 아이가 그 존재 자체로 사랑받으며 그 아이들이 다른 사람 또한 있는 그대로 존중하고 사랑할 수 있기를.

그래서 남편을 많이 울리려고 한다. 아빠가 자신의 감정에 진솔한 모습을 많이 보인다면 아들들도 그런 모습이 당연하다고 생각할 테니 말이다. 남편이 속마음을 드러내놓고 살 수 있도록 물심양면 돕고 싶다.

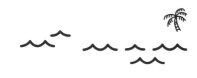

유치원 운영위원을 하는 이유: 모든 게 정치니까

소리원에 있어도 투표는 해야지

두진이는 2012년 12월 3일에 태어났다. 그해 대통령 선거가 12월 19일에 있었다. 아이를 낳은 지 보름밖에 지나지 않은 때였지만 투표를 꼭 해야겠다고 생각했다. 조리원에서는 추운 겨울 찬바람을 쐬는 걸 우려했지만 꽁꽁 싸매고 최대한 빨리 다녀오겠다는 내 말에 외출을 허락해주었다.

'독재자의 딸'이 대통령이 되는 걸 보고만 있을 순 없었다. 모두 다 그녀가 선거의 여왕이라고 떠받들었지만 내 눈엔 사회생활을 한 번도 해보지 않은 고립된 공주처럼만 보였다. '경제 민주화'라는 그의 구호는 거짓말처럼 느껴졌다. 정치인은 구호가 아니라 살아온 삶으로 자신이 펼칠 정치를 보여준다고 생각했기 때문이다. 실제로 박근혜 정권 동안 재건축 연한이 40년에서 30년으로 단축됐고, 부동산 가격은 치솟았다. 나는 매일 '이 땅에서 내가 아이들과 살 수 있을까' 걱정하며 전전긍긍하는 밤을 보냈다.

조리원에서 대통령 선거 결과를 지켜보던 난 남편의 위로로 겨우 우울함을 달랠 수 있었다. 산후조리 중에도 꽁꽁 싸매고 투표를 하러 갔건만 내 한 표로는 어떻게 할 수 없는 일이었다. 내 옆에는 세상에 태어난 지 이제 고작 보름 된 두진이가 있었다. 감히 희망을 말해도 되는 걸까. 아이를 안고 울고 싶어지는 것을 참아야 했던 밤이었다.

조리원에서 두진이는 결핵 예방을 위한 BCG 예방주사를 맞아야 했다. 작디작은 어깨에 주삿바늘이 들어가는 걸 보다 눈물을 흘렸다. '산다는 게 이렇게 고난과 고통의 연속일지도 모르는데 엄마는 널 이 세상에 불러냈구나. 미안해.' 주사 맞은 어깨의 알코올을 말려야 한다고 아기 팔을 잡고 있다가 그 작은 손에 내 엄지손가락을 넣었는데 아기가 내 손가락을 움켜쥐었다. '아이야, 엄마가 네가 기댈 수 있는 사람이 될 수 있을까.' 왈칵 눈물이 쏟아졌다. 아이를 낳은 지 얼마 되지 않아서였을까. 눈물이 너무 흔했다.

결국 남편과 통화하면서 '왜 이런 세상에 아기를 내놓았는지 모르겠다'는 말을 늘어놓다가 또 울고 말았다. 주사를 맞고 힘들었는지 곤히 잠든 아기를 보며 쓴 그날의 일기에는 이렇게 적혀 있다.

　　너의 작은 손이 엄마 손을 의지하는 모든 순간 난 네 편이 돼줄 거야. 힘들고 고통스러워도 외로워는 말길. 엄마가 항상 뒤에 있을게.

아이에게 꼭 알려주고 싶은 일

　　지난 정권 내내 집에 배달되는 신문 1면을 보는 일은 자주 아득했고 때로 끔찍했다. 아들의 병역 면제와 탈세 문제로 헌정 사상 최초로 총리 후보자가 자진 사퇴를 하고, 국민들의 세금으로 주는 특수활동경비를 단기 금융투자상품인 '머니마켓펀드(MMF)' 계좌에 넣어둔 자가 헌법재판소장으로 지명되는 등 열거하기 힘들 정도로 많은 일들이 있었다. 특히 육아를 하면서 모든 것이 노동시간의 문제라는 생각이 들 때, 우리의 소득분배율이 이렇게 떨어지는 동안 누군가는 없는 자들을 착취하며 배부르고 등 따시게 살았다는 생각이 들 때면 저절로 주먹이 쥐어졌다. 분노와 비탄이 마음을 지배했다. 2013년부터 2016년까지 그랬다. 세상은 제정신인 사람이 자꾸 자기 정신을 점검하도록, 착한 사람이 제대로 살아가기 어렵도록 변해갔다.

정권을 잡은 자들이 말하는 '정의'에 동의할 수 없어서, 어떻게 살아야 하는 것인지 갈피를 잡을 수 없어서 자꾸 슬퍼졌다. 과연 난 어떤 마음으로, 어떤 다짐으로 아이들의 손을 잡고 살아야 할까. 내가 이렇게 주저하고 고민만 많은 엄마라서 두진이에게 미안해지면 어떡하지 하는 두려움. 모든 것이 두렵고 아득할 때면 두진이를 이 세상에 내놓은 걸 미안해만 하면서 살아가게 될까 봐 공포에 사로잡혔다. 두진이를 낳은 게 미안해지는 순간마다 어른으로서 내가 과연 무엇을 할 수 있는지 생각했다.

전 대통령은 국정을 민간인과 상의하고 결정하다 결국 탄핵됐다. 뇌물 수수 혐의로 감옥에 갇혔다. 두진이가 다섯 살이 된 2016년 겨울, 두진이와 나는 촛불집회에 나가 외쳤다.

"박근혜 대통령은 퇴진하라."

반짝이는 촛불 모형을 들고 두진이가 외쳤다.

"대통령 할머니 물러나세요."

아이에게 꼭 알려주고 싶었다. 잘못한 사람은 벌을 받는다는 당연한 이치를. 네가 살아갈 세상은 좀 더 공정하고 따뜻해졌으면 하는 엄마의 바람을. 촛불집회를 다녀온 밤 일기에는 이렇게 적혀 있다.

엄마와 아빠는 세상을 조금씩이라도 빛나게 하려고 노력하는 사람들 옆에 서 있을게. 우리 아들들도 그런 사람들을 닮을 수 있도록.

'정치하는엄마들'에 참여한 이유

두진이를 낳은 이후 늘 가랑이가 찢어질 것 같았다. 일에도, 육아에도 한쪽 다리만 걸치고 있는 기분.

어떻게 살아야 하는지 답이 나오지 않았다. 그래서 자꾸 화가 났고 화가 나는 만큼 우울했다. 그러다 문득 깨달았다. 아무도 내 문제를 대신해서 해결해주지 않는다는 것을. 대통령이 바뀌어도, 국회의원이 바뀌어도 그들이 나서서 해결해주진 않는다는 것을 말이다. 다들 저출산을 걱정하는 척하지만 정작 중요한 순간에는 아이들에 대한 예산을 뒤로 미뤄놓는다는 것도 알았다. 아이들에게는 투표권이 없으니까.

2015년, 교육 담당 기자로 취재할 때 중요한 이슈 중 하나는 누리과정 예산 갈등이었다. 박근혜 정부는 만 3~5세 무상보육을 공약해놓고 지역 교육청에 예산 책임을 떠넘겼다. 지역 교육청은 돈이 없는데 어떻게 하라는 거냐며 지방채를 또 발행할 수는 없다고 버텼고, 중앙정부는 시끄럽다 싶으면 예산을 조금 떼 주는 식으로 무마했다. 무상보육은 사실 무상급식의 반대급부로 나온 정책이었다. 2010년 지방선거 때 무상급식을 들고 나온 민주당이 이기자 또 다른 구호가 필요했던 당시 새누리당이 무상보육을 새로운 구호로 만든 것이다.

교육감들은 무상급식보다 중앙정부에서 내려온 무상보육에 예산을 쓰라는 말을 들었다. 대통령도 선출직이지만 교육감들도 선출직이다. 지방분권을 부정하는 저열한 대통령 인식에도 화가 났지만 그보다 유치원, 어린이집 아이들과 초등학교, 중학교 아이들을 정치적 편 가르기에 이용한다는 사실에 분노가 치밀었다. 초등학교 아이들이 먹을 피자를 유치원, 어린이집 아이들과도 나눠 먹으라고 말하는 꼴이었다. 당시 둘째를 임신 중이던 나는 미친 듯이 기사를 썼다. 어떻게든 잘못된 일을 바꾸고 싶었다.

소소한 갈등들도 있었다. 이익집단들은 있는 힘껏 자신의 위력을 과시하고자 했다. 어린이집연합회, 유치원총연합회 등이 국회의원, 시의원들을 찾아가는 모습을 지켜봤다. 정부를 직접 만나 '딜'을 하고자 하는 모습도 엿봤다. '학부모인 나도 정책 당사자인데 왜 저들만 테이블 위에 올라가서 목소리를 높이나.' 취재를 하는 내내 뒤에 서서 그 모습을 지켜보며 억울해했다. 그때 깨달았다. 조용히 있으면 아무도 내 문제를 적극적으로 해결하려 들지 않는다는 것을.

그렇다면 내가 나서야 한다는 당연한 사실을 되새길 때 "정치하고자 하는 엄마들이라면 모이자"는 장하나 전 국회의원의 페이스북 글을 보게 됐다. 어린이집, 유치원에 대한 글을 썼다가 누군가 댓글로 알려준 덕분이었다. 아, 여기다 싶었다.

2017년 4월 22일, 나와 같은 엄마들이 한자리에 모였다. 우리는 모임의 이름을 '정치하는엄마들'로 정했다. 둘째 육아휴직 중이었던 나는 그 모임에 열렬히 참여했다. 뭐라도 바꾸고 싶었다. 나는 벌써 삼십 대 후반이 되었지만 아직 어린 우리 아이들이 오래 살아갈 이 땅을 좋은 곳으로 바꾸고 싶었다.

부모들을 대변하는 단체가 있다면 보육과 육아 정책이 달라지지 않을까. 늘 후순위로 밀리는 아이들 문제가 조금은 빨리 해결되지 않을까.

서로의 존재를 모르던 엄마들이 모여 호기롭게 말했다. "6월 창립, 8월 발대식!" 엄마들은 서로 "될까?"라며 웃었지만 우리는 정말 2017년 6월에 창립총회를 열었다. 창립총회를 하고 돌아오던 날 남편에게 전화를 걸어 말했다.

"언젠가 우리 모임이 역사책에 기록되지 않을까?"

내 말에 남편은 웃었지만 내 가슴은 뭉클했고 발걸음이 가벼웠다. 엄마들과 우리 사회의 문제를 토론할 때, 엄마와 아이들이 함께 행복한 세상에 대해 얘기할 때 에너지가 생기는 것 같다는 생각을 했다.

첫 기자회견을 하던 날은 잊지 못할 것이다. 아이들과 친정 엄마와 함께 국회 앞에 나가서 "부모들을 칼퇴근시켜달라"고 외쳤다. 두진이는 기자회견을 다녀온 뒤부터 칼퇴근 구호를 외쳤다. 나중에 유치원 선생님이 "어머니, 두진이가 기자회견을 다녀왔어요?"라고 묻는데 민망하면서도 뿌듯했다.

엄마도 그날 중요한 발언을 하셨다.

"손주를 돌보는 할머니들에게도 칼퇴근이 중요해요. 할머니들끼리 부러워하는 자식의 직군은 교사인데, 퇴근이 조금씩만 빨라져도 부부가 육아를 나눠서 하기 좋아요."

사회적 발언의 장을 경험한 엄마는 어딘가 달라진 느낌이었다. 사람에게 중요한 것은 자신의 생각을 말할 수 있는 기회와 장, 그리고 그 생각에 동의하는 사람들의 지지와 연대, 그런 것 아닐까 싶다.

나는 내 힘으로 세상을 조금씩이라도 바꾸고 싶다. 내 일을 스스로 풀어나갈 수 있는 '자치自治'의 문이 조금만 열렸으면 좋겠다. 그 열망이 지금껏 나를 움직여왔다. 아이를 낳고서 열망은 더 강해졌다. 세상을 바꾸고 싶다. 우리 아이들이 살아갈 세상은 내가 살았던 세상보다 조금이라도 나아졌으면. 그 작고도 간절한 소망이 내가 살아가는 동력이 됐다.

유치원 운영위원을 하는 이유

두진이가 여섯 살이 되면서 유치원 운영위원을 하겠다고 손을 들었다. 나는 이제 공적인 통로로 참여하는 게 중요하다는 사실을 안다. 비슷한 생각을 가진 사람들이 생각을 모아 함께 목소리를 내는 일이 중요하다는 것을. 유치원 운영위원은 내가 할 수 있는 선에서 참여할 수 있는 '공적인 일'이었다. 물론 운영위원으로서 거창한 일을 하지는 않는다. 분기마다 회의에 참여해 유치원 안건을 논의하고 결정하는 정도다. 그러나 그 공적인 통로를 통해 많은 것을 알게 됐다. 선생님들의 상황과 고민을 들으면서 같이 아이들을 잘 기르는 것은 어떤 것인지 고민할 수 있을 때면 정말 이렇게 참여하게 돼 다행이라는 생각이 절로 든다.

하지만 가끔은 일하면서 운영위원을 하는 게 벅차게 느껴지기도 한다. 아이들과 함께 시간을 보내기도 쉽지 않는 워킹맘인 주제에 '내가 지금 뭐하고 있는 거지' 하는 자괴감도 따라온다. 그래도 나를 다독인다. 아이들에게 수학 문제 하나를 가르쳐주는 것보다 내가 아이 앞에서 이렇게 공적인 통로로 사회에 참여하는 모습을 보여주는 것이 더 중요하다고.

모든 것은 정치다. 정치는 소수의 엘리트들이 하는 게 아니라 내가 내 자리에서 목소리를 내는 일이라고 믿는다. 나는 내

자리에서 정치할 것이다. 그래서 유치원 운영위원회에 나가고 이렇게 글도 쓴다. 내가 할 수 있고, 또 잘할 수 있는 일들이다. 그렇게 힘을 모으고 싶다. 함께 생각하는 사람들이 모이는 것만큼 무서운 건 없다고 믿으면서.

저출산도, 미투도 모두 성평등의 문제다

사회 곳곳에서 저출산이 우리 사회의 미래를 갉아먹는 일인 듯 말한다. 한편에서는 '저출산'이라는 말부터 잘못됐다는 지적도 있다. 그 말이 '여성들이 출산의 책임을 방기한다'는 뜻으로 읽히기 때문이다. 이에 따라 '저출생'으로 바꾸어 쓰자는 이야기도 나오고 있다. 저출산의 본질적 이유는 아이를 낳고 키우기가 힘든 사회 구조적 문제에 있지만 그간의 저출산 정책들을 보면 여전히 이 사회는 여성들의 사회 진출 때문에 출산율이 낮아진 것이라고 오해하고 있는 것 같다. 장시간 노동, 주거, 교육 등 우리 사회의 전반적인 문제들이 해결되지 않고서 출산율이 오르기는 어려울 것이다.

무엇보다 중요한 것은 여성에 대한 인식이다. 여성혐오가 만연하고 출산과 양육, 가사노동이 여성의 일이라는 인식이 공고한 사회라면 여성들은 앞으로도 '출산 파업'을 그만두지 않을 것이다. 선진국들도 소득분배율이 낮아지면서 남성의 월급으로만 살 수 없게 되자 여성들이 사회로 나오며 우리와 비슷한 문제를 겪었다. 문제를 푼 국가들의 열쇠는 '성평등'이었다. 여성들이 일자리를 가지게 되면서 출산·양육의 돌봄 영역을 남성들도 나눠 가졌다. 그렇게 하기 위해 노동시간을 단축해 남녀 모두 일찍 집으로 돌아가 아이들을 돌볼 수 있도록 했다. 여성들은 경제력을 가지게 되면서 가정 내에서 동등한 목소리를 낼 수 있게 돼 교섭권을 가지게 됐고 그렇게 가정 내 성평등지수도 높아졌다.

남성이 생계를 책임지고 여성이 집에서 아이들을 돌보는 가족모델의 시효는 끝났다. 그러나 아직도 '자기만의 방'을 가지지 못한 수많은 여성들이 있다. 인간의 기준을 남성으로 두는 사회가 바뀌지 않는다면, 여성들을 '며느라기'로 만드는 가부장제를 끝내지 않는다면 우리 사회가 다음 단계로 진입하기는 어려울 것이다.

여성들의 '미투'는 이제 더 이상 참지 않겠다는 목소리다. '2등 인간'이라는 혐오의 틀에 순응하지 않겠다는 몸부림이다. 여성들도 남성들과 마찬가지로 대상이 아닌 주체라는 외침이다. "해일이 밀려오는데 조개나 줍고 있다"라고 말한 사람이 있었다. 개헌 논의를 해도 여성 문제는 '좀 나중에 하자'는 사람들이 여전히 있다. 정치적 민주화가 이뤄졌어도 여성들의 삶은 달라지지 않았다. 동등한 교육을 받고도 임금을 적게 받고, 임금이 적다는 이유로 집 안에 갇혀야 하는 신세가 되면서 분노는 더욱 커졌다.

이제는 참지 않겠다는 '미투'의 목소리에서 희망을 느낀다. 우리 사회가 이제 실질적 민주화를 위해 싸워야 한다면 그 첫 번째 과제는 성평등이 될 것이다. 세상의 절반이 여성이니까. 그 과제는 여성이 세상의 절반을 차지해야 끝날 것이다. 국가와 기업의 고위직을 비롯한 수많은 영역에서.

그런 의미에서 우리 세대의 서사는 달라져야 한다. 남성과 여성 모두 행복한 삶이 어떤 것인지 치열하게 고민해야 한다. 내 아들들이 자신의 적성과 기질에 따라 자신만의 행복을 치열하게 고민할 수 있는 사회가 됐으면 좋겠다. 나 또한 그 모든 과정에서 내가 좋아하는 일, 내가 원하는 세상에 대해 치열하게 고민하는 모습을 앞서 보여주고 싶다. 힘든데도 참고 집에 와 울면서 버티지 않을 것이다. 잘못된 것은 비판하며 비슷한 생각을 가진 사람들의 손을 잡고 함께 걸을 것이다.

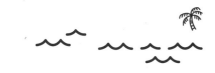

아이라는
우주가
찾아왔을 때…
사랑받는 건
오히려 나였다

마음의 준비를 못한 건 항상 나였다

두 아이 모두 모유 수유를 했다. 육아의 경험들이 대부분 그렇지만 모유 수유는 참 힘들었고 또 행복했다. 밤중 수유를 끊지 못해 자다 깨서 수유를 해야 하는 건 힘들었지만 아이와 눈을 맞추는 순간은 어떤 문장으로도 묘사할 수 없을 감정으로 충만했다. 젖 먹일 때 아이의 눈에 엄마가 가장 잘 보인다고 한다. 아이 눈과 엄마 눈 사이의 거리. 그 안에서 이뤄지는 눈 맞춤의 충만. 그래서였을까. 둘째 단유 때는 허전함이 컸다. '내 인생의 마지막 수유를 이렇게 끝내다니. 이제 아이를 안고 수유하며 느끼던 평온함은 느낄 수 없겠구나.'

단유 첫날, 아이가 보챌까 봐 걱정했는데 생각보다 잘 견뎌

냈다. 몇 번 울기는 했지만 심하지 않았고 심지어 이틀 정도 지나니 젖을 찾지도 않았다. '이제 수유 걱정 없이 맘대로 외출도 가능하겠구나. 맥주도 맘껏 마셔야지' 했는데 허전했다. 잘 놀고 있는 둘째를 보니 상실감이 더 커졌다. 아이는 하나도 허전하지 않은 것 같은데 나는 왜 이렇게 허전한가.

항상 아이 걱정을 먼저 했다. 임신했을 때도, 아이를 낳고서 작은 존재를 품에 안았을 때도, 처음 수유를 할 때 유두가 다 벗겨져 피가 날 때도 '이러면 아기가 못 먹는 것 아니냐'며 울먹였다. 첫째를 어린이집에 처음 보내던 날에도 울었던 것은 아이가 아니라 나였다. 아이보다 내가 준비가 덜 되어 있었던 걸까. 내 예쁜 아기를 다른 사람에게 맡기고 내 일을 하러 간다는 게 미안했다. 그러나 그 미안함보다도 헤어지기 싫다는 마음이 더 컸던 것 같다. 더 오래 함께 있고 싶은데. 이렇게 어린 아기에게 난 벌써 혼자 서라고 말하는 걸까. 죄책감보다 컸던 슬픔. 어떤 연애의 끝보다 마음이 시렸다.

생각해보니 항상 마음의 준비를 못 한 건 아이가 아니라 나였다. 육아의 모든 과정은 그렇게 갑작스러웠다.

부모가 되는 건
마음의 준비를 한다고 되는 일도 아니었다

'부모는 준비 없이 되는 거구나'라는 생각이 떠오를 때마다 엄마 아빠가 생각난다. 초등학교 4학년 때였던가. 아랫집에 사는 한 살 아래 동생과 수영장에 놀러 갔다. 유난히 신이 났던 기억이 생생하다. 그날은 이상하게 수영모가 자꾸 벗겨져서 계속 샤워장을 들락거리며 거울을 보고 수영모를 다시 썼다. 샤워장에서는 어떤 아줌마가 수영복인지 빨랫감인지를 비누로 빨고 있었는데, 그 모습을 보고 '여기서 빨래를 해도 되나' 생각했던 기억도 난다. 그리고 또 한 번 샤워장에 가서 모자를 고쳐 쓰는데 같이 갔던 아랫집 친구가 따라 들어왔다. 샤워기로 물장난을 하다가 그 아이가 나를 살짝 밀었는데 그대로 앞으로 미끄러졌다. 바닥이 비눗물로 미끌거렸다.

바닥에 피가 흥건했다. 이게 어찌 된 일인지 거울을 보다가 내 입에서 피가 난다는 걸 깨달은 건 몇 초 뒤였을 것이다. 너무 놀랐다. 위 앞니 한 개가 보이지 않았고 다른 한 개는 흔들렸다. 그 이후의 일은 잘 기억이 나지 않는다. 버스를 타고 집에 돌아왔고 엄마가 버스 정류장에서 나를 기다리고 있었다. 버스에서 내리자마자 등짝을 세 대인가 맞았다.

"그러게 엄마가 오늘 수영 가지 말라고 했잖아!"

아이를 낳고 그 장면이 자주 떠오른다. 그전에는 엄마가 넘어져 다친 딸에게 왜 그랬는지 이해가 잘 되지 않았다. 어떤 수필이었나. 자식이 다칠까 봐 불안함이 극에 달했을 때 다시 자식을 만나면 그렇게 때려서라도 자식의 안위를 확인하고 싶은 마음이 생긴다고 했는데, 그 글을 읽으면서도 와닿지 않았었다. 엄마는 앞니가 사라지고 흔들려서 무서워하는 딸에게 꼭 그래야만 했을까, 하는 생각이었다.

그런데 이제 이해가 된다. 내가 엄마가 되고 보니 버스 정류장에 내렸던 나를 본 엄마가 얼마나 처참한 기분이었을지 생각하게 된다. 내 등짝을 때리던 엄마의 손에 전해졌던 어떤 안도 같은 게 있지 않았을까?

엄마 아빠도 지금의 나처럼 마음의 준비 없이 부모가 됐을 것이다. 게다가 나는 첫째였으니 더했을 것이다. '아이를 낳으면 이렇게 키워야지' 같은 계획은 부모 자식 간의 관계에는 적용되지 않는 것 같다. 아니 육아는 계획이라는 게 적용되지 않는 영역 같다. 아이들을 기르면서 나를 키웠던 엄마 아빠의 마음을 자주 짐작해보게 된다. 그때 엄마는 어떤 마음이었을까. 그때 아빠는 어떤 기분이었을까. 어릴 땐 엄마 아빠에게 서운할 때 무작정 '왜 나한테 저렇게 하지' 하고 생각한 적도 많았는데 이제는 그 서운함이 다 오해였으리라는 생각이 많이 든다.

엄마 아빠도 나처럼 마음의 준비를 하기도 전에 상황이 먼

저 들이닥쳤을 것이다. 아이를 키우는 일은 그런 것 같다. 이제
야 '엄마 아빠가 고군분투했구나' 생각하게 된다. 어린 우리의
잘못을 꾸짖을 때도, 어려워하거나 힘들어하는 우리의 손을 잡
아줬을 때도, 그들은 부모로서 부단히 노력했었구나, 하는 뒤
늦은 깨달음.

아이라는 우주가 찾아왔을 때

　　가끔 2012년 12월이 내 인생의 전환점이 아니었을
까 생각한다. 두진이를 낳고서 세상에 이렇게 귀한 존재가 있
을 수 있다는 걸 처음 알았다. 세상을 바라보는 초점이 '나'에
서 다른 사람으로 바뀌는 첫 번째 경험. 아이는 우주였다. 아이
를 낳는 건 내가 돌봐주고 보살펴야 하는 작은 존재가 생기는
게 아니라 크기를 짐작할 수 없는 우주가 찾아오는 일이었다.
그래서 가끔은 두려웠다. 내가 이 우주에게 버팀목이 되어줄
수 있을까.

　살면서 늘 나밖에 몰랐다. 연애를 할 때도 상대를 위한다고
생각했지만 돌아보면 결국 내 감정만 소중했던 적이 많았다.
사랑은 상대의 성장을 바라는 일이라는 것, 그리고 서로의 성
장을 응원할 수 있는 사람을 사랑해야 한다는 걸 모르던 때였

다. 그저 내 감정이 소중한 탓에 내가 원하는 만큼 상대가 소통해주지 않으면 원망하기 바빴던 이십 대. 관계를 이기적으로밖에 맺지 못하던 내가 남편을 만나며 조금 달라졌다고 생각했다. 이십 대 후반이 되어 사람과 사람 사이에는 손잡을 거리만큼의 공간이 필요함을 알게 됐고 나는 딱 그 공간만큼 상대에게 감정을 강요하지 않게 됐다. 남편과는 서로의 성장을 응원할 수 있는 관계를 맺으며 함께 미래를 꿈꿀 수 있었다.

아이를 낳고 알았다. 연애도, 남편과의 결혼도 세상의 중심이 '나'인 것은 바꾸지 못했다는 사실을. 나는 아이를 낳고서야 세상의 중심이 내가 아님을 인정했다. 내 의지, 내 꿈, 내 미래보다 더 중요한 것들이 있다는 사실을 말이다. 아이들을 낳고 조금 더 좋은 사람이 되고 싶어졌다. 그러니 아이들에게 고마워해야 할 사람은 나일지도 모르겠다. 내가 아이들을 키우는 게 아니라 아이들이 나를 키우고 있는지도 모른다. 한 차원 높은 사랑은 이렇게 더 좋은 사람이 되고 싶어지는 사랑이라는 것을, 아이들을 만나지 않았다면 몰랐을 테니까.

복직하기 전날 일기에는 이렇게 적혀 있다.

엄마는 항상 내 자신만 소중한 사람이었어. 연애를 해도 내 감정만 소중해서 다른 사람을 다치게 한 적도 많았지. 그런데 너희들을 낳고 나서 진심으로 너희가 행복하기를 바라는 스스로를 보면서 사랑이란 무엇인지를 많이 생각했단다. 너희들이 충만한 일상을 누리길. 어려움이 닥쳐와도 굳건하게 맞서고 유연하게 힘들어하길. 일상의 순간순간에 평온함이 깃들 수 있는 삶을 살기를, 좋아하는 것이 뭔지 찾을 수 있고 그것을 즐길 수 있는 사람이 되기를, 자신이 좋아하는 것에 대한 즐거움을 다른 사람과 스스럼없이 나눌 수 있기를. 엄마는 그 과정에서 엄마가 실패했던 것에 대해 이야기해주며 함께할게. 뒤에 있을게. 언제나 지켜보고 있을게. 회사 가서 멀리 있다고 생각하는 순간에도 엄마는 너희를 생각하고 있을 거야. 미안하고 고마워. 이렇게 부족한 엄마를 사랑해줘서 고마워. 나를 사랑해줘서 고마워 아들들.

내가 언제 이렇게 불안하지 않았던가

　　육아휴직을 하고 아이를 키우면 그동안의 내가 '성취'라고 믿었던 것들이 전부 멈추는 줄 알았다. 30년 동안 공부하고 시험 보는 것밖에 몰라서였을까. 휴직하고 아이를 키우면 나의 성장은 잠시 멈추는 줄로만 생각했다. 물론 어떤 면에서는 그랬다. 휴직한 기간만큼 경력이 짧아지게 됐으니.

　하지만 아이를 키우며 내가 그동안 '성취'라 여겨온 것보다 더 중요한 게 있음을 알게 됐다. 그동안 뭘 위해서 달려왔던 걸까. 특종을 잡으면 성취를 하는 것이고 아이를 키우는 것은 성취가 아닌가. 어쩌면 이 사회가, 이 사회의 자본의 논리가 내게 직업적 성과만이 '진정한 성취'라고 주입시켰던 것은 아닐까. 그러니까… 그때까지 내 삶의 기준이 잘못된 것은 아니었을까.

첫째 휴직 1년간, 나의 직업과는 다른 면에서 성숙해졌고 여유로워졌다. 항상 전전긍긍하며 살았는데 아이를 낳고 불안이 줄어들었다. 작은 아이를 지켜보고 있으면 그저 마음 한가득 평온이 충만해졌다. 작은 손, 작은 발, 붉은 볼을 만지면 너무 소중하다는 생각에 눈물이 났다. 그럴 땐 당황스러울 정도였다. '내가 언제 이렇게 불안하지 않았던가.'

복직해서 일과 집안일, 육아를 병행하느라 힘들 때도 많았지만 집에 가면 '귀한 존재'가 있어 행복하고 또 행복했다. 아이를 낳기 전에는 내 삶에서 아이가 이렇게까지 중요해질 줄 몰랐다. 늘 성과를 중심으로 살아온 인생이었기에 아이가 있어도 일하러 뛰어나가고, 일할 때는 아이 생각도 잘 안 날 줄 알았다. 그래서인지 아이보다 내가 더 아이를 보고 싶어 하고 아이에게 의지하고 있다는 사실을 깨달았을 때는 배신감(?)도 들었다. 왜 아무도 내게 아이 키우는 일이 이렇게나 중요하고 소중하며 아름다운 일이라는 걸 말해주지 않았을까.

둘째를 낳으면 더 힘들어지리라는 사실은 당연히 알고 있었다. 그럼에도 둘째 아이를 낳았다. 아이가 내게 더 많은 행복을 가져다준다는 사실을 첫째를 통해서 알게 됐으니까. 그 행복을 놓치고 싶지 않았다.

아이를 낳기 전에는 느껴보지 못한 평화

아이를 키울수록 일상의 소소한 재미가 늘어난다. 이제 내가 제일 대화하고 싶은 상대는 두진이다. 내 친한 친구 첫째 두진이. 우리 집 꼬마와 대화가 되기 시작하면서부터는 하루 종일 심심할 새가 없다.

둘째 이준이의 이유식을 만들던 날이었다. 오후에 2시간 정도 싱크대 앞에 서 있느라 두진이가 놀자고 하는 걸 두 번쯤 거절했을까. 재우려고 누웠는데 괜히 미안했다.

"두진아, 엄마가 오늘 이유식 만드느라고 레고 같이 못 만들어서 미안해."

"괜찮아."

너무 담담한 대답에 "괜찮아?"라고 물으니 두진이가 다시 말했다.

"엄마가 있는 것만으로도 좋아." 그 말에 죽죽 눈물이 흘렀다.

두진이는 로맨틱하기도 하다.

"엄마 주머니에 하트가 있어."

대뜸 그런 말을 하기에 "응?" 하고 주머니를 살폈더니 그 작은 엄지와 검지로 내 주머니 속에서 하트를 만들고 있었다. 아, 남편보다 로맨틱한 아들. 이래서 아들 키우면 연애하는 기분이 든다고 하는구나.

폭염이 심한 어느 여름날이었다. 아이들에게 스파게티를 만들어주려고 재료를 사러 나선 길, 빵집에 갔다가 마트에 갔어야 하는데 반대로 가는 바람에 고생을 했다. 양파 등등을 산 무거운 장바구니를 들고 빵집으로 향해야 했던 것이다.

"어떤 남자를 이렇게 헌신적으로 사랑해봤단 말인가. 이 폭염에." 남편과 이야기하며 웃었다.

자면서 내 등 밑에 발을 꽂아 넣고 자는 두진이는 이렇게 말하며 웃기도 한다.

"어디 한번 시원하게 발 좀 꽂아볼까?"

허허. 이런 말은 도대체 어디서 배웠느냐. 아니, 발 집어넣는 게 불안해서가 아니라 시원해서였단 말이냐!

"엄마 좋아"를 입에 달고 사는 아들. 한번은 "엄마가 왜 좋아?" 하고 물어보니 골똘히 생각하다 이렇게 답한다.

"사랑하니까."

감동의 눈물. 어떤 남자가 나를 이리도 사랑해줬던가.

말하는 아이와의 상호작용이 이렇게 재밌을 줄 몰랐다. 종알종알 떠드는 꼬마의 입술을 보고 있자면 세상이 순식간에 평화로워진다. 아이를 낳기 전에는 이런 평화를 느껴보지 못했다. 자주 우울하거나 불안했고 화를 잘 다스리지 못해 스스로에게 실망하는 날도 많았다. 그런데 아이는 그런 나를 조금씩 달라지게 만들었다. 아이에게 불안한 지지대가 되고 싶지 않아서일까. 아이한테 제일 많이 해주는 말은 '괜찮아'다. 두진아, 넘어져도 괜찮아, 울어도 괜찮아, 조금 다친 건 괜찮아, 금방 나을 거야 등등. 그러다 보면 나도 괜찮아지는 기분이 든다.

한번은 둘째가 내 팔을 물었다. 이가 여섯 개 난 둘째는 가끔은 정말 세게 문다. 악 소리가 난 김에 일부러 엄살을 부리며 첫째에게 "엄마 너무 아파" 하니 "괜찮아, 엄마"라면서 토닥토닥해준다. "엄마 안아줘, 두진아" 하니 작은 팔로 나를 안아준다. 아이의 작은 팔에 안길 때면, 아이가 내 목을 끌어안을 때면 왜 그렇게 슬픈지 모르겠다. 이제 엄마를 위로할 수 있게 된 첫째, 그리고 두 돌이 지난 둘째. 아이들을 안고 있으면 그 품 안의 세상은 따뜻하다. 따뜻해서 자꾸 눈물이 난다.

복직하기 전, 회사를 다니면 아이들과 함께 보내는 시간이 짧아지는데 그걸 메울 수 있을지 걱정했다. 사실 더 깊은 무의식에 숨겨져 있는 생각은 이거였다. '아이들과 하루 종일 살을 부비며 좋았던 시간을 그리워하게 되면 어떡하지.' 아이들이 나를 찾을까 봐 걱정되는 게 아니라 내가 아이들을 실컷 안을 수 있었던 시간을 그리워하게 되면 어떡하나 싶은 걱정이었다.

이 작은 존재들이 만들어준 행복한 순간들이 벌써부터 그리워 질까 봐, 하루가 다르게 커버리는 이 작은 존재들이 그리울까 봐.

부모가 되면 사랑을 많이 줘야 한다고 생각했다. 무뚝뚝했던 내 부모보다는 애정을 많이 표현하는 따뜻한 부모가 되어야지 다짐하면서 사랑한다는 말도 자주 하고, 자주 안아주고, 잘하는 일은 몇 배로 칭찬해주겠다고 다짐했다. 그런데 정작 사랑을 받는 건 나였다. 엄마를 향한 아이들의 맹목적인 애정은 아빠도, 할머니도, 할아버지도 따라갈 수 없다. 내 배 속에 열 달을 살아서일까.

둘째 돌잔치 날 원피스를 입은 내게 첫째가 말했다.

"엄마, 너무 예쁘다. 공주님 같아."

아, 누가 날 이렇게 예쁘다고 해줬던가. 첫째는 "엄마랑 결혼할 거야"라는 말을 입에 달고 산다. "엄마는 아빠랑 이미 결혼했어"라고 하면 "나랑 다시 하면 되잖아" 하며 그래도 결혼하겠다고 우긴다. 나중에 여자친구가 생기면 나는 신경도 안 쓸거란 걸 알지만 내 입은 늘 웃고 있다.

아이들에게 받는 이 무한 애정을, 이 작은 아이들의 눈에서 발견하는 절대적 애정과 지지에 느끼는 감동과 행복을 잊을 수 있을까. 누가 날 이렇게 조건 없이 좋아해줬을까. 언젠가 지금 이 시간들을 그리워하는 날이 오겠지. 이 작은 존재들이 나를 이렇게 좋아해줬던 순간순간.

이 연애에서 결국 약자가 되는 쪽은 나

한때 아이를 낳으면 내 인생의 연애는 끝난 거라고 생각했었다. 첫째를 낳은 조리원에서였다. 서툰 모유 수유와 아이의 트림까지 마치고 옆에 뉘였는데 SNS에서 브런치를 먹는 어느 부부의 사진을 봤다. 나는 이제 남편과 이런 시간을 보낼 수 없겠구나. 그 순간은 마치 내 삶에서 연애의 종언처럼 느껴졌다. 그런데 이제는 그때가 우스울 정도로 아이들에게 몰입해 있다. 늘 보고 싶고 그립고 안고 있으면 행복한 존재들에게. 나는 이제 아이들과 연애 중이다.

이 연애는 아이들이 내게 주던 사랑이 다른 사람들을 향하는 것으로 변화해가는 모습을 지켜보는 연애다. 그러므로 이 연애에서 약자는 결국 나다. 아이들은 언젠가 엄마보다 친구를, 배우자를, 자신의 자식들을 더 사랑하게 될 것이다.

그래서 자주 '균형'을 생각한다. 아이들과 거리를 둬야 하는 '일'과 아이들에게 가까이 가야 하는 '육아'의 균형에 대해. 저울추를 어느 정도 움직여야 균형을 잡을 수 있을까. 아이들을 돌봐야 한다는 책임감 때문이 아니라 아이들이 보고 싶고 아이들과 가까이 있고 싶은 내 마음을 긍정하려고 노력한다. 그렇다면 어떤 부분은 내려놓아야 한다는 뻔한 이치에 대해서도.

어느 날, 친정엄마에게 아이들이 내게 뺨을 비비고 어리광을 부렸다는 얘기를 전하자 이런 대답이 돌아왔다.

"좋을 때다. 애들이 널 좋아해서 좋겠다."

그 말에는 어떤 회한이 묻어 있었다. 나와 동생은 이제 엄마 아빠를 찾지 않는다. 우리는 이미 다 커버렸다. 한때 나도 엄마 아빠에게 지금 우리 아이들처럼 사랑을 퍼부었겠지. 삼십 대 중후반이 된 나와 동생은 이제 엄마 아빠의 손이 없어도 세상을 살 수 있는 나이가 되었다.

내 아이들도 언젠가 나처럼 부모 손을 필요로 하지 않겠지. 그 허전함은 얼마나 클까. 물론 뿌듯함도 같이 찾아오겠지만. 외로움이 묻어나는 친정엄마의 표정을 볼 때면 내 미래를 엿보는 기분이 든다.

아이들을
만나게 해준
신에게
감사하다

아이를 낳기 전에는
예상하지 못한 크리스마스

화장실에서 같이 이를 닦는데 두진이가 말했다.
"엄마, 내가 칫솔을 여기 놓을 테니까 엄마는 이쪽에 넣어."
칫솔꽂이에서 자신의 자리 바로 옆에 꽂으라는 얘기였다.
"알았어. 근데 왜?"
두진이가 특유의 눈웃음을 지으며 말했다.
"엄마랑 사랑에 빠졌으니까."
풋, 웃음이 터졌다가 이내 뭉클해졌다. 아이와의 대화는 늘
그렇다. 얼토당토않은 말을 하는 것 같지만 가슴에 훅 들어오
는 말들. 일찍 자야 산타 할아버지가 선물을 줄 때 우리 집을

건너뛰지 않는다고 하니 아이는 금세 자리에 누웠다. 나는 갑자기 궁금해져서 다시 물었다.

"두진아, 사랑에 빠진다는 게 뭔지 알아?"

"핑크퐁에서 사자랑 사슴이 사랑에 빠져."

핑크퐁 한글동요에서 사자랑 사슴이 사랑에 빠지는 모양이었다.

"아니, 사랑에 빠진다는 게 무슨 뜻인지 아냐고."

"음… 서로 좋아하게 되는 거?"

아이의 작은 손을 잡고 있는데 뭔가가 뜨듯해졌다. 곤히 잠든 아이를 두고 산타 할아버지의 선물을 트리 앞에 두고 이렇게 글을 쓴다. 잊어버릴까 봐. 두진이는 오늘 이렇게도 말했다. 눈 오면 썰매를 타고 싶다기에 마트에 썰매를 사러 다녀오는 차 안이었다.

"엄마, 눈이 또 올까?"

"그럼~ 또 오겠지."

눈이 내려 소복이 쌓인 며칠간 친구들 썰매를 빌려 탄 모양이었다.

"엄마, 얼른 눈 오면 좋겠다. 엄마랑 아빠랑 눈사람도 만들고 싶어."

"그래, 꼭 만들자."

"엄마, 나중에 내가 운전하게 되면 엄마가 조수석 앉아."

"아빠는?"

"아빠랑 이준이는 뒤에 앉으면 되지."

속으로는 '나중에 여자친구 생기면 엄마는 차도 안 태워줄 거 다 안다' 생각했지만 이렇게 기록해놓는다. 아들과 나누는 대화의 재미는 점점 더 커지고 있다.

곤란한 대화

대화가 곤란해질 때는 역시 조를 때다. 오늘도 두진이는 계속해서 물었다.

"엄마, 오늘은 무슨 요일이야?"

"응, 토요일이야."

"내일은?"

"일요일이지."

"그다음 날에는 회사 가?"

"응, 월요일에는 가야지."

"그럼 월요일이 되면 언제 토요일이 돼?"

"월 화 수 목 금이 지나면 토요일이 되지. 토요일이 되면 또 엄마랑 아빠랑 신나게 놀 수 있어."

아이는 잠시 아무 말도 하지 않다가 말했다.

"주말이 되려면 오래 걸리잖아."

오늘도 토요일이고 주말인데… 벌써부터 이다음 주말이 언제 올까 걱정하는 아이를 보면 가끔은 먹먹해지고 가끔은 답답해진다.

얼마 전 아침에는 취재 약속 때문에 마음이 너무 바빠 아이의 기분을 제대로 살피지 못했다. 안 좋은 꿈을 꿨던 건지 무서운 마음에 안아달라고 하는 말을 내가 못 들었던 모양이다. 영문을 모르던 나는 동생에게 화를 내는 두진이를 오히려 혼냈고 아이는 곧 울기 시작했다. 잠시 안아주면 됐을 일인데. 유치원에 가지 않겠다고 완강하게 버티는 아이를 어쩌나 하다가 취재 약속을 오후로 미뤘다. 둘째를 낳고서 한 결심을 실천하는 것이기도 했다. 아이 옆에 있어줘야 하는 순간에는 아이 옆에 있기. 회사에 보고하고 오전만 두진이를 돌보기로 했다.

"두진아 시계 봐봐. 작은 바늘이 12를 가리키면 엄마는 회사를 가야 해. 오늘은 오후에 취재하러 가야 해."

고개를 끄덕이는 두진이와 레고를 가지고 놀았다. 같이 비행기를 만들자고 해서 열심히 설명서를 보며 조립하고 있는데 아이가 자꾸 방 밖으로 나갔다. 그리고 다시 돌아와서는 "엄마, 아직 12에 안 갔어. 아직 10에 있어." 처음에는 웃었다. "응, 12가 되려면 아직 많이 남았어. 그때까지 신나게 놀자."

10분이나 지났을까. 두진이가 다시 시계를 보러 나갔다.

"엄마, 아직 12가 아니야. 근데 10보다 조금 위로 올라갔어."
또다시 5분이 지나고 "엄마, 12가 안 됐어!" 하며 신나게 뛰어
들어오는 아이.

그렇게 세 번쯤을 나갔다 들어왔을까. 두진이의 눈에서 묘
한 불안이 읽혔다.

"두진아, 엄마가 회사에 가는 게 그렇게 싫어? 12가 되는 게
싫어서 계속 나가는 거야?"

"응."

아이의 단호한 대답에 갑자기 눈물이 쏟아졌다. 첫아이여서
일 것이다. 두진이에게는 마음이 많이 쓰인다. 남편의 천성을
빼닮은 아이. 그래서 자꾸 안아줘야 할 것 같은 아이. '두진아,
엄마는 결국 엄마 욕심으로 일을 하고 있는 건 아닐까. 엄마 욕
심으로 너와 함께할 수 있는 시간을 더 내고 있지 못한 것은
아닐까.' 그런 생각을 하는데 아이가 물어왔다.

"엄마, 괜찮아?"

그러고는 아이의 짧은 팔이 내 목을 끌어안는다.

"다른 사람이 울거나 슬퍼하면 안아줘야 한다고 했잖아."

아이들을 만나게 해준 신에게 감사하다

곤란한 어른들

남편에게 전화로 상황을 설명하니 위로랍시고 이런 말이 돌아온다.

"곧 우리를 찾지 않을 거야." 그 말에 화가 났다.

"그런데 지금은 나를 찾잖아. 위로가 안 되는 말은 하지 마."

아이를 낳기 전에는 일하는 엄마의 죄책감에 대한 글을 읽어도 막연히 나는 그러지 않으리라 생각했었다. 아이가 어떻게 행동할지를 전혀 몰랐기 때문이었을 것이다. 그때는 정말 예상하지 못했다. 아이를 낳는 일이 이렇게나 거대한 일인 줄. 아이가 이렇게까지 나를 찾을 거라는 사실을 전혀 예상하지 못했다. 아이를 키우는 일은 인형을 돌보는 게 아니었는데. 어쩜 그렇게도 상상하지 못했을까.

"어머니, 두진이가 중학생이 될 때까지는 그 요구를 할 거예요." 두진이가 엄마가 자신을 데리러 오지 못하는 걸 서운해한다는 얘기에 담임 선생님은 그렇게 얘기했다.

"어머니, 아이는 클 때까지 엄마가 집에 있으면 좋겠다는 요구를 계속할 거예요. 그런데 두진이는 잘 지내고 있어요. 예민한 아이라면 저도 다르게 말씀을 드렸을 텐데. 두진이는 자기 내면에 집중하는 아이예요. 그리고 엄마의 공백을 할머니가 잘 채워주고 계신 것 같아요."

그 말에 안심이 되어서인지 쓸데없는 이야기까지 늘어놓고
말았다.

"네, 선생님. 아무리 생각해도 저는 일을 좋아하는데 말이에
요."

지금과 같은 사회구조에서 엄마들은 '경단녀'가 될 수밖에
없고 아빠들은 아이와 지낼 시간이 확보되지 않는다는 이야기
를 일하는 신문사의 토요판 칼럼에 썼다. 이런 구조를 그냥 둬
서는 아이를 키우기 어렵다고도 썼다. 그 글에는 이런 댓글이
달렸다.

'일을 그만두고 외벌이로 살면 된다.'

나는 일을 좋아한다. 아이도 사랑한다. 둘 다 좋아하고 사랑
하면 안 되는 건가. 아빠들도 일을 좋아하고 아이도 사랑할 수
있어야 행복한 것 아닌가. 왜 우리 사회는 그걸 욕심이라 매도
하는 걸까. 답이 없는 게 아닌데. 답으로 가는 길이 어려우니
그렇게 쉽게 누군가 희생하라고 말하는 것인가.

내가 정말로 예상하지 못한 건 바로 그거였다. 아이를 낳고
키우면서 일하는 게 욕심이라고 말하는 사회. 우리 사회가 이
정도였다는 것.

욕심 많은 엄마들이
'평범한 엄마'가 되는 것을 꿈꾸며

　　아이를 낳고서부터 난 '엄마인 나'와 '그냥 나' 사이에서 갈등에 빠졌다. 가을볕이 좋아도 산책을 꿈꾸지 못하던, 아이들이 어려서 집에 갇혀 있어야 했던 때에는 남편과 연애하며 거닐던 삼청동 골목길을 그리워했다.

　두진이가 돌도 안 됐을 때였다. 어느 새벽, 엄마가 옆에 없고 울어도 와주지 않자 아이가 기어서 거실로 나왔다. 작은 그림자가 불쑥 나타나 얼마나 놀랐는지. 다치지 말라고 쌓아놓은 베개 벽을 넘어 문턱까지 나를 찾아 나온 아기를 보고 살짝 웃음이 새어 나왔지만 곧 무서워졌다. 왜 나는 두진이가 내 치맛자락이나 손가락을 잡고 잘 때 기쁘면서도 두려운 마음이 드는 걸까. 이 작은 아기에게 그만큼의 의지가 되어줄 자신이 없어서일까, 아니면 여전히 자유롭고 싶어서?

　아기가 나를 그리워하며 울까 봐 두려웠다. 이런 원초적인 두려움을 갖게 되는 것이 엄마가 되는 가장 큰 두려움이었는지도 모르겠다. 그럼에도 이 미약한 내가, 이 부족한 내가 누군가의 넉넉한 품이 되어주는, 그래서 점점 더 넉넉한 사람이 되는, 그 아름다움을 꿈꿨다. 두려움과 동시에 성장하는 사람으로 살고 싶은 모순적인 마음이 공존했다.

아이를 기르며 내가 얼마나 강팍한 사람인지 되새겨야 했다. 늘 곁에 있어줄 수 없는데, 아이가 나를 의지하며 나를 그리워하고 보고 싶어 하다가 결국은 원망하게 될까 봐 무서웠다. 평생 끊어질 수 없는 이 여린 끈이 아이들을 안심하게 하지 못할까 봐 두려웠고 그냥 이 끈의 존재 자체가 두렵기도 했다. 9킬로그램이 된 이준이를 안으면서 손목이 아파와 "왜 이렇게 몸무게가 빨리 느는 거야"라며 투덜대고, 밤이면 "어마~ 어마~" 하며 나를 찾는 아이에게 "그냥 혼자 좀 자라" 하며 짜증을 내는 내가 과연 이 아이들을 온전히 들쳐 업고 살아낼 수 있을까. 아이들을 두고 혼자 자유롭게 오랫동안 걷는 상상을 하면서 이제 더 이상 혼자 자유로울 수 없다는 사실에 여전히 우울해한다.

그러나 모든 것은 내가 선택한 일이다. 아이들이 선택한 게 아니다. 그렇지만 아무도 내게 아이를 키우는 일이 이렇게나 시간이 많이 필요한 일이라는 것을 알려주지 않았다. 아이를 안고 업고 지내야 하는 시간이 이렇게 긴지 알려준 사람도 없었다. 이제 내 인생의 많은 부분을 아이들과 나눠야 한다는 사실을, 아니 생각보다 훨씬 더 많이 내 자유를 나눠줘야 한다는 사실을 안다. 그 시간의 양은 측정이 불가능하다.

인생에서 중요한 것은 무엇일까. 뭐든지 균형을 이루기 어려운 한국 사회에서 일과 가정, 일과 아이 사이에서 갈등하는 나 같은 존재는 그저 욕심 많은 사람으로 치부된다. 나는 일을 잘하고 싶고 아이들을 잘 키우고 싶다. '헬조선'이라는 한국에서 아들만 둘을 낳았으며 직장의 노동시간도 긴 편이다. 나는 아들 둘을 잘 보살피면서 일도 잘하고 싶다는 꿈을 이룰 수 있을까. 다 할 수 없다면 무엇부터 서서히 놓아야 하는 걸까. 생각이 꼬리에 꼬리를 물다 보면 직업을 바꿔야 하나, 일을 그만둬야 하나 별의별 생각이 머릿속을 휘젓는다. 아이를 낳고부터는 계속 이 뫼비우스의 띠에 빠져 있다.

엄마가 되었음에도 여전히 내 삶의 화두가 '나'라는 걸 깨달을 때면 아이들에게 미안해지기도 한다. 그러다 다시 아이 키우는 일을 생각하면 울적하다. 나는 여전히 하고 싶은 게 많아서 아이들에게 나눠줄 시간이 많지 않고, 기자인 내 직업은 더욱더 그렇다. 과연 감당할 수 있을까. 나는 '평범한 엄마'가 될 수 있을까.

그럼에도 둘째를 낳은 이유

아이라는 우주는 내가 상상할 수 없었던 크기의 세계였다. 쉴 새 없이 엄마를 필요로 하는 아이를, 자신과 오래 있는 엄마를 누구보다 좋아하는 아이를, 유치원에 데리러 온

엄마 손에 연신 뽀뽀를 하며 "엄마 좋아"를 말하는 아이를, 카네이션을 달아주며 "이걸 달면 엄마가 공주님이 될 거야"라고 말하는 아이를 만나고 내 인생의 '성취'의 기준이 잘못됐을 수도 있다는 생각을 처음으로 했다. 이 아이에게 풍요로운 감정을 배울 수 있게 해주는 것, 이 아이가 엄마 손이 덜 필요해질 때까지 옆에 오래 있어주는 것이 어른의 역할이라는 것을 아이를 낳기 전에는 몰랐으니까.

'엄마 직장인'이 얼마나 '빡센지' 체감하면서는 이 사회에 자주 분노했다. 입사 동기인 남편은 하지 않는, 일과 아이 중 하나를 선택해야 하는 갈등이 내게만 찾아올 때마다 세상이, 이 사회가 싫어지기도 했다. 그래도 집에 가면 '귀한 존재'가 있어 행복하고 또 행복했다.

그래서 둘째 아이를 낳기로 했다. '두진이가 가르쳐준 행복이 두 배, 세 배가 되겠지. 한 명의 아이를 더 낳은 만큼 내게서도 조금 더 어른스러운 냄새가 나겠지. 내가 나를 사랑해온 오랜 시간을 아이들에게 나눠주는 만큼 나 또한 성장하게 되겠지. 그만큼 여유로워지겠지.' 그렇게 생각했다.

둘째를 낳고서 더 많이 갈등하고 더 열렬히 사회를 원망하게 됐는지도 모른다. 그래도 이제는 원망만 하지 않고 버티고 바꾸어서 조금 더 나은 시스템을 만들어주고 싶다는 게 거창하다면 거창한 꿈이다. 내가 이렇게 출산휴가와 육아휴직을 다

쓸 수 있게 된 것도 그동안 버텨낸 수많은 선배들이 있었기 때문이라는 걸 알았으니. 아이를 낳아도 두 달밖에 쉬지 못하던 내 선배들이 버티고 노력해 얻어낸 것처럼 남녀 모두 당연한 듯 육아휴직을 1년씩 쓰는 시대도 곧 오지 않을까.

부모님을 돌아본다

부모가 된다는 건 담담해지는 일인 것 같다. 세상일에 의연해지고 마음을 가다듬어 잔잔해지는 것. 그래서 아이가 엄마라는 호수 속에서 헤엄치고 세상을 경험할 수 있도록 도와주고, 허우적거릴 땐 손을 잡아주고, 잘못된 길을 가려고 하면 부드럽게 이끌어주는 것. 아이를 기르면서 나와 나의 부모와의 관계를 돌이켜보게 됐고 그들이 얼마나 애썼는지도 알게 됐다. 내가 부모에게 받은 사랑과 부모로서 나의 부족함을 깨닫게 되는 경험. 장점은 더 키우고 단점은 반복하지 않고 싶다.

결혼하기 몇 달 전이었던 것 같다. 결혼식 날짜를 잡은 뒤, 부모님께 결혼 전날 드리기 위한 편지를 쓰고 있었다. "엄마 아빠의 발 위에서 엄마 아빠를 의지했던 시간을 끝내고 결혼이라는 방법으로 엄마 아빠의 곁을 떠나게 되어 슬프다"라고 썼던 것 같다. 노트북 위로 눈물이 뚝뚝 떨어졌다.

주변에서 결혼식 날 절대 부모의 눈을 보지 말라는 말을 많이도 들었는데 호기심에 고개를 들었다가 아빠의 눈을 보고 말았다. 순간적으로 아홉 살 때 계곡에 빠뜨린 내 신발을 물 흐르는 속도보다 빨리 뛰어가서 찾아 들고 오던 아빠의 모습이 생각났다. 멀리서 분홍색 신발을 흔들던 아빠의 손과 미소가.

아이들을 기르면서 나를 길렀던 엄마 아빠의 마음을 짐작하게 된다. 온몸으로 나를 돌봤던 엄마 아빠가 이제는 내가 보살펴야 할 존재가 됐다. 어떤 선배는 결혼할 때 이런 얘기를 해줬다.

"삼십 대는 황금기야. 애들은 어리고, 부모님도 아직 건강하시지. 그 시간을 즐겨. 사십 대가 되면 애들이 속 썩이고, 부모님은 아프기 시작하셔."

이제 나도 삼십 대 후반이 되어간다.

부모님의 건강에 적신호가 들어오는 시기가 우리 부부에게는 조금 빨리 찾아왔다. 2016년에 큰 수술을 하신 시아버지는 그 후로 방사선치료를 받으셨고 추가 항암치료가 필요한지 계속 진료를 받고 계신다. 아버님이 수술을 하시던 날, 예상외로 시간이 오래 걸려 남편은 결국 집에 돌아오지 못했다. 수술이 끝나지 않아 계속 불안해하고 있을 때 겨우 5개월이었던 둘째는 쿵쿵 소리를 내며 계속 울었다. 그 밤, 아이를 데리고 소아과에 갔더니 후두염이라는 진단을 받았다. 숨을 잘 못 쉬면 바로 응급실에 가야 한다는 의사 선생님의 말에 나는 뜬눈으로 밤을 지새웠다. 남편은 병원에서 돌아오지 않고, 쿵쿵 소리를 내면서 자는 5개월짜리 아이를 안고 소파에 앉았다 일어섰다 하며 집 안을 서성이는데 자꾸 눈물이 났다. 아이가, 아니 아버님이 잘못되실까 봐 두렵기도 하고 내게 절대적인 존재였던 부모가 늙어가는 것이 서럽기도 했다.

2018년 3월에는 아빠가 백내장 수술을 하셨다. 요즘 백내장 수술은 수술도 아니라고들 하지만 내 어릴 적 할머니가 했던 수술을 아빠가 똑같이 한다는 게 또 한 번 서글펐다. 안대를 하고 있는 아빠 모습을 보는 게 어색했다. 아빠는 내게 언제나 계곡물에 떠내려갔던 신발을 물살보다 빠르게 달려가서 주워 왔던 '슈퍼맨'인데. 그 '슈퍼맨'은 이제 일흔을 바라보고, 신발의 주인이었던 어린 나는 마흔을 바라보게 됐다. 그때의 아빠는 지금의 나처럼 삼십 대였는데. 사람은 다 늙고 약해진다는 걸 알지만 부모가 늙고 약해지는 모습을 지켜보는 일은 쉽지 않다.

언젠가 나도 지금의 엄마처럼 이 시절을 몹시 그리워할 것이다. 젊은 나와 남편, 어린 아이들, 그리고 옆에 계셨던 부모님들까지. 아이들이 나보다 다른 사람을 사랑하게 되는 모습을 지켜보며 지금 엄마가 그러듯 허전해하고 서운해하겠지. 일상을 잘 살아가는 일에 대해 자주 생각하게 된다. 오늘 하루의 소중함을 마음에 새기는 게 얼마나 어려운 일인지. 아이들의 뺨에 마구 뽀뽀를 하는 이 시절, 아이들의 달콤한 체취에 취하는 이 시절을 얼마나 그리워하게 될까.

내 몸과 같았던 사람들과 영영 이별하게 된다는 게 여전히 상상이 되지 않는다. 그래서인지 부모가 늙어가고 있다는 사실을 실감하게 되는 순간이면 손이 차가워진다. 내게 절대적인 존재들. 물과 공기 같아 소중함을 모르고 살지만 없으면 죽어버릴지도 모르는 절대적인 존재들. 엄마와 아빠는 내게 그런 사람이다. 부모가 된다는 것은 내 부모의 마음을 이해하는 시간인 것 같다. 그렇기 때문에 자식에게 잘해주는 것은 한계가 있을 수밖에 없기도 하다. 같은 시간을 두 번 보낼 순 없으니까.

대신 엄마의 마음을 이해하는 폭이 넓어지고 있다. 내 엄마가 나를 학교에 보내고, 나를 직장에 보내고, 또 동생을, 아빠를 직장에 보내고 얼마나 외로워했을지. 그 마음을 가만히 헤아려보다가 눈물이 났다. 내가 느끼는 이 고립감을 엄마는 평생 느껴왔겠구나. 난 그런 엄마 덕분에 사회생활이란 걸 할 수 있구나 싶어 미안하다. 엄마에게 좀 더 잘하는 딸이 되고 싶다.

언젠가 엄마에게 쑥스러움을 무릅쓰고 말한 적이 있다.

"엄마, 아이를 낳고 뭐가 제일 좋은지 알아요? 엄마를 많이 이해하게 됐다는 거예요."

그러나 이 말까지는 차마 하지 못했다.

당신을 이해하게 된 게 늦은 만큼 내 곁에 오래 계셔주세요.

아이들을 만나게 해준 신에게 감사하다

나도 자라고 있다,
아이들이 자라는 만큼

두진이가 기어 다닐 때 일기에는 이렇게 적혀 있다.

이 작은 것이 옹알옹알 말을 할 때면 이렇게 아름다운 소리가 있나 싶고, 이 작은 것이 엉금엉금 기어 다닐 때면 이렇게 아름다운 춤이 있나 싶다. 모든 부모는 아이 앞에서 바보가 될 수밖에 없도록 프로그래밍되어 있는 게 인간의 유전자가 아닐까.

그 유전자의 힘이 인간이라는 종을 유지시키는 힘일 테고 또 사람을 사람답게 살게 하는 힘일 거다.

아이들을 기르면서 이 어린 아이들을 기르는 시간이 따뜻한 일상의 결을 만들어준다는 생각을 자주 한다. 두진이의 재롱에 남편과 내가 마주 보며 웃는 장면, 두진이가 새로 만난 쏘서와 보행기에 앉아 집중하고 있는 걸 바라보는 친정엄마와 아빠의 표정, 친정엄마가 두진이에게 "알러뷰"라고 연신 반복하며 노래를 부르는 장면, 백일잔치가 끝나고 구미로 돌아가시는 시아버지가 인사하는 두진이에게 짠하면서도 흐뭇한 표정으로 만 원짜리를 쥐여주는 장면, 내가 잠 좀 푹 잤으면 하는 마음에 아빠가 두진이를 데리고 가서 재우겠다고 하는 현관 앞 장면, 또 그런 아빠가 내가 좋아하는 오렌지 주스를 사 오는 장면, 육아에 지쳐 힘들었던 남편이 나태주 시인의 「풀꽃」 시구를 바꿔서 "(두진이를) 가끔 봐야 더 예쁘다"라고 말하는 농담, 두진이가 뒤집었다고, 뒤집고 한 손을 빼서 고개를 번쩍 들고 종알거린다는 내 얘기에 시원하게 터지는 시어머니의 전화 너머 웃음소리, 내가 아이까지 함께 친정엄마에게 의지하고 있으면서도 오히려 안심하고 마는 철없는 마음 같은 것, 그런 수많은 장면들.

언젠가 이 따뜻했던 날들을 무척이나 그리워하겠지. 특히 힘든 일이 닥쳐왔을 때 이 온화했던 날들이 얼마나 사무치게 그리울까. 감사해야 한다. 내 배 속에서 나온 아이들이 나를 향해 퍼붓는 무조건적인 사랑을 느낄 때 이 잔잔한 일상의 행복이 얼마나 소중한 것인지 잊지 않기로, 착한 사람처럼 생각하기로 하는 것이다.

남편과 두진이를 데리고 한강에 자전거를 타러 갔던 날은 가슴에 행복이 차오른다고 느꼈다. 달리는 자전거의 자유로움과 나를 기다리는 가족들이 있다는 안도감, 그 편안함이 좋았다. 아, 이런 게 낙원이구나 싶을 정도로.

그날 일기에는 이렇게 적혀 있다.

고마워 두진아. 너란 존재를 알게 되어서, 너란 존재와 함께 살 수 있어서, 너를 내 배 속에서부터 지금까지 안고 있을 수 있어서, 자기 전 작은 너를 안거나 작디작은 네 손을 잡을 수 있어서, 그 따뜻함을 느낄 수 있어서 고마워. 두진아, 엄마는 네 덕분에 정말 많이 웃었어. 네가 한 뼘씩 자랄 때마다 더 많이 웃게 될 거야. 엄마는 너란 존재가 이 세상에 있다는 것만으로도 조금 더 행복해지는 느낌이다. 이런 행복을 알게 해줘서 고마워. 고맙다는 말로는 부족하게, 사랑해 아들. 앞으로 더 행복하게 살자.

갑자기 엄마의 목을 끌어안고 얕은 숨을 내쉬는 아이, 그 숨소리를 들으면 세상이 고마워진다. 내가 이 아이들에게 이렇게 사랑받아도 되나. 아무 조건 없이 사랑해주는 이 작은 존재들에게 그저 감사를. 사랑만 줄 수 있다면 더 바랄 것이 없겠다.

아이들을 만나게 해준 신에게 감사하다

나는 그저 내 인생을 두 발 위에 얹고 견뎌준 우리 부모님처럼 내 아이들의 인생을 지켜보겠다고 생각해본다. 업어주고, 안아주고, 넘어지면 괜찮다고 말해주고, 울면 슬픈 날도 있는 것이라 알려주고, 친구와 다투고 돌아오면 먼저 손 내미는 법을 알려주고. 언젠가 세상의 끝에 서 있던 내게 편지를 전해줬던 엄마처럼, 두진이를 임신했던 막달 겨울에 계단을 오르내리던 나와 함께 걸어주던 엄마처럼, 자꾸 시험에 떨어지던 내게 그래도 기운을 잃지 말라고 계속 말해주던 아빠처럼. 내 부모가 나에게 해준 것처럼 그렇게.

가끔은 자유를 갈망하면서 내 팔에 매달려 있는 두 아들을 부담스러워할 때도 있겠지만… 킥보드를 타고 잠깐 멀어졌던 두진이가 다시 돌아와서는 "엄마, 잠깐 헤어져 있어서 너무 보고 싶었어"라고 하는 말을 들으면 또 사르르 무너지고 말 것이다. 그러면서 나를 업어주고 안아줬을 부모님을 생각할 것이다. 나의 부모만큼만 내가 아이들의 그늘이 되어줄 수 있기를 바라면서.

이제 아이들이 크면 함께 좋은 곳에 놀러 갈 생각에 마음이 부푼다. 여름에는 강원도, 전라도, 경상도를 누비고 겨울에는 해외여행을 떠나야지. 주말에도 서울과 근교를 돌아봐야지. 한 달 네 번의 주말 중 한 번은 놀러가고 한 번은 가족회의를 하고 한 번은 도서관에서 책을 읽고 또 한 번은 집에서 뒹굴뒹굴하며 집안의 대소사도 챙겨야지.

두진이는 곧 십 대가 된다. 아이들이 크는 건 참 금방이다. 더 많이 사랑해주지 못해서 아쉽다. 이 예쁜 아이들을 만나게 해준 신에게 감사하다.

아들들아, 너희들은 각자가 하나의 우주야. 네 우주가 우주 그 자체로 풍요롭고 행복했으면 좋겠어. 엄마는 너희들이 조금 더 자라 이 세계의 험악한 구조, 치열한 경쟁을 마주하게 되더라도 항상 이렇게 말해줄 수 있는 어른이고 싶어. 그렇게 네가 좋아하는 걸 같이 좋아해주고 또 응원해줄 수 있는 사람이 되고 싶어.

"엄마, 결혼하면 엄마랑 다른 집에 살아야 해?"

얼마 전 첫째 두진이가 물었다. '오, 드디어 좋아하는 친구가 생긴 건가?' 두 눈을 동그랗게 뜨고 되물었다.

"왜? 결혼하고 싶은 친구가 생겼어?"

7세 정도면 좋아하는 여자친구 얘기를 한다기에 좀 설레었다. 아들의 삶에 드디어 사랑이…? 그러나 아이는 대답하지 않고 다시 물었다.

"아니~ 결혼하면 엄마랑 다른 집에 살아야 하냐고."

"보통은 다른 집에 살지?"

"그러면 결혼하는 사람이랑 같이 살아야 해?"

"그렇지~"

"아니, 난 엄마랑 같이 살고 싶다고. 결혼할 친구는 우리 옆집에 살면 안 돼?"

웃음이 나왔다. 아직(?)은 엄마를 더 좋아하는 아이. 그래도 1년 전보다 컸다. 작년 요맘때 두진이는 내가 이미 아빠랑 결혼했다고 해도 "나랑 또 결혼하면 되잖아~"라며 우겼었는데.

이제 의사 표현을 제법 하는 26개월 이준이는 자동차 마니아다. 아침에 일어나면 제일 먼저 덤프트럭을 찾는 아이. 잘 때도 손에 미니카를 쥐고 잔다. 얼마 전, 마트에서 사준 주황색 미니카를 들고 온 이준이가 말했다.

"엄마가 마트서 사줬지." 한 번에 못 알아들은 내가 "뭐라고?"하며 다시 물었더니 "엄마가 마트서 사줘짜나"라고 말한다. 어디에서 사줬는지 기억하는 게 신기해서 "마트에서 사준 게 기억이 나?" 하고 물으니 그 틈을 타고 아이가 말했다. "엄마 최고!"

작은 장난감 하나 사준 걸로 최고가 된 난 꼬물꼬물 작은 입에서 그런 말이 나온 게 너무 예뻐서 아이 볼에 뽀뽀를 퍼붓는다. 그러다 둘째를 안고 아이의 냄새를 맡는다. '아, 아기 냄새.' 킁킁 소리를 내고 아이의 목에 코를 묻으며 생각한다.

'지금은 충전 중.'

애들을 재우기 위해 침대에 누우면 말한다.

"합체 준비!"

오른쪽 팔에는 두진이가, 왼쪽 팔에는 이준이가 쏙 안긴다.

"1단 합체, 2단 합체 완료. 자자."

아이들을 재운 뒤에는 잠든 아이들의 얼굴을 손끝으로 만져본다. 코, 입술, 볼, 이마, 귀… 그렇게 손끝으로 가만히 아이들을 만져보다가 한 명씩 꼭 안아본다. 아이들을 안고 있으면 충전율이 1퍼센트씩 올라가는 휴대전화 배터리가 떠오른다. 78퍼센트, 85퍼센트, 92퍼센트… 그러다 100퍼센트가 됐다고 느끼면 비로소 하루를 마무리했구나, 생각한다.

첫째를 낳고 육아와 일을 병행하며 아이 기르기 힘든 사회에 분노가 커졌지만 난 다시 둘째를 임신했다. 가끔은 스스로가 모순석이라 생각했다. 하나 기르기도 힘든데 왜 둘을. 가끔은 '왜 둘이나 낳아서 고생이야' 하는 시선을 느끼기도 했다. 왜 둘이나 낳았을까. 어쩌면 단순한 이유였다. '냄새' 때문이다. 아기 냄새를 다시 맡고 싶어서. 두진이가 조금씩 자라면서 사라지는 아기 냄새가 아쉬워서.

내 분노는 늘 육아하기 힘든 사회구조를 향했지, 육아라는 행위 자체를 향한 적은 없다. 육아에는 고통과 환희가 섞여 있다. 고통스럽기만 했다면 둘째를 낳을 수 없었을 것이다. 분명 괴로웠지만 이런 평온을 언제 경험했나 싶을 정도로 환희를 느꼈다. 수유하느라 잠을 못 잘 때는 아이를 놓고 달아나는 꿈도 꿨지만 모유를 먹으며 내 눈을 빤히 바라보는 아이를 볼 때는 표현하기 어려운 감정으로 가슴이 뭉클했다. 아이의 옹알

이, 4등신 몸으로 걷는 뒤뚱거림, '나는 아무것도 할 줄 모른다'
며 울어버리는 천진함이 점점 사라진다는 생각이 들 때 둘째
를 낳기로 결심했다. 물론 두려웠다. 신생아를 돌잡이까지 키
우는 일이, 회사를 다니며 아이를 키우는 일이 얼마나 '빡센지'
알았기 때문에.

언젠가 내가 쓴 육아 칼럼을 읽은 회사 선배가 '둘째가 읽으
면 서운해하겠다'는 소감을 전해왔다. 그 칼럼에 쓴 "왜 둘이
나 낳았을까"라는 말이 아이에게 상처가 될 수도 있겠다는 뜻
이었다. 아이를 기르기 어려운 구조를 비판하는 칼럼이었는데,
구조에 대한 분노가 아이를 낳은 후회로 읽힐 수도 있다는 생
각은 전혀 하지 못했다. 둘째를 낳은 것은 어디까지나 내 '의
지'였다. 등 떠밀려 아이를 낳은 것이 아니다. 둘을 낳은 것을
후회한 적은 한 번도 없다. 내게 두 아이는 비교할 수 없는 소
중한 존재들, 어쩌면 이제 내 인생의 가장 우선순위가 된 존재
들이다. 그날, 미안한 마음에 이런 일기를 썼다.

왜 둘째를 낳았느냐고요? 더 행복해지고 싶었어요. 어린 아기
가 내게 주는 기쁨과 환희를 잊을 수가 없어서. 지금도 둘째가 태
어나서 너무 다행이라고 생각해요. 아이가 있어서 나는 더 많이
웃게 됐으니까요. 제가 언제 제일 우울한지 아세요? 우리 아이들
이 겪을 세상이 내가 겪어온 세상과 달라지기 어렵겠다는 생각이

들 때예요. 내가 했던 고민을 아이가 커서 똑같이 한다면, 아이를 키우기 힘든 구조에 내 아이가 또다시 분노한다면, 나는 그 분노를 어떻게 지켜볼 수 있을까요. 미안해서, 그저 버티라고 말하고 싶지는 않아요. 그런 어른이 되고 싶지는 않다고요. 그래서 오늘도 이렇게 글을 씁니다. 내 아이가 맞대는 세상은 조금쯤 나아지길 바라면서요. 아니 근데, 세상은 조금씩이라도 나아지고는 있는 걸까요?

이십 대 때는 '나만이 할 수 있는 일'을 꿈꿨다. 대체될 수 없는 존재가 되는 것이 꿈이었다. 회사의 부품처럼 살고 싶지 않았다. 그러다 아이를 낳고 겨우 알게 됐다. 모든 존재는 그 존재 자체로 빛난다는 것을. 나는 이제 아이들을 지켜내는 삶 이상을 살 수 없을 거라는 생각을 한다. 내가 이십 대였다면 이런 생각을 '소시민적 사고'라고 여겼을지도 모르겠다. 그러나 아이들의 세계에서 더 큰 세상을 엿보는 지금, 이십 대의 내게 묻고 싶은 것이 있다. 아이들이 있어서 느끼는 환희보다 과연 무엇이 더 중요한 것이냐고.

앞으로도 아이 키우는 구조에 분노하는 글을 쓸 것이다. 내가 아이를 키우는 동안 사회의 구조가 확 바뀔 수 없음을 알기 때문이다. 다만, 나아지는 쪽으로 향할 수 있도록 바람이 되는 글을 쓰고 싶다. 그래서 이제 내 꿈은 내 아이들이 자라 아이들을 키울 때는 지금 내가 하는 고민을 하지 않는 것, 아이들을 키우는 행복에만 집중할 수 있는 것이다.

그런 내 꿈에 남편의 공감과 응원은 큰 힘이다. 한국 사회에서 '좋은 남편'이 되기 위해 고군분투하는 그 덕분에 육아휴직 동안 집 앞 커피숍에 나가 책을 쓸 수 있었다. 항상 제일 먼저 읽고 의견을 주는 그 덕분에 힘을 내 글을 썼다. 늘 "경상이랑 같이 해"라며 며느리와 아들을 동등하게 대하는 시부모님께도 깊은 감사의 마음을 전한다. 가족이 된 지 1년이 된 고마운 올케 민정이와 두진이를 키우는 데 10퍼센트 이상의 공로를 하고 있는 하나뿐인 내 동생 영주에게도 고마움을 전한다. 그리고 책을 내자고 제안해주신 김진형 님, 문장 하나하나 따뜻하게 들여다봐주신 한의영 편집자님에게도 감사의 마음을 전한다.

마지막으로 내 부모님. 아빠와 엄마가 아니었다면 나는 아이를 키우지 못했을 것이다. 제도의 공백을 가족의 도움으로 메우는 게 항상 죄송하다. 그러면서도 철이 안 든 딸은 이렇게라도 엄마 아빠 곁에 있을 수 있다는 사실에 안심하기도 한다. 건강하게, 오래오래 옆에 계시길.

항상 손주들에게 '엄마의 엄마'니까 할머니를 의지하라고 말씀하시는 내 엄마. 엄마, 아이를 낳고 내 성취가 온전히 내 것이라고 생각해본 적이 한 번도 없어요. 이 고마움의 크기를 어떻게 글로 표현할 수 있을까요. 사랑합니다.

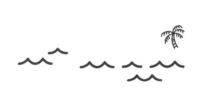

이런 줄도 모르고 엄마가 됐다

1판 1쇄 펴냄 | 2018년 9월 10일

지은이 | 임아영
발행인 | 김병준
편   집 | 한의영
디자인 | 별을 잡는 그물·이순연
발행처 | 생각의힘

등록 | 2011. 10. 27. 제406-2011-000127호
주소 | 경기도 파주시 회동길 37-42 파주출판도시
전화 | 031-955-1318(편집), 031-955-1321(영업)
팩스 | 031-955-1322
전자우편 | tpbook1@tpbook.co.kr
홈페이지 | www.tpbook.co.kr

ISBN 979-11-85585-57-4 03810

이 도서의 국립중앙도서관 출판시도서목록(CIP)은
서지정보유통지원시스템 홈페이지(http://seoji.nl.go.kr)와
국가자료공동목록시스템(http://www.nl.go.kr/kolisnet)에서
이용하실 수 있습니다.(CIP제어번호: CIP 2018027568)